KB058618

우리 옆집에 영국남자가 산다

유쾌한 영국인 글쟁이  팀 알퍼 씨의 한국 산책기

우리 옆집에
영국남자가
산다

팀 알퍼 지음 | 조은정·정지현 옮김 | 이철원 그림

21세기북스

세상에 정상적인 사람이 있다면
그건 당신이 잘 모르는 사람일 뿐이다.

– 알프레트 아들러

감사의 말

가장 먼저 김태훈, 권승준, 조은정 씨께 감사드립니다. 이분들이 없었다면 이 책은 세상의 빛을 볼 수도, 지금 여러분의 손에 쥐어질 수도 없었을 겁니다. 허먼 멜빌, 지크문트 프로이트, 헨리 밀러, 프리드리히 니체, 표도르 도스토옙스키, 오래전에 고인이 된 내 글쓰기 스승들에게도 감사를 전합니다. 이들의 작품은 내 엉덩이에 뜨거운 불을 지펴서 내가 도저히 글을 쓰지 않고는 배길 수 없게 만들어주었습니다.

모든 농담에는
약간의 유머가 들어 있다

최근에 영국의 한 신용평가기관은 영국인을 대상으로 결혼을 염두에 두고 있는 상대방에게 가장 끌리는 점이 무엇인지에 대한 조사를 실시했다. 가장 많이 나온 대답은 돈이나 멋진 외모, 좋은 자동차, 지성이 아니었다. 영국인의 87퍼센트가 무엇보다 유머 감각이 뛰어난 사람과 결혼하고 싶다고 대답했다.

영국의 한 TV 스타는 "영국 남자는 유머 감각이 없다는 말을 듣느니 차라리 잠자리에서 형편없다는 말을 듣는 것이 낫다고 생각한다"라고 말했다. 영국인과 대화를 나누기 전에 이 사실을 알아두면 좋다. 농담으로 대화를 시작한다면 그 영국인은 단번에 당신을 마음에 들어 할 것이다.

영국인이 해외를 여행할 때 웃긴 것이나 웃긴 사람을 먼저 찾으려고 하는 이유도 그 때문이다.

나도 처음 한국에 왔을 때 내게 웃음을 주는 것들을 찾으려고 했다. 사람들과 이야기 나눌 때는 농담을 잘하는 이들을 찾으려 했고 코미디 프로도 찾아서 시청해봤지만 결과는 무척이나 실망스러웠다. 한국인은 농담을 즐겨하지 않았다. 내가 아는 대부분의 한국인은 아는 농담이 하나도 없다.

　한국의 '개그' 프로는 주로 몸 개그로 이루어진다. 그런데 세계적으로 몸 개그로 유명한 영국의 코미디 배우인 〈미스터 빈〉의 로언 앳킨슨(Rowan Atkinson)이나 베니 힐(Benny Hill)은 해외에서는 외화벌이의 일등공신일지 몰라도 정작 영국에서는 인기가 전혀 없다.

　왜 그럴까? 영국의 정통 코미디는 어둡고 풍자적이며 감정을 잘 드러내지 않는다. 영국식 유머는 긴 이야기를 장황하게 늘어놓는 스타일이 주를 이룬다. 그래서 나는 한국에서 '개그맨'이라 불리는 코미디언들도 그런 개그를 할 것이라 기대했는데 아니었다.

　한국 코미디언들은 개그('농담'과 동의어)를 하지 않는다. 사실 여기서는 개그를 잘못 번역한 문제가 있다. 한국에서 개그맨이란 사실상 개그 하는 사람을 뜻하지 않는다. 과거의 엿장수 같은 광대에 더 가깝다. 광대가 하는 일이란 과장되고 시끄러우며 무례하게 굴면서, 정상적이고 예의 바른 사회의 경계선 바깥으로 나가는 것이다. 평범한 사람들은 일상의 법칙을 깨뜨릴 수 없지만, 광대들은 유쾌함 속에서 단조로움을 혼돈스러움으로 바꾸며 정상적인 사회 규범을 깨뜨린다.

　영국에서 개그맨이란 한국과 많이 다르다. 영국인은 개그맨에게 단조롭지만 위트 있는 독백을 기대하지, 한국인처럼 뚱뚱한 남자가 계단에

서 굴러떨어지는 모습을 기대하지는 않는다.

하지만 한국인과 한국어에 대해 점점 더 알게 되면서 마침내 평범한 한국인들의 놀라울 정도로 미묘한 위트와 유머를 조금씩 즐길 수 있게 되었다. 평범한 한국인들이 만들어내는 기발한 언어유희는 무릎을 탁 치게 만들 정도로 놀라운데, 특히 '엄친아'라거나 '멘붕', '된장녀' 같은 말들이 그렇다. 한국에 사는 동안 내 마음속의 개그맨들은 TV에 나오는 코미디언들이 아니라 바로 한국인들이었다.

요즘 영국에 사는 친구들과 이야기를 나누다 보면 다들 내가 한국에 살게 된 후로 변했다고 말한다. 영국에 살 때는 외우고 있는 농담이 수백 가지는 되었는데 이제는 거의 '농담 깡통'이 되어버렸다. 영국식 농담은 한국말로 제대로 번역되지 않는 데다 대개 한국인들이 영국식 농담을 하는 것은 상상만 해봐도 뭔가 자연스럽지 않다. 대신에 한국인은 자기비하적인 말이나 과장, 절제의 형태로 대화에 유머를 더한다. 최근에 일어난 촛불 집회에서도 한국인들은 그런 유머를 주된 무기 삼아 지도자들과 한국 사회의 불공평한 정치경제 체제를 비판했다.

사람이란 자고로 농담을 할 때 잔인할 정도로 솔직해지는 법이다. 농담은 사회적 금기를 깨뜨리고 평소에는 할 수 없던 말을 던지는 하나의 방법이다. 솔직한 말을 농담으로 뱉었을 때 상대방이 웃음으로 반응한다면 얼마든지 솔직해져도 되지 않는가.

"모든 농담에는 약간의 진실이 들어 있다"라는 말이 있다. 하지만 러시아에는 "모든 농담에는 약간의 유머가 들어 있다"라는 정반대의 멋진 말이 있다. 물론 약간의 유머를 뺀 나머지는 진실이라는 소리다. 촛불 집회의 시위자들, 그리고 시위에 반대하는 사람들도 그 사실을 잘 알고 있다. 그렇기 때문에 이제 유머는 양쪽 진영의 정치인이 아닌 주로 평범한 사람들에 의해 사용되고 있다. 정치인들이 유머에 제대로 반응하지 못한다는 사실은 이 나라의 지도자들이 얼마나 현실을 잘못 파악하고 있는지를 보여준다.

우리가 여전히 웃고 있건 그렇지 않건 지금 한국은 엄청난 변화의 시대이자 엄청난 불확실성의 시대를 맞이하고 있다. 그리고 이 시대의 불안정함은 내가 아는 많은 한국인을 분노하게 만들었다.

11년 전에 내가 처음 도착했을 때의 한국은 이미 완전히 사라지고 없다. 2017년, 지금의 한국은 그때와 다른 나라가 되어 있다. 내가 처음 한국에 온 것은 노무현 대통령 시절이었고 2002년 월드컵의 열기가 아직 뜨거웠으며 사람들이 한국말을 할 줄 아는 서양인을 보면 무조건 놀라던 시절이었다. 다들 달랑거리는 핸드폰 고리가 달린 플립폰을 썼고 지금의 화려한 뉴타운들은 아직 들판과 농장, 산에 불과했다.

내가 한국에 사는 동안 세월호가 침몰했고 미국 소고기 수입에 반대하는 촛불 집회가 열렸고 박지성이 챔피언스리그 결승전에 출전했으며 한국인 1호 우주인이 탄생했다. 이제는 한국에서 서양인과 동남아인과

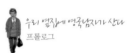

중앙아시아인은 물론 아프리카인까지도 쉽게 볼 수 있게 되었다.

이런 격동적인 변화는 최근에도 여전히 일어나고 있지만 한국인은 그들의 심장, 그리고 그들의 유머 감각을 잃지 않았다.

한국에 살면 살수록 한국이라는 나라는 변화 그 자체임을 실감한다. 한국인에게 눈앞에서 시시각각 변화하는 세계, 아무리 빨리 달려도 점점 속도가 빨라지기만 하는 쳇바퀴만큼 당연시되는 것은 없다. 한국인은 연이어 터지는 절박한 상황에서 조금씩 벗어나고 점점 더 커지는 불똥을 이리저리 피하기 위한 수단으로 유머를 이용하면서 살아왔다.

나 같은 서양인이 이런 나라에 적응하면서 살아간다는 것은 신나고 재미있는 일인 동시에 낯설고 생소한 도전, 꼭 롤러코스터를 타는 듯한 경험이라고나 할까? 바로 그렇게 꾸려간 코리안 라이프를 이 책에 기록했다. 이 책을 읽는 여러분도 롤러코스터 같은 경험을 해보기 바란다.

2017년 4월
북한산 자락에서
팀 알퍼.

목차

PART 1
오늘부터 한국인, 나는 재밌게 산다

PART 2

한국인은 모르는 버라이어티 코리아

PART 3

영국인이 사랑하는 한국의 맛

PART 4

팀 알퍼 씨, 오늘 저녁 회식 어때요?

PART 5
시청역에서 사랑을 기다리는 영국남자

PART 1

오늘부터 한국인,
나는 재밌게 산다

············· 한국인은 여가 시간을 몹시 사랑한다. 그들은 하루 종일 즐길 거리를 찾는다. 아침 버스 안에서, 식사 자리에서, 사람들과 부딪히며 거리를 걸을 때조차도. 인구가 5000만 명밖에 되지 않는 나라지만 모바일 게임 시장 규모로는 세계 5위를 자랑하는 나라가 바로 한국이다.

모바일 게임뿐 아니라 게임 산업 전체가 활황이다. 피시방과 오락실 숫자만 보면 한국은 비디오 게임에 완전히 중독된 나라다. 전자 게임뿐만이 아니다. 공원과 강변은 바둑과 장기를 두는 노인들로 언제나 북적거린다.

그리고 스포츠가 있다. 내가 태어난 영국에서는 스포츠 하면 곧 축구를 의미한다. 가끔 럭비나 크리켓, 테니스와 골프가 포함될 수도 있지만 그것이 전부다. 그런데 한국에서는 스포츠 하면 축구와 테니스, 골프만 있는 게 아니다. 야구와 농구, 배구, 인라인스케이트, 아이스하키 등 온갖 다양한 스포츠를 즐긴다.

최근에 한국인은 즐길 거리로 많은 돈을 벌어들인다. 세계적인 여성 골프 선수 중에는 한국인이 많고 한국 축구 클럽들은 아시아에서 가장 큰 축구대회인 아시아 챔피언스리그에서 그 어떤 나라보다 많은 우승을 차지했다. 프로게이머와 비보이도 세계 최고다.

한국인은 서양인처럼 "함께 시간을 보낼래?"라고 말하지 않고 "놀자!"라고 한다. 놀이는 한국의 민족정신에 깊이 새겨져 있고 그 정신은 한국인의 언어, 한글에도 잘 녹아 있다. 여가 요소가 없는 한국은 상상조차 할 수 없다.

연날리기나 사물놀이, 투호, 씨름 같은 먼 옛날에 행해졌던 전통적인 놀이마저도 현대의 한국인에게 소중하다. 서양 많은 나라에서는 브리지나 루미와 같은 비슷비슷한 종류의 카드 게임을 즐기지만, 한국은 매우 독특한 고스톱 문화를 가지고 있다. 일본에서 유래되었다고 하지만 한국인 특유의 관습, 표현, 제스처, 행동과 같은 요소가 더해져 매우 독특한 형태로 오늘날까지도 남아 있다.

한국에서는 음주도 놀이를 빼고 생각할 수 없다. 술자리에는 셀 수 없을 정도로 많은 술 마시기 게임이 존재한다.

세계적으로 근무시간이 길기로 유명한 나라다 보니 서양인들은 한국 하면 즐길 줄 모르는 따분하고 칙칙한 워커홀릭들의 나라라고 생각한다. 하지만 현실은 정반대다. 좀 과장하면 한국에서는 술 마시기와 노래방 가기, 카페에서 동료 뒷말하기, 화장실에서 휴대폰 게임하기도 업무의 일부분이다.

한국인이 되려면 놀고 또 놀고 또 놀 줄 알아야 한다.

같으면서도 다른 한국과 영국의 축구

축구는 세계 어디에서나 사람들을 평등하게 만들어주는 훌륭한 역할을 한다. 스페인에서 살고 있던 2000년에 바르셀로나의 무서운 동네에서 갑자기 혼자가 된 적이 있다. 날은 깜깜해지는데 거칠어 보이는 10대 패거리에 둘러싸였다. 그들은 화난 듯이 스페인어로 뭐라고 말하기 시작했는데 당시의 내 스페인어 실력으로는 잘 알아들을 수가 없었다. 패닉 상태가 되어 그들의 질문에 순순히 답해야 했다.

"어디에서 왔어?"

"영국에서 왔어. 베컴과 마이클 오언의 나라."

그러자 분위기가 확 바뀌었다. 성난 10대 청소년들의 얼굴이 갑자기 미소 띤 얼굴로 변하더니 이렇게 답하는 게 아닌가.

"제라드! 폴 스콜스!"

"스페인! 라울! 카시야스! 과르디올라!"

내 대답은 그들을 무척 즐겁게 만들었다. 그들은 들뜬 어린아이처럼

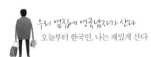

환호하며 서로 공 차는 시늉을 하면서 내게서 점점 멀어져갔다. 그냥 축구 선수 이름을 댄 것뿐인데 목숨을 구한 셈이었다.

한국에 와서 한국말을 전혀 못할 때도 축구는 택시 기사에서 변호사, 의사에 이르기까지 이곳 남자들과 교감하는 가장 대표적인 방법이 되어주었다. 축구는 매우 쉬운 언어이고 단순한 남자들을 기분 좋게 해주는 효과 만점의 방법이다. 선수들 이름을 알고 관심만 충분히 있다면 남자들끼리 몇 시간이고 축구 이야기를 할 수 있다. "이천수 잘해요." "박지성 영국에 있어요." 내가 어눌한 한국어로 이런 말을 할 때마다 모두가 좋아했다.

한국에는 이런 우스갯소리가 있다. "여자들이 가장 싫어하는 이야기 세 가지는 군대 이야기, 축구 이야기, 그리고 군대에서 축구한 이야기"라고. 이마저도 여자들보다는 남자들이 좋아하는 농담일 것이다. 한국 남자들이 축구 이야기를 즐기는 이유는, 몇 시간이고 그라운드를 누비며 축구를 할 수 있을 정도로 젊고 체력이 좋았던 때를 가장 좋은 시절로 떠올리기 때문이 아닐까? 가정과 사회에서 짊어진 책임 없이 그저 해질 무렵까지 공만 찰 수 있었던 시절 말이다.

한국인들이 축구장을 찾는 또 하나의 이유

축구가 아무리 전 세계 남자들의 공통어라 해도 축구를 하고 즐기는 방식은 나라마다 큰 차이가 있다. 한국과 영국은 특히 그렇다.

우선 영국의 축구장에는 음식을 먹는 사람이 드물다. 경기장 밖에서 미트파이나 핫도그를 먹거나 추운 날 따뜻한 차를 마시는 사람이 간혹 있을 뿐이다. 하지만 한국 축구장에 가보면 꼭 공원에 소풍 온 듯한 느낌이다. 어디에나 온갖 다양한 음식을 먹는 사람들이 있다. 옛날통닭, 피자, 김밥, 족발, 보쌈 등을 어른은 캔맥주와 함께 아이는 커다란 탄산음료와 함께 먹는다. 한국 축구장에는 경기에 관심 없는 사람이 절반이다. 가끔은 어마어마한 간식에만 온 신경이 쏠려 있는 것 같기도 하다.

집에서 TV로 축구 경기를 보는 풍경도 사뭇 다르다. 영국 사람들은 대부분 혼자 축구를 시청한다. 늘어진 '난닝구'를 입은 아버지가 TV 앞 소파에 반쯤 누워 아내나 아이들은 TV 근처에 얼씬도 하지 못하게 쫓아버리는 모습을 생각하면 된다. 전혀 사교적이지도 않고 재미있지도 않다.

하지만 한국인들은 옹기종기 모여 함께 축구를 본다. 명목은 '축구 시청'이지만 정작 경기는 뒷전일 때가 많다. 사실은 한바탕 치킨과 맥주를 즐기기 위해 축구 경기를 드라마 배경음악처럼 틀어놓는 게 아닐까?

한국 기업들도 사람들이 TV로 축구 경기를 시청할 때 어떤 일이 벌어지는지 너무도 잘 안다. 그래서 경기 시작 전이나 하프타임 때 믿기지 않을 정도로 깡마른 걸그룹이 (걸그룹 식단에 허용되지도 않을 법한) 프라이드치킨을 먹는 척하고, 현빈 같은 멋진 배우가 한국 맥주가 세계 최고의 풍미를 가진 것인 양 연기하는 광고를 내보낸다. '섹시한 여자들이여,

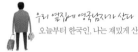

치킨을 많이 먹어라! 섹시한 남자들이여, 맥주를 많이 마셔라! 아, 축구도 보고'라는 메시지를 전하는 것 같다.

영국에서 축구와 관련된 사교적인 경험을 원한다면 펍(pub)에 가면 된다. 영국 사람들이 펍에서 축구를 보는 것은 사교적인 이유 외에 현실적인 이유도 있다. EPL(잉글리시 프리미어리그) 경기는 대부분 위성 TV로만 볼 수 있는데, 이용료도 비싼 데다 보기 흉칙하게 생긴 위성 안테나를 집 옆에 설치해야 한다. 이런 사실을 잘 아는 펍 주인들은 위성 TV에 투자해 축구 팬들을 펍으로 끌어들인다.

영국 펍에서 축구 보는 사람들을 구경하는 것은 매우 흥미롭다. 배불뚝이 다 큰 남자들이 조그만 TV 주위에 모여 90분 동안 소리치고 미친 듯 양손을 휘젓는 모습은 동물원 원숭이 구경보다 더 재밌다.

그들의 대화를 엿듣는 것도 나름 재밌다. 다들 축구 전문가가 따로 없다. 응원하는 팀의 스트라이커가 숏을 놓치면 심하게 탄식하며 "저건 우리 할머니도 넣겠네" 같은 말을 연발한다. 나도 맥주 몇 병 마시면 다를 바 없이 자칭 축구 전문가로 변신한다. 수비수 다섯 명과 골키퍼에 둘러싸인 채 쏜 20미터 장거리 숏이 안 들어갔다고, 우리 할머니라도 '가볍게' 넣었을 거라는 바보 같은 소리를 술기운에 지껄이는 것이다. 메시나 호날두라도 어려운 숏이겠지만.

한국에 온 지 10년이 넘었지만 한국에서는 맥주에 취한 남자들이 동물원에 온 듯한 구경거리를 선사하면서 축구 경기를 시청하는 분위기를 만나보진 못했다. 그 점만큼은 영국이 무척 그립다.

평생 친구를 사귀고 싶다면?

하지만 영국과 한국 축구의 진짜 차이는 축구를 실제로 해봐야 실감한
다. 영국에서는 축구를 이렇게 한다. 친구 몇 명과 축구공을 가지고 공
원에 간다. 스웨터나 외투를 벗어 골대 삼아 땅바닥에 놓고 공을 차기
시작한다. 지나가던 사람들이 "재밌겠다"면서 은근슬쩍 끼기도 한다.

그렇게 사람들이 계속 몰려든다. 거절하기 힘든 상황이라 한 팀 선수
가 20명도 넘는 말도 안 되는 일이 벌어질 때가 많다. 한 팀에 수비수 8
명, 스트라이커 4명이 된다. 영국의 공원은 대부분 평평하지 않고 나무
많은 언덕이라 수비를 위해서 작은 도랑 아래로 내려가야 하는 경우가
많다. 때로는 커다란 참나무를 지나 드리블하기도 한다. 내리막길을 지
나 진흙투성이의 작은 도랑에 골대가 있을 때도 있다.

시합이 끝나면 다들 흩어져 제 갈 길을 간다. 조금 전까지만 해도 "패
스해!", "슈팅해!"라고 소리치고 골이 들어갔을 땐 미친 듯이 함께 좋아
했던 사람들이 모두 흩어지면 다시는 볼 일이 없다.

하지만 한국의 축구는 다르다. 아무리 아마추어 수준이라도 항상 선수
11명과 주심, 부심이 있으며 골대와 네트가 갖춰진 축구장에서 시합이
이루어진다. 조직 구성 또한 믿을 수 없을 정도로 복잡하다.

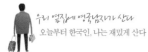

우리 옆집에 영국남자가 산다
오늘부터 한국인, 나는 재밌게 산다

한국에 온 지 얼마 안 됐을 때 나도 조기 축구팀에 들어간 적이 있었다. 그런데 내가 입단한 지 몇 주도 안 되어 팀 내에 큰 분열이 일어났다. 무슨 문제였는지 의견이 나뉘어 팀이 둘로 갈라졌다. 또 어떤 이유에서인지 나는 분열을 일으키고 나간 쪽에 서게 되었다. 동네 식당에서 회의가 열렸다. 보통의 허름한 고깃집이었지만 그날만큼은 중대한 회의가 열리는 시청 회의실에라도 온 듯한 착각이 들었다.

이탈한 그룹의 연장자 멤버들은 회장과 부회장, 총무, 주장, 감사를 빛의 속도로 정했다. 축구팀에 그런 중요하게 들리는 직책을 가진 사람들이 왜 그렇게 많이 필요한지 이해할 수 없었다. 매주 학교 운동장에서 공을 차는 남자들로 이루어진 팀에서 부회장이 도대체 무슨 역할을 할 수 있을까?

의사 결정은 거기에서 그치지 않았다. 그다음에는 팀원들의 등번호, 유니폼 색깔(홈경기용과 원정 경기용), 시합 장소, 회비에 대한 결정이 이루어졌다. 팀 이름도 투표로 결정했다.

의사 결정과 직책 분담이 그렇게 빨리 이루어지는 모습은 난생처음이었다. 돼지고기와 소주로 배를 채운 20~30명의 남자들은 일사천리로 일을 처리했다. 양말 색깔부터 다음 시합 날 누가 누구를 태우고 올 것인지까지 2시간 만에 모조리 결정을 끝냈다. 그 후에 우리는 당구장으로 향했고 새로 만들어진 축구팀의 미래에 대한 이야기는 단 한마디도 하지 않은 채 당구를 쳤다.

하지만 나는 결국엔 조기 축구팀을 그만두었다. 너무 많은 시간을 할애해야 하기 때문이었다. 토요일과 일요일에 공을 찬 다음에는 항상 음식이 기다리고 있다. 경기 종료를 알리는 휘슬이 울리자마자 누군가가 대형 냄비에 라면을 끓이거나 짜장면과 짬뽕을 단체로 배달시키거나 다 같이 고깃집으로 향한다. 그다음에는 호프집과 당구장이 기다리고 있고 가끔씩은 노래방에 들를 때도 있다. 토요일 아침에 학교 운동장으로 축구를 하러 갔는데 어느새 월요일 아침이다. 허벅지가 불에 타듯 쑤셔대고 정강이는 멍투성이에 노래방 스피커 소리가 아직도 귓가를 때리고 있는 최악의 숙취를 월요일 아침에 맞아야 하다니!

내게 조기 축구는 이제 옛이야기가 되어버렸지만 학교 운동장을 지나다 머리가 벗겨지기 시작한 남자들이 축구공을 차는 모습을 볼 때면 후회가 밀려들기도 한다. 조기 축구팀의 일원으로서 느끼는 동지애는 정말 굉장했다.

물론 영국의 공원 축구를 떠올릴 때도 똑같이 그리움이 샘솟는다. 영국에서는 공원을 지나다 즉석에서 몰려든 사람들과 함께 팀을 꾸려 이슬비가 내리는데도 진흙탕에서 뒹굴며 슬라이딩 태클을 하고 참나무 사이로 드리블을 하면서 슛을 날리며 정신없이 시합을 치르곤 했다. 영국의 동지애는 강렬하지만, 한국과는 다르게 잠깐 반짝하다 사그라든다.

한국과 영국의 축구는 무척 다르지만 축구를 할 때 느끼는 감정은 똑같이 강렬하다. 신체적으로나 육체적으로 거대한 흥분감에 이른다. 경

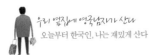

기가 치러지는 환경은 완전히 다르지만 열정만큼은 두 나라가 똑같다. 영국의 유명한 축구 감독 빌 샹클리(Bill Shankly)도 축구에 대한 열정을 잘 보여주는 명언을 남겼지 않은가.

"축구는 단순히 삶과 죽음의 문제가 아니다. 축구는 그것보다 더 중요하다."

밤거리 풍경이 지겨워진다면 삶이 지겨워진 것이다

미국의 가수 프랭크 시나트라는 〈뉴욕, 뉴욕〉이라는 곡에서 "잠들지 않는 도시에서 난 일어나고 싶어"라고 노래했다. 고인이 된 그가 만약 지금도 살아 있다면, 뉴욕은 잊어버리고 한국으로 오라고 조언해주고 싶다. 한국에서 잠들지 않는 도시는 인구 1000만 명의 수도 서울뿐이 아니다. 작은 도시들도 밤새 깨어 있다.

특히 도시의 대학가는 해가 저물면 영화 〈블레이드 러너〉의 배경처럼 변한다. 거리를 환히 밝히는 형형색색의 네온 조명은 요란한 댄스 음악에 맞춰 내일의 태양이 뜨기 전까지 우리를 향한 손짓을 멈추지 않는다.

한국의 밤거리 풍경을 처음 봤을 때 나는 진보한 외계 행성에 떨어진 네안데르탈인이 된 기분이었다. 마치 23세기의 밤을 보는 듯했다. 하지만 막상 술집이나 식당, 노래방 안으로 들어가보면 아쉽게도 그냥 평범했다. 지저분한 타일, 담배 연기로 찌든 벽지, 시뻘게진 얼굴로 어쩔 줄 모르는 종업원들에게 고함치는 술 취한 사람들. 하지만 매혹적인 한국

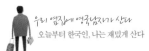

우리 옆집에 영국남자가 산다
오늘부터 한국인, 나는 재밌게 산다

밤거리의 겉모습만큼은 세계 어느 곳과도 비교할 수 없다.

한국에 오기 전 나는 런던에서 살았는데, 알다시피 런던의 밤 문화는 세계적으로 유명하다. 영국 시인 새뮤얼 존슨은 "런던이 지겹게 느껴진다면 삶이 지겨워진 것이다"라는 유명한 말을 남겼다. 어두워진 런던에는 결코 즐길 거리가 부족할 일이 없다는 뜻이다.

하지만 런던의 밤 풍경은 한국과는 딴판이다. 최근까지도 펍과 식당에서는 11시 이후, 클럽은 새벽 2시 이후로 주류 판매가 법적으로 금지되었다. 요즘은 더 늦은 시간까지 술을 팔 수 있도록 영업 허가를 신청할 수 있지만 시간과 비용이 많이 들기 때문에 굳이 하려들지 않는다.

물론 언뜻 보기에는 문 연 데가 없어 보인다. 하지만 많은 런더너는 새벽 2시쯤 아직 집으로 돌아갈 준비가 되어 있지 않다. 그래서 많은 펍이 '록인(lock-in)'의 형태로 술을 판매하는데, 마감 시간 후에도 암암리에 영업을 계속하는 것을 뜻한다. 물론 그 문은 반갑지 않은 손님(특히 경찰)에게는 굳게 닫혀 있다.

록인 펍을 찾기 어렵다면 다른 선택의 여지도 많다. (완전한 불법이지만) 이민자들이 운영하는 런던의 음식점 중에는 24시간 영업하는 곳이 많다. 주위에 경찰이 어슬렁거리지 않고 손님이 소문내지 않겠다고 약속만 하면 기꺼이 티팟(teapot)에 술을 내온다.

이런 측면에서 한국은 완전히 다르다. 손님이 있고 싶을 때까지 문 여는 술집과 식당이 즐비하다. 온갖 다양한 환경에서 다음 날 해 뜰 때까지 먹고 마시고 할 수 있다. 아재들의 정통 밤 문화를 제대로 원한다면 '참치집 – 호프집 – 노래방 – 해장국집' 코스를 따르면 된다. 아직 자신이 젊고 쿨하다고 생각하는 사람들은 '이태리 식당 – 지나치게 비싼 술집 – 역시 지나치게 비싼 클럽 – 편의점 라면' 코스를 즐긴다.

연인들을 위한 은밀한 밤의 공간

밤은 술꾼들만을 위한 시간이 아니다. 연인들도 어둠이나 네온 조명을 가림막 삼아 움직이는 것을 좋아한다. 나는 북한산으로 오르는 큰 등산로 근처에 사는데 주말 밤마다 싼 티 나는 술집이나 노래방, 성인 나이트가 시끄럽게 들썩거린다. 그리고 바로 그 뒷골목, 모텔로 빽빽한 그곳에는 긴장감과 초조함이 가득하다. 차들이 수상쩍게 드나들고, 각종 연령대의 커플들이 비난 어린 시선을 피하고자 고개를 푹 숙인 채 신속하게 복도를 지나쳐 카운터 구멍으로 재빨리 카드를 밀어 넣는다.

한국의 모텔은 놀라운 곳이다. 모텔에 대해서는 다들 언급하기를 꺼리지만 일단 언급할 때는 비판적인 조롱이 함께한다. 한국인들에게 모텔에 가봤느냐고 물으면 (룸살롱도 마찬가지겠지만) 대부분은 결코 그런 장소에는 한 번도 들어가본 적이 없다고 장담할 것이다.

하지만 한국 어디를 가든 모텔을 쉽게 볼 수 있고 적어도 내가 사는 동네에서는 호황을 누리는 산업처럼 보인다. 밤의 유흥가에서 스카이

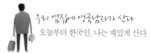

라인을 군림하고 있는 모텔은 작고 어두운 창문이 있는 화려한 디즈니성을 닮았다. 모텔 건물은 대부분 매우 크고 현대적인 외관을 하고 있는데 밖에서 보면 아주 조용하다. 하지만 안에 발을 들여놓는 순간, 쾌락과 고통, 안간힘과 피로 사이를 오가는 떨리는 신음 소리가 적나라하게 들린다.

모텔이 영어 단어임에도 불구하고, 영국에는 한국의 모텔 같은 곳이 없다. 물론 영국에도 호텔은 많다. 여유만 된다면 그곳을 이용하면 된다. 과거에 영국인들은 내숭을 떠는 경향이 있어서 1960년대까지만 해도 호텔에 체크인할 때는 결혼한 부부인 척을 해야만 했다. 그래서 당시 호텔 리셉션에서 근무하던 직원들은 스미스 씨가 매주 새로운 스미스 부인과 함께 체크인한다는 식의 농담을 즐겼다.

하지만 호텔을 이용할 수 없는 형편이라면? 주머니 사정이 빠듯한 연인들을 위한 해결책은 바로 공원이다. 영국에는 대도시 한가운데에도 나무와 덤불, 호수가 들어찬 거대한 공원이 있다. 그 공원에는 흐릿하게 가로등이 켜진 곳도 있고 아예 조명이 없는 곳도 있다. 새벽 3시쯤 공원에 가보면 어둠 속에서 마음 놓고 돌아다니는 여우와 고슴도치, 오소리 들을 볼 수 있다. 그런 밤중에 공원을 돌아다닐 때는 신중해야 한다. 원치 않게 가난한 어린 커플들을 방해할 수도 있으니까. 흔들리는 덤불 뒤에서 들리는 고양이 싸우는 소리의 주인공들은, 바지를 발목까지 내린 채 욕망을 채우고 있는 어린 커플일 수 있다.

백야의 밤거리는 안전하기야 하겠지만…

한국의 밤 문화 하면 재미와 놀이를 주로 떠올리지만, 좀 더 진지하게 안전성에 대해서도 언급하고 싶다. 유럽, 특히 영국에서는 밤중에 안전한 곳은커녕 불 켜진 가게조차 찾기가 힘들다. 런던 같은 대도시라면 24시간 열린 경찰서가 있을 수 있지만 작은 도시에서는 경찰서조차 밤에 문을 닫는다. 그래서 여성 혼자 밤거리를 돌아다니면 특히 무서울 것이다. 낮의 거리는 유모차와 수다 떠는 쇼핑객 등으로 부산하고 활기 넘친다. 19세기에 지어진 인상적인 건물들 사이를 수염은 없지만 산타클로스에 뒤지지 않는 풍채의 남자들이 쾌활한 표정으로 뒤뚱뒤뚱 지나간다.

하지만 어둠이 깔리면 그 거리가 차갑고 외롭게 변한다. 오래된 건물들은 무서워 보이고, 네오고딕 건축 양식과 로마 시대를 흉내 낸 기둥들이 위협적이고 공격적인 모습으로 비쳐진다. 어떤 오래된 건물들은 너무도 낡아서 삐걱거리기까지 한다. 지방 도시의 경우에는 더 조용해서 낡은 건물이 내는 소리가 하나도 빠짐없이 더 크게 들린다. 병든 노인의 신음 같기도 한 그 소리는 올빼미들의 음산한 반주와 함께 울려 퍼진다. 그럴 때 영국인들은 어딘가 문 연 곳이 있기를, 따뜻한 불빛이 흘러나오는 상점이나 식당이 있기를 바란다. 밤 11시에 아무런 계획도 없이 거리에 나간다면 그런 무서운 공간에 홀로 있어야 한다.

반면 한국에서는 하루 중 언제든지 문 연 곳을 찾을 수 있다. 피시방,

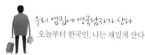

24시간 영업 카페, 편의점 등. 바로 그래서 한국의 밤 문화가 안전하고 심지어 편안하게까지 느껴진다. 라면 국물을 후룩후룩 마셔가면서 시끄럽게 키보드를 두들기며 오크를 학살하고 무차별 사격을 가하는 게이머들로 가득한 피시방은 여성들에게 안전하게 느껴지지 않을지도 모른다. 하지만 칼바람이 살을 에고 비까지 내리는 밤이라면, 게다가 술취한 아저씨들이 노상방뇨를 하거나 고함을 질러대는 밤이라면, 피시방으로 피신하는 편이 나을 것이다. 그런 밤이라면 추리닝 차림의 게임 중독자들이 빛나는 갑옷을 입은 용맹한 기사처럼 보일 것이다.

한국에서는 무엇을 하든 너무 늦은 시간이 없는 것처럼 너무 이른 시간도 없다. 처음 한국에 왔을 때 학원에서 영어 강사로 일한 적이 있었는데 첫 수업 시간이 아침 6시 30분이라서 출근길에 집 근처 분식집에 들러 김밥을 사 먹곤 했다. 어느 날, 그날도 새벽 5시 반쯤 그 분식집 문이 열렸길래 들어갔더니 불이 다 꺼져 있었다. 아직 영업 시작 전인데 주인이 문 잠그는 것을 깜박했나 보다 생각하고 그냥 나가려는데, 갑자기 바닥에서 주인아주머니가 벌떡 일어나셔서 뭘 주문하겠느냐고 물었다. 나는 깜짝 놀라 참치김밥 두 줄을 달라고 했다. 가뜩이나 서투른 한국어로 더듬거리면서. 충혈되고 게슴츠레한 눈과 헝클어진 머리의 아주머니는 힘겹게 미소를 짓더니 김밥을 만들어주었다. 그로부터 머지않아 나는 한국에서는 불가능한 일이 없다는 사실을 알게 되었다.

도로 위에 북적이는 은색 자동차

10여 년 전 처음으로 인천공항에 도착해 공항고속도로를 타고 서울로 향하던 순간을 지금도 또렷이 기억한다. 아시아 국가를 방문한 건 그때가 처음이었다. 차창 밖으로 어떤 풍경이 펼쳐질까 설렜다. 막연히 대나무 숲, 엄청나게 큰 돌부처상, 강둑을 구르는 판다 곰 같은 것이 반길 거라 생각했던 것 같다. 인정한다. 유럽인들은 아시아에 관해 이상한 선입견을 갖고 있다.

판다 곰과 돌부처상 대신 내 눈에 들어온 것은 매끈한 도시와 쭉 뻗은 도로였다. 유럽에서 보던 풍경과 다를 게 없었다. 딱 한 가지, 도로 위를 달리는 차의 색깔만 빼고 말이다.

한국엔 왜 이렇게 은색 차를 모는 사람이 많은 걸까? 난 영국 출신이다. 거기선 파란색, 빨간색, 오렌지색 차들이 많다. 은색 차의 비중은 12퍼센트 정도다. 그런데 현대자동차의 발표에 따르면 한국인들은 50퍼센트가 은색 자동차를 선택한다고 한다. 한국에선 90퍼센트의 차가 은

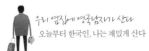

색이거나 검은색 또는 흰색이란 통계도 있다.

미국의 한 유력 신문에서 한국인들은 왜 이 세 가지 색깔의 차만 고집하는지를 다룬 기사를 본 적이 있다. 온갖 흥미로운 가설이 동원되었다. 한국의 전통 회화나 서예가 검은색과 흰색만 쓰기 때문에 한국인들이 무채색에 본능적으로 친근함을 느낀다는 식의 가설 말이다. 괴상한 가설이긴 하지만, 어느 겨울날 지하철 광경을 보곤 그 가설이 그럴듯하단 생각을 했다. 그렇게 많은 사람이 하나같이 검은색 코트를 입고 있는 걸 본 건 난생처음이었다.

미국 NBC 방송은 은색 차를 모는 이들은 스스로 명망 있는 사람이 된 것 같은 기분을 느낀다는 분석을 내놓기도 했다. 빨간색 차를 모는 사람들은 스스로 감각적인 사람(더 직접적인 말로는 섹시한 사람)이라고 생각한다고 한다. 은색 차가 넘쳐나는 서울 거리를 보면, 한국에선 섹시한 사람보다는 명망 있는 사람이 되는 게 중요한 미덕이란 생각이 든다. 아니면 은색 차를 모는 진짜 이유는 다른 데 있을지도 모른다. 먼지가 많이 묻어도 꽤 깨끗해 보이니 세차비를 아낄 수 있다거나. 빨간색 차를 모는 이들에겐, 비밀로 해달라.

한국의 겨울이 유난히 따뜻한 이유

10여 년 전 한국에 와서 처음 배운 인사말이 '새해 복 많이 받으세요'였다. 한국어를 처음 배우는 입장에선 좀 길고 어려운 말이었다. 그래서 이 말을 제대로 발음할 수 있었을 때 꽤 뿌듯했다. 그해 1월 2일에 사무실에 첫 출근을 해서 이 말로 인사를 했을 때 동료들이 "영국인이 한국 예절을 잘 안다"며 칭찬했던 기억이 난다. 그런데 그로부터 4주쯤 지났을 때 '구정'이라며 또 사람들이 "새해 복 많이 받으세요"라고 인사를 하기 시작했다. 새해 인사를 왜 한 해에 두 번 해야 하는지 의문이었지만, 어쨌든 복을 많이 받는 건 좋은 일이 아닌가.

그러나 지구상에서 한 해에 두 번 새해맞이 명절이 있는 나라는 한국만이 아니다. 유대인들은 유대교에서만 쓰는 달력에 따라 매년 9~10월쯤 새해 명절을 보낸다. 러시아에도 한국처럼 구정이 있는데 1월 14일이다. 러시아 정교의 달력이 보통 쓰이는 그레고리우스력이 아니라 그 이전에 쓰이던 율리우스력이기 때문이다. 그러니 한국에 사는 러시아인

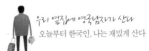

이나 유대인은 아마 한 해에 세 번 새해 명절을 맞을 것이다.

1년 내내 새해 명절을 만끽하고 싶은 사람이라면 인도 여행을 추천한다. 인도에는 수많은 종교가 있고, 그 종교마다 쓰는 달력이 다르다. 1월 1일은 물론이고, 적어도 16개 이상의 새해 명절이 있다. 거기선 '새해 복 많이 받으세요'라는 말을 '안녕'이라는 인사만큼이나 자주 들을 수 있다.

한국에는 인도의 설날만큼이나 자주 돌아오는 '유사 명절'이 있다. 올해 설 연휴 뒤에 따라온 밸런타인데이처럼 연인들을 위한 날들인데, 겨울부터 봄이 오는 시기에는 크리스마스부터 밸런타인데이, 화이트데이로 숨 가쁘게 이어진다. 매년 겨울이면 연인들이 선물 값 때문에 파산하지 않을까 걱정이다.

그래도 많은 명절이 겨울에 몰려 있어서 한국의 겨울은 유난히 따뜻한 것 같다. 신정이든 구정이든 선물과 정(情)이 자주 오갈수록 좋은 일 아닌가.

나는 올해도 기꺼이 "새해 복 많이 받으세요"라고 두 번씩 인사했다.

강남과 강북, 두 도시 이야기

나는 서울 은평구에 산다. 서울에선 비교적 땅값이 싸고 도심에서 약간 떨어진 동네인데, 서울 강남 쪽에 직장이 있는 사람이라면 은평구에서 살아보기를 권하고 싶다.

강남에 가보면 길거리 청년들이 배우나 걸그룹 멤버 뺨치게 멋진 차림으로 다닌다. 어제 아침에만 강남 길거리에서 수지보다 예쁜 여자 두 명과 김수현보다 잘생긴 남자 세 명을 봤다. 갓 스무 살 정도인 청년들이 미국의 성공한 힙합 뮤지션이나 탈 법한 차를 몰고 다니는 걸 본 적도 있다. 하지만 강남 거리를 걸을 때마다 '만약 내 몸에 불이 붙더라도 저 사람들은 눈곱만큼도 신경 안 쓸 것 같다'는 생각을 한다.

반면 내가 사는 은평구의 낡은 거리에는 오래되고 지저분한 건물들도 많다. 거리를 지나는 사람들을 보면 영화 〈국제시장〉에 나오는 엑스트라를 보는 듯한 기분이 든다. 하지만 이곳 사람들은 날 투명인간 취급하지 않는다. 일전에 복숭아를 사려고 동네 시장에 간 적이 있다. 과일 가

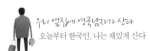
우리 옆집에 영국남자가 산다
오늘부터 한국인, 나는 재밌게 산다

게에서 복숭아를 고르고 있는데 할머니 한 분이 다가와서 속삭였다.

"외국인 양반, 이 가게에선 열 개를 사면 하나를 얹어주니까 꼭 열 개 사."

우리 동네에서 혼자 식당에 밥을 먹으러 가면 종업원이 끊임없이 말을 건다. 내가 구석에 앉아서 스마트폰 게임을 해도 꼭 말을 건다. 손님들도 말을 거는 경우가 많다. 결국 난 스마트폰 게임을 끄고 그들과 얘기를 나누게 된다.

강남의 편의점 직원은 대개 손님 얼굴을 쳐다보지 않는다. 물건을 사 들고 계산대로 가서 한국에 처음 온 관광객인양 "Hello~" 하고 인사해도 그들은 무표정한 얼굴로 내가 내민 현금이나 카드에만 온 신경을 집중할 뿐이다.

우리 동네에선 볼일을 보러 집 밖에 나가면 길거리에서 마주치는 가게 주인이나 부동산에 놀러 온 아저씨들과 인사하고 얘기 나누느라 원래 용건을 까먹을 때도 있다. 여기선 웬만한 이웃끼린 서로 잘 알고 지낸다.

요지가 뭐냐고? 서울에서 사람 사는 맛을 느끼고 싶은 이라면 은평구 같은 곳에 살라는 것이다. 물론 혼자 조용히 스마트폰 게임을 하고 싶은 사람이라면 강남으로 가고!

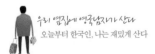

목욕탕에 바치는 찬가

겨울이 찾아오면 대중목욕탕 생각이 간절해진다. 시베리아에서 온 찬바람이 부는 한국 겨울의 장점은 언제 어디서든 목욕탕을 찾을 수 있다는 것이다. 목욕탕이 없는 고향 영국에서는 누려보지 못한 즐거움이다. 런던에도 간판에 '사우나'라고 쓰인 곳이야 있지만 거기는 주로 성매매 업소거나 범죄 조직의 돈세탁 창구다. 반쯤 쓰다 남은 샴푸, 칫솔, 그리고 이태리타월을 들고 맘 편히 찾을 수 있는 한국식 목욕탕은 영국에 없다.

일부 서구인에게 목욕탕은 여전히 낯설다. 몇 년 전 친한 영국 친구가 한국을 찾아와 함께 목욕탕에 갔다. 탕에 들어가는 순간 시선에서 그를 놓쳤다. 온탕에 들어가 해물탕 속 새우처럼 잘 익혀지고 있겠거니 했다. 하지만 그것은 착각이었다. 내가 느긋하게 목욕을 마치고 나오자 친구 녀석은 옷을 모두 차려입고 탈의실 의자에 앉아 날 기다리고 있었다. 그는 "여긴 노출이 너무 과해. 어서 돌아가자"라고 애원하듯 말했다. 그제

야 영국에서는 친한 친구 사이에서도 서로의 거시기(?)를 볼 일이 별로 없다는 게 생각났다. 생면부지의 사람들이 발가벗고 다니는 민망한 장면에 그는 꽤나 커다란 컬쳐 쇼크(문화 충격)를 받았을 것이다.

한국에 오기 전 잠시 우크라이나에서 살았던 적이 있다. 나의 목욕탕 사랑은 그곳에서 시작됐다. 영하 30도의 거리를 걷다가 목욕탕에서 몸을 풀면서 그 매력에 빠졌다. 한국행을 결정했을 때 한국에서는 어디를 가나 목욕탕, 찜질방, 사우나가 있다는 걸 듣고 가장 기뻐했다.

한국 목욕탕 문화의 특징은 뭐니 뭐니 해도 때밀이 문화다. 피부 아래 황금이 숨겨져 있고 그걸 캐내려고 저렇게 열심히 살갗을 밀어대는 것 아닌가 하는 생각이 들 정도다. 더 신기했던 것은 성질 급한 목수가 거친 나무 표면을 사포로 밀어내듯 아이들의 때를 밀어주는 아버지들이었다. 시간이 흐르면 중년이 된 그 아들이 늙어버린 아버지를 목욕탕에 데려와 때를 밀어줄 것이다. 이 풍경이야말로 한국 목욕탕에 숨겨진 황금이 아닐까.

요절복통 서울 지하철

일요일 아침이면 지하철을 타고 한강으로 조깅을 하러 간다. 매주 지하철에서는 한 편의 희극이 펼쳐진다. 단정하게 옷을 차려입은 독실한 교회 신자들은 손에 성경책을 들고 근엄한 표정을 짓고 있다. 이들 곁에 딱 봐도 하룻밤 내내 술 마시고 광란의 파티를 즐기다 첫차를 타고 집에 들어가는 올빼미족이 드러누워 있다. 한쪽은 성경에 형광펜으로 줄을 그어가며 읽고 있는데, 다른 쪽은 지하철에 타자마자 신발을 벗어 던지며 곧바로 코를 골며 곯아떨어진다. 자리 서너 개를 차지하고 드러눕는 건 예사. 분명 제 정거장에서 못 내리고 수원이나 인천쯤에서 깨어날 것이다. 한겨울 아침 댓바람부터 무릎이 훤히 보이는 조깅용 짧은 반바지와 형광색 안전 조끼를 입고 지하철을 타는 서양인도 있다. 바로 나다.

때로 서울 지하철은 달리기 시합이 벌어진 운동장이나 헬스장을 연상시킨다. 목표물을 향해 뜀박질하는 승객들 때문이다. 집이 북한산 근처라 주말이면 지하철에서 숱한 등산객을 만난다. 그들은 해발고도 837

미터인 북한산 백운대는 거침없이 오르면서 지하철 계단은 걸어 올라가기 싫어한다. 꼭 노약자용 승강기를 타려고 든다.

지난주에는 노약자용 승강기를 향해 뛰어가는 등산객들에게 휩쓸렸다. 승강기 문이 열리자마자 그들은 승강기를 향해 폭주 기관차처럼 달렸다. 승강기 앞에서 걷고 있던 나는 어깨를 치고 지나가는 그들에게 밀려 넘어질 뻔했다. 세렝게티 초원의 배곯은 사자에게 쫓기는 한 무리 영양 떼도 그렇게 뛰진 않을 것 같다.

빈자리 경쟁도 이에 뒤지지 않는다. 빈자리를 차지하기 위해 아줌마들이 남자 100미터 세계 기록 보유자인 우사인 볼트도 놀랄 만한 움직임을 보인다.

19세기부터 지어진 런던 지하철은 도시 규모에 어울리지 않게 비좁다. 폐소공포증을 느낄 것 같은 좁은 열차 안에서 사람들은 몸만 살짝 부딪혀도 서로 미안하다고 한다. 조용하고, 그래서 지루하다.

상대적으로 신식인 한국 지하철은 현대적이고 널찍하다. 코미디와 스포츠가 펼쳐지는 역동적인 장소다. 두 나라 사람들의 지하철 문화가 다른 건 이 공간의 차이 때문이 아닐까.

더워도 못 말리는 한국인

"이 세상에서 햇살이 강한 한낮에 바깥에 나가는 건 미친개와 영국인뿐이다." 영국의 위대한 극작가이자 배우였던 고(故) 노엘 카워드 경은 이렇게 말한 적이 있다.

나는 예전에는 카워드 경의 이 말이 틀림없다고 생각했다. 햇살이 강한 낮이나 오후면 스페인 사람들은 '시에스타'라고 불리는, 아랍 사람들은 '카이롤라'라고 하는 낮잠을 즐기는데 내 모국인 영국 사람들은 일광욕을 하겠다고 땡볕의 거리로 나가는 게 사실이니까. 그런데 카워드 경이 몰랐던 존재가 있다. 바로 한국의 아마추어 마라토너들이다.

작년에 나는 어떤 이유로 6월 마지막 주에 열리는 달리기 대회에 참가해 가까스로 10킬로미터 코스를 완주했다. 결승선을 통과하자마자 그늘에 주저앉아 생수를 온몸에 끼얹었는데도 심장이 갈비뼈 밖으로 튀어나올 것 같았다. 그날 내가 1킬로미터만 더 뛰었어도 지금쯤 병원 침대에 누워 이 글을 쓰고 있었을 것이다. 하지만 그날 대회 참가자 절반 이상이 마라톤 하프 코스를 완주했고, 풀코스를 마친 사람도 꽤 되었다. 섭씨 30도에 습도 79퍼센트인 6월의 한낮, 그늘 한 점 없는 한강변을 따라 달리는 대회였는데도 말이다.

더 수수께끼 같았던 광경은 그 땡볕 아래서 수십 킬로미터를 달리고 난 사람들이 엄청나게 기름진 음식을 먹는 모습이었다. 나는 달리기를 끝낸 뒤 수박에 얼굴을 파묻고 먹고 싶다는 생각뿐이었다. 하지만 풀코스 마라톤을 마친 한국 사람들은 족발이나 프라이드치킨, 제육볶음 같은 음식에 막걸리를 들이켜고 있었다.

한국엔 이런 강철 같은 아마추어 마라토너들 외에도 이글대는 여름 태양 아래 몸을 던지는 사람들이 있다. 몇 년 전 내가 활동하던 조기 축구회에선 이런 일이 있었다. 7월의 한낮에 경기하던 중 한 20대 중반 팀원이 갑자기 쓰러졌다. 열기 속에서 열심히 뛰다가 의식을 잃은 것이다. 사람들이 찬물을 끼얹는 사이 누군가 구급차를 불렀다. 하지만 몇 분 뒤 그 청년은 정신을 차렸고, 우리는 구급차를 돌려보냈다. 벤치에서 5분 정도 쉰 뒤 경기에 복귀한 그는 토끼처럼 깡충대며 그라운드를 누볐다. 심지어 한 골 넣기도 한 것으로 기억한다.

인정한다. 미친개와 영국인들이 한낮의 뜨거운 태양 아래를 걸어 다닐 때, 한국인들은 그 더위 속을 심지어 뛰어다닌다.

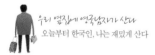

한국 축구 팬 vs 영국 축구 팬

한국에서 축구 경기를 보는 것과 영국에서 보는 건 완전히 다른 경험이다. 영국의 경기장 관중석에서 들리는 함성은 보통 묵직한 저음이다. 관중 대부분은 살집이 좋은 중년의 남성들이다. 이들은 보통 화가 나 있다. 선수가 골대를 멀리 벗어나는 '똥볼'을 차기라도 하면 모든 이가 한 몸이라도 된 양 다 같이 "우~" 하고 야유를 보낸다.

한국의 경기장 관중석에서 들리는 소리는 소프라노에 가깝다. K리그 관중을 잘 보면 대개 비명을 지르는 것은 10~20대 여성들이다. 이들은 축구 선수들을 배우 김수현 보듯 사랑스러운 눈길로 바라보며 열광한다. 경기장에 울려 퍼지는 바리톤의 함성에 익숙한 내게 한국의 이런 풍경은 낯설고 신기하다.

한국의 축구 팬들은 세계 축구계에서 점점 유명해지고 있다. 최근 10여 년간 열린 월드컵에서 한국 관중은 90분 내내 함성을 지르고 노래를 부르는 엄청난 체력을 보여줘서 세계적인 명성을 얻었다. 한국 축구의 실력이 점점 일취월장하고 있는 데는 열정적인 팬들의 응원이 한몫했을 것이다.

이런 열정은 한국인 특유의 가무(歌舞) 능력 덕분이 아닐까 한다. 다른 나라의 축구 팬들도 90분 내내 응원가를 부르긴 한다. 하지만 마치 한목소리로 부르는 것처럼 '떼창'을 할 수 있는 이들은 없다. 한국에선 메가폰을 든 몇 명의 사람이 앞에 나서서 이 '떼창'을 이끈다.

영국인들도 경기장에서 합창을 하긴 하지만, 그런 일은 드물다. 영국에서 누군가 메가폰을 들고 앞에 나서면, 경기 보는 걸 방해한다며 비난받기 딱 좋다. 영국 관중은 응원하는 팀이 잘할 땐 미친 듯 열광하지만 못할 땐 마치 도서관에 온 것처럼 침묵으로 야유하기도 한다. 한마디로 제멋대로다.

나는 한국과 영국의 응원 스타일을 모두 좋아한다. 한국처럼 팀이 잘하든 못하든 한마음으로 응원하는 모습은 감동적이다. 영국처럼 제멋대로 응원하는 것도 재밌다. 한국이든 영국이든 응원하는 팀이 죽 쑤고 있어도, 응원하는 재미 덕분에 심심하지 않다. 아마도 세계에서 가장 축구를 사랑하는 두 민족이 아닐까 싶다.

남자들을 침팬지로 대체하진 말아줘

나는 남자다. 남자로서 내가 집에서 맡은 역할은 모기 잡기, 막힌 변기 뚫기, 헐거워진 나사 조이기, 그리고 재활용 쓰레기 분리수거 등이다. 이런 일을 하면서 가끔 스스로 반문하곤 한다. "만약 여자들이 침팬지를 잘 훈련해 이런 일을 시킬 수 있다 해도 계속 우리를 데리고 살까? 혹시 우리를 버리는 것은 아닐까?"

미국의 저명한 조사 기관인 가너 서베이가 몇 년 전 발표한 자료에 따르면, 여자들은 남자들을 이렇게 정의 내린다. "남자=다림질을 할 줄 모르며, 아내나 여자 친구에게 항상 잘못된 사이즈의 옷을 사다 주고, 춤에도 전혀 일가견이 없는 사람들."

근본적으로 여자는 우리 남자들이 다 쓸모없다고 생각하는 건 아닐까? 문제는 지구상 어느 곳을 가더라도 이런 여자들의 생각이 옳다는 것을 필사적으로 증명하는 남자들을 만날 수 있다는 것이다.

나는 얼마 전에 내 고향 영국에서 여름휴가를 보내고 돌아왔다. 그곳에서 영국 남자들의 무능력한 모습에 (특히 대형 마트에서) 무척 깊은 인상을 받았다. 영국 남자들은 쇼핑한 음식을 차 트렁크에 어떻게 실어야 하는지 모르는 영장류다. 그들은 달걀, 토마토, 그리고 얄팍한 통에 든 요구르트로 밑바닥을 채운 후 그 위에 무거운 것을 올린다. 여자들은 이런 남자들의 어리석음을 즉시 감지하고 쇼핑한 물건들을 신중하게 트렁크에 다시 채우기 시작한다. 그동안 남자들은 차 옆에 꿔다 놓은 보릿자루처럼 멀뚱대며 서 있을 뿐이다.

영국의 어떤 마트를 가더라도 이런 장면을 쉽게 목격할 수 있다. 마트 주차장에 홀로 남겨져 마치 세렝게티 공원 한가운데서 무리를 놓치고 길을 잃은 한 마리 가젤처럼 겁에 질린 모습을 하고 있는 남자들을 말이다.

영국에서는 몇 십 년 전부터 '뉴맨(New Man)'이라 불리는 젊은 남자들이 등장했다. 뉴맨은 기성세대 남자들과 매우 다르다. 요리에도 꽤 일가견이 있고 여성에게 다정다감하며 가사를 즐겨 돕는다.

문제는 뉴맨들 또한 기성세대 남자들과 똑같이 쓸모없다는 것이다. 그들은 여자들의 기분을 상하게 만드는 것을 너무나도 두려워하는 까닭에 여자들에게 제대로 추파도 던지지 못한다. 미국 여배우 귀네스 펠트로가 처음 영국에 왔을 때 그녀는 "(영국의) 뉴맨들은 여자에게 사귀자는 말을 꺼낼 줄도 모른다"고 불평했다. 여자들 입장에서는 뉴맨과의 결혼 생활은 행복할지도 모르겠지만, 그들과의 연애는 그다지 구미가 당기지 않는 일일 것이다.

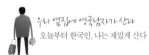

우리 옆집에 영국남자가 산다
오늘부터 한국인, 나는 재밌게 산다

한국에서 10여 년을 사는 동안 나는 무능한 남자가 되는 한국만의 독특한 방식을 발견했다. 그것은 바로 '셔터맨'이 되는 것이다. 셔터맨 대부분도 아내가 운영하는 식당에서 셔터를 올리고 내리는 일만 하고 싶지는 않을 것이다. 그러나 다른 일도 돕고 싶어 하는 그들의 의지는 안타깝게도 그들의 무능만 증명하게 된다.

손님이 김치를 더 달라고 부탁하면 셔터맨은 일단 주방으로 들어간다.

"김치 어디 있어?"

주문 들어온 세 가지 음식을 동시에 마무리하느라 분주한 아내에게 질문을 던진다. 아내가 대답한다.

"선반 위에 있는 통에 있는데."

"어떤 선반?"

"맨 위에 있는 선반."

"무슨 색 통에 들었어?"

"빨간 통."

"이거? 어떤 접시에 담아?"

결국 계속되는 질문에 참다못한 아내는 김치가 들어 있는 통을 재빨리 낚아채서 접시에 김치를 담아 손님에게 내주고는 김치 통을 제자리에 가져다 놓는다. 그러고는 레이저가 나올 듯한 눈길로 남편을 쏘아본 후, 빠른 손놀림으로 일을 계속한다. 낙담한 셔터맨은 아내를 성가시게 하지 않고서는 자신이 할 수 있는 일이 아무것도 없다는 것을 깨닫고는

TV 리모컨을 만지작대며 채널을 돌려댄다.

물론 약삭빠른 남자라면 이 점을 교묘하게 이용할 것이다. 그들의 은밀한 공식은 바로 이것이다. '여자들이 무엇을 부탁하든지, 완전히 엉망으로 만들어놓는다.' 그 공식에 따라 아내가 설거지를 부탁하면 접시 뒷면에 세제 거품을 고스란히 남기고, 청소를 해달라고 하면 진공청소기를 망가뜨리고, 음식을 해달라고 하면 이제껏 보지도 듣지도 못한 고약스러운 화학 실험 결과물을 만들어서 내놓는다. 그러면 다시는 그런 귀찮은 일을 떠맡지 않아도 되니까.

그러나 영국에서나 한국에서나 그런 남자는 드물다. 대개는 진심으로 여자들을 돕고 싶어 하지만, 어떻게 도와야 하는지를 잘 모를 뿐이다.

우리에게 한 번 더 기회를 달라. 우리를 훈련된 침팬지로 대체할 생각은 제발 하지 말았으면 좋겠다.

혼자 사는 남성들의 해방을 위하여

2017년은 가수 비가 한국에서 가장 인기 있는 여배우 중 한 명인 김태희와 결혼을 한다는 소식으로 시작되었지만, 금년은 물론 앞으로도 독신 남성들이 대세인 시대가 될 듯하다. 통계청이 얼마 전 발표한 자료에 따르면, 2028~2035년에는 결혼 적령기인 28~35세 한국 남성들이 신붓감을 찾는 데 심각한 어려움을 겪게 될 것이라고 한다. 또한 통계청은 2년 전보다 5퍼센트나 많은 한국인들이 결혼을 안 해도 무방하다고 생각한다는 자료를 발표했다.

지속적인 인기를 누리고 있는 MBC의 〈나 혼자 산다〉는 많은 한국인에게 싱글 라이프의 매력을 유감없이 보여주고 있다. 이 프로그램에 등장하는 남자 연예인들은 동정의 대상이 아니라, 싱글 라이프를 즐기며 사는 부러움의 대상이 되고 있는 듯하다. 이 프로그램의 홈페이지에는 당당하게 이런 글귀가 적혀 있다. "대한민국 1인 가구 453만 시대, 이제는 1인 가구가 대세! 연예계 역시 3분의 1은 1인 가구." 한국의 트렌드를 쥐

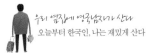

락펴락하는 남자 연예인들이 혼자 산다면 아마도 미래에는 더 많은 젊은 남자들이 혼자 살게 될 것이다.

나 또한 내 인생의 많은 시간을 혼자 살았는데 한국의 혼자 사는 남성들과 나의 모국인 영국의 혼자 사는 남성들을 비교해보면, 비슷한 점도 있고 상당한 차이점도 있다.

남자들이 정복한 집안풍경이란

영국에서는 대학에 진학할 때, 고향이 아닌 다른 도시로 진학하는 경우가 많다. 그래서 영국인들은 사실상 대개 18세부터 혼자 살기 시작한다. 그들 중 대다수는 부모들에게 독립해서 3~4년을 살고 난 후 다시 고향으로 돌아가지 않는다. 영국인 대부분이 대학 졸업 후 가장 하고 싶어 하지 않는 것이 바로 부모 곁으로 돌아가는 일이다.

남자들에게 부모와 함께 살던 집을 떠나 혼자 사는 첫해는 더할 나위 없는 행복의 나날이다. 내가 처음 혼자 살았던 곳은 작은 기숙사의 손바닥만 한 방이었지만, 나는 아직도 그곳에서 보냈던 시간을 생생히 기억한다. 방은 1년 내내 여기저기 벗어 던진 옷가지들이 수북하게 쌓여 있고, 침대는 정리가 안 되어 어수선하며, 언제나 시끄러운 음악이 흘러나오고, 벽에는 반쯤 벗고 있는 여자들의 포스터가 붙어 있었다.

우리 어머니는 하루에 두 번씩 청소기를 돌리실 정도로 청소에 있어서 거의 결벽증이 있으신 분이라 나는 어린 시절 끊임없이 청소에 관한 잔소리를 들어야 했다. 내가 반쯤 벗은 여자들의 포스터를 벽에 붙일 때마다 어머니는 그것을 떼어서 쓰레기통에 버리셨다. 또한 내가 10대 시절 주로 듣던 시끄러운 테크노 뮤직을 참으실 수 없으셨는지 계속 내 방으로 들어와서 음악을 끄라고 하셨다. 그래서 대학 시절에 처음 갖게 된 나만의 시끄럽고 지저분한 공간을, 마치 신나서 자기 똥에 뒹구는 돼지마냥, 나는 어머니의 규칙을 거부하는 일종의 반항의 소굴로 여겼다.

엄마든 부인이든 여자와 함께 사는 모든 남자들은 잔소리와 규칙에서 벗어나 자유로워질 수 있기를 갈망한다. 산더미 같은 업무를 마치고 집에 돌아와 옷을 벗어 가지런히 옷걸이에 걸어두거나, 쓰레기를 내다 버리거나, 설거지를 하고 싶어 하는 남자는 없을 것이다. 사실 남자들은 옷가지가 구겨지거나 말거나 구석에 쌓아 놓고, 쓰레기나 설거지거리가 쌓여 있거나 말거나 신경 쓰고 싶지 않다. 그러나 규칙은 규칙이다. 그리고 내가 경험한 바로는 영국이나 한국이나 모든 집은 여자들에 의해 통제된다.

그래서 만약 어머니가 며칠 여행을 가시거나 부인이 출장이라도 가게 되어 갑자기 혼자 있게 되면, 남자들은 자유로움을 만끽할 드문 기회를 놓치고 싶어 하지 않는다.

그때 우리 남자들은 다시 10대로 돌아간다. 집은 우리의 놀이터가 된다. 속옷 바람으로 소파에 앉아 맥주 병나발을 불면서 꺼억 하고 시원하

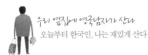

게 트림도 하고 '그걸 꼭 봐야 해?' 하는 잔소리를 들을까 눈치 볼 필요 없이 권투나 UFC 경기, 유혈이 낭자하는 영화, 그리고 걸그룹의 자극적인 춤이 등장하는 음악 프로그램을 마음껏 즐긴다.

라면 한 그릇, 샌드위치 한 조각의 편안함이여

한국에서 집에 홀로 남겨진 남자들은 대개 라면을 먹는다. 남자들이 TV나 컴퓨터 모니터 앞에 앉아 양은 냄비째로 라면을 먹는 장면은 '나에게 여자 따위는 필요 없어'라는 메세지의 강력한 표현 같다. 모든 한국 남자들은 라면을 끓일 줄 안다. 그들에게 라면 끓이기는 숨쉬기처럼 일종의 생존 기술이다. 그마저도 귀찮다면 컵라면을 이용하면 된다.

영국 남자들에게 봉지 라면과 같은 존재는 '치즈 샌드위치'다. 잘린 빵, 칼, 체다 치즈 덩어리에다가 빈 접시만 있으면 된다. 만약 좀 더 번거로워지는 것을 마다하지 않는다면, 샌드위치를 전자레인지에 넣고 30초 정도 돌려서 치즈를 약간 녹여 먹으면 더욱 맛있다.

영국의 한 일간지에서 40년간 오직 치즈 샌드위치만 먹고 살았다고 주장하는 노년의 독신 남성을 보도한 적이 있다. 이를 석연치 않게 생각한 어느 의사가 그의 건강 상태를 검사해봤다. 그러나 그 의사에게는 몹시 실망스럽게도, 의학적으로 그의 건강에는 아무런 문제가 없었다.

영국 남자들에게 한국의 컵라면과 대등한 음식이 있으니 바로 통조림에서 막 꺼낸 차가운 '베이크드 빈(가끔 돈가스 옆에 딸려 나오거나 부대찌개에 들어가기도 하는 토마토소스에 조리된 콩)'이다. 만약 약간의 호사를 떨고 싶다면 베이크드 빈을 냄비에 데워서 버터 바른 빵에 올려 먹으면 된다.

영국에서 알게 된 한 남자 동료는(그 역시 혼자 사는 남성이었다) 언젠가 나에게 이런 이야기를 했다. "버터 바른 빵에 베이크드 빈을 올리고 오렌지 주스까지 곁들이면, 우리는 하루에 필요한 영양소를 모두 섭취할 수 있어. 비타민, 무기질까지 말이야." 그가 무슨 근거로 그런 이야기를 하는지 알 수 없었지만, 매우 설득력 있는 베이크드 빈 광고를 보았거나 독신남으로서의 강력한 자기기만이려니 생각했다.

우리 중 누군가는 자신이 원해서, 또 누군가는 자신을 견뎌낼 상대를 만나지 못해, 다른 누군가는 자신의 운명에 의해 혼자 산다. 그리고 우리 중 누군가는 조금씩 천천히 자신의 어머니처럼 변해가는 잔소리꾼 아내에게 시달리며 살아간다.

그러나 모든 남자들은(한국 사람이든 영국 사람이든, 유부남이든 독신남이든) 때때로 마음속에 갇혀 있는 돼지를 풀어줄 수 있기를 갈망한다. 우리는 혼자만의 지저분한 평온함 속으로 탈출하는 것을 꿈꾼다. 저속하고 폭력이 난무하는 영화를 보면서 양은 냄비 가득한 라면이나 통조림에서 막 꺼낸 차가운 베이크드 빈이 주는 요상한 편안함을 즐기고 싶어 한다.

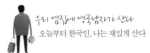

백세 인생이 웃기다고

얼마 전 트로트 가수 이애란의 〈백세 인생〉이란 노래가 큰 인기를 얻었다. "못 간다고 전해라"라는 가사와 공연 사진이 SNS를 중심으로 전파되면서 폭발적 인기를 모았다. 어느 송년회를 가나 이 노래가 꼭 화제에 올랐다. 사람들은 이 노래가 웃겨서 좋아하는 것 같다. 하지만 나는 이 노래를 들으면서 하나도 웃기지 않았다. 물론 노래는 유쾌하고 듣기 좋다. 그래도 들으면서 웃진 못했다. 오히려 생각에 잠기게 되었다. "60세에 저세상에서 날 데리러 오거든 아직은 젊어서 못 간다고 전해라"라는 가사는 삶에 대한 아름다운 철학이 담긴 한 편의 시처럼 들렸다.

〈백세 인생〉이 인기를 얻는 걸 보며 새삼 깨달은 게 있다. 10년 넘게 한국에 살았고 한국어로 제법 대화도 무리 없이 하게 됐지만 여전히 나는 대다수 한국인과 다른 사고방식을 가지고 있는 것 같다. TV 코미디 프로그램을 볼 때도 그걸 깨닫는다. 꼭 한 번은 이상한 목소리로 말하는 여장 남자나 뚱뚱한 사람이 우스꽝스러운 모습으로 등장해 놀림감이 되는데, 그걸 보면 나는 웃기기보다 불쾌하다. 그래서인지 코미디 프로그램을 끝까지 본 적이 없다.

반대로 꼭 챙겨 보는 건 KBS의 〈전국노래자랑〉이다. 살면서 본 그 어떤 TV 쇼보다 재밌다. 매주 노래도 못하고 춤도 이상하게 추는 사람들이 무대에 올라 주체 못 하는 끼를 발산한다. MC인 송해 할아버지가 그들과 흥겹게 어울리는 모습도 보는 나를 웃게 만든다. 또래 한국인들에게 이 사실을 얘기하면 비웃음당하기 일쑤다. 그들은 '우리 엄마도 안 보는 프로그램'이라고 말한다.

한편 한국의 유행어 중에는 정말 웃기는 게 많다. 예를 들어 '쩍벌남'. 지하철에서 매너 없게 다리를 쩍 벌린 남자를 저렇게 재치 있는 말로 표현하다니! 금수저의 반대말인 '흙수저'라는 단어나 거기서 착안한 '흙수저 빙고' 같은 것도 수준 높은 자학이 담긴 유머 같다. 그런데 내가 이런 말이 재밌다고 하면 주변에선 그게 왜 웃기느냐는 반응이다.

물론 내가 이상할지도 모른다. 원래 영국인들은 이상한 유머 감각으로 유명한 민족이니까.

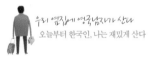

패션쇼 하러 산에 가세요?

등산을 영어로 옮길 때 '마운틴 클라이밍(mountain climbing)'이라고 쓰는 걸 종종 본다. 내 생각에 이는 오역이다. 한국식 등산은 'hiking(하이킹)'이라고 하는 게 더 맞는 것 같다. 영어권에서 말하는 마운틴 클라이밍은 보통 엄홍길 대장 같은 등반 전문인이 알프스나 히말라야 산맥을 타는 본격적인 등반을 가리킨다.

그런데 주말마다 한국의 온 산을 점령하는 등산객들의 옷차림이나 장비를 보면 내 생각이 맞는 건지 헷갈린다. 그들 대부분은 에베레스트 산도 오를 수 있을 것 같은 장비와 옷을 갖추고 있다. 아마 한국 등산객 대부분은 1953년 세계 최초로 에베레스트 정상을 정복했던 에드먼드 힐러리 경(卿)보다 더 좋은 장비를 갖추고 있을 것이다. 힐러리 경이 정상에서 찍은 사진을 보라. 요즘 한국에서 힐러리 경처럼 입고 등산하면 비웃음당하기 딱 좋다.

영국에서 하이킹(한국식으로 등산!)에 나가는 사람들의 옷차림도 한국 사람이 본다면 비웃을 것이 틀림없다. 보통 영국 사람들은 낡은 운동화에 허름한 코트 한 벌 걸친 차림으로 하이킹하러 간다. 영국의 야외에는 진흙탕이 많아서 좋은 옷을 입고 나갔다간 낭패 보기 십상이다. 거기 비하면 한국의 등산로는 패션쇼 런웨이나 마찬가지다.

한국에선 등산족만 화려한 게 아니다. 주말이면 서울 한강 둔치를 점령하는 자전거족을 보라. 그들은 한 대에 100만 원이 넘을 것 같은 멋진 자전거에 LED 야광등(낮에 타는데 왜?)을 달고 '투르 드 프랑스'에 출전하는 선수들이 쓸 것 같은 헬멧을 쓰고 질주한다. 조기 축구회는 또 어떤가. 2년 전쯤 처음 조기 축구회에 가입했을 때 이름이 적힌 유니폼 상하의 두 벌과 축구 전용 양말 세 켤레, 겨울철용 패딩코트까지 지급받았다. 영국에서 조기 축구회를 할 땐 보통 이런 식이었다. "내일 경기 있는데, 웬만하면 하얀색으로 입고 와."

영국에서 축구나 하이킹을 할 때 '어디 자선단체에서 기부하고 남은 옷이나 장비 없나' 하고 찾아다닐 때가 많았다. 반대로 한국에서 축구나 등산을 하려면 반드시 지갑 사정부터 체크해야 한다.

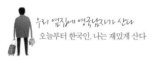

영문 타투를 새기려면 조심하세요!

K군은 회사 복사기 앞에서 차례를 기다리고 있던 중, 동료 P군이 A4 용지를 복사지에 추가로 넣으려고 뻗은 팔뚝을 보게 된다. 어라! 얇은 소재의 흰 셔츠 소매 아래로 비치는 것은, 다름 아닌 두꺼운 아웃트라인의 타투였다. 한국 사람들의 일반적인 반응처럼 K 역시 잠시 P의 과거를 의심한다.

며칠이 흐르고 K는 다시 한 번 생각한다. '그런데 P의 그 타투, 왠지 쿨해 보이는데? 나도 올여름에 타투나 한번 해볼까?' 한국은 이렇게 빠르게 변하고 있다.

인터넷 시대로 접어들면서 한국의 패션은 역사 이래로 가장 빠르게 변화하고 있다. 얼마 전까지만 해도 타투가 있으면 찜질방이나 수영장 입장이 불가능했다고 한다. 하지만 요새 여름의 뚝섬 야외 수영장에 가보라. 타투가 없으면 오히려 입장할 수 없을 것처럼 느껴진다.

서구화된 한국의 젊은 층은 더 이상 부모 세대의 보수적이고 지루한 가치관을 받아들이고 싶어 하지 않는다. 마치 교복처럼 똑같은 스타일의 등산복을 입고 있는 중년의 아저씨들, 총알도 뚫고 나가지 못할 것 같은 뽀글뽀글한 파마를 한 중년 아줌마들은 아마도 기피 대상 1호일 것이다. 대신 LA와 뉴욕 그리고 도쿄와 런던의 활기차고 개성 있는 메트로섹슈얼 패션을 선호한다.

보수적이었던 한국의 가치관과 문화는 급변하고 있다. 얼굴의 피어싱이나 도발적인 의상이 점점 한국 문화에 녹아들기 시작했다. 그리고 터부시되던 타투도 문화의 일면으로 자리 잡아가고 있다.

타투에 있어서 가장 결정적인 문제는 어떤 타투를 하느냐일 것이다. 한국 사람들에게 이 선택은 쉽지 않은 문제일 것이다. 사실 서양 사람들에게 이 점은 별로 어려운 고민이 아니다. 그들에게 가장 에지(edge) 있는 스타일은 뭐니 뭐니 해도 아시아 쪽 문자다. 중국의 한자가 오랫동안 선두를 지키고 있다가 최근 타이, 버마, 티벳과 같은 동남아 쪽 문자에 선두를 내어주었다. 패션 아이콘으로 거론되는 데이비드 베컴의 동남아 느낌 문양이 타투의 최신 트렌드다. 문자가 지루해진 서양 사람이라면 신화 속에 나오는 상상의 동물인 드래곤 등에 관심을 가질 것이다.

그러나 한국 사람이 타투 문양으로 한자를 선택하는 일은 매우 드물 것 같다. 더군다나 동남아 글자를 선택하는 사람은 거의 없을 것 같다. 한국인들과 함께 동남아 문화의 쿨함을 논하기란 아직은 쉽지 않다. 드래곤 문양도 한국인들에겐 기피 대상이다. 일반적인 한국인은 그런 타

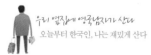

투를 한 사람을 조폭 보듯이 섬뜩하게 보기 때문이다.

　한국인들은 타투 문양으로 영어를 선호하는 듯하다. 나름 괜찮아 보인다. 하지만 내가 한 가지 당부하고 싶은 것은, 영어 문장을 타투로 새기기 전에 주변에 있는 네이티브 스피커나 영어를 잘하는 친구에게 문장 검토를 부탁해보라는 것이다.

　남은 일생을 돌이킬 수 없는 "Fighting Korea!"와 같은 콩글리시와 함께한다는 것은 너무나도 억울한 일이 아닌가?

당신에게 필요한 건 바로 립스틱이에요

한국의 TV 프로그램 중 가장 즐겨 보는 건 홈쇼핑 방송이다. 그걸 보며 물건을 사본 적은 없지만, 아무튼 즐겨 보는 건 사실이다. 홈쇼핑 방송의 가장 큰 장점은 물건을 안 사더라도 충분히 즐겁게 볼 수 있다는 것이다.

홈쇼핑에서 파는 물건을 구경하려고 보는 게 아니다. 홈쇼핑에서 많이 파는 보험 상품이나 다용도 주방 기구 같은 건 아무리 봐도 사고 싶은 마음이 들지 않는다. 그걸 보는 이유는 '쇼호스트' 때문이다.

쇼호스트라는 (약간 어색한) 영어 이름부터 흥미를 끈다. 사실 홈쇼핑 방송 진행자를 영어로 옮기면 'Home shopping presenter(홈쇼핑 프리젠터)'라고 하는 게 맞다. 하지만 그런 지루한 이름보단 쇼호스트란 명칭이 훨씬 매력적으로 들린다. 게다가 영국의 홈쇼핑 프리젠터들은 그 이름만큼이나 지루하게 방송을 진행한다. 나 같으면 거기서 파는 물건을 공짜로 준대도 영국 홈쇼핑 방송을 보진 않을 것이다.

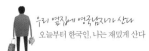

우리 옆집에 영국남자가 산다
오늘부터 한국인, 나는 재밌게 산다

한국의 쇼호스트는 영어권 사람들에겐 마치 쇼나 서커스 진행자와 비슷한 직업으로 들린다. 뭔가 흥분으로 가득하면서도 이국적인 매력까지 갖춘 일을 하는 사람 같다. 게다가 쇼호스트들은 그 이름이 주는 감흥 이상으로 재밌는 일을 한다. 그들은 도대체 무엇에 쓰는 물건인지 알 수 없는 상품을 팔 때도 주눅 드는 법이 없다. 그들의 눈과 목소리엔 '이 제품은 정말로 당신에게 필요한 물건이다'라는 확신이 가득하다.

지난주에 한 홈쇼핑 방송에서 립스틱을 파는 쇼호스트를 봤다. 그녀는 그 립스틱을 직접 발라보더니 연신 웃으면서 이렇게 외쳤다. "이걸 바르니 한 5년, 아니 10년은 젊어 보여요." 내 눈에는 그 립스틱 색깔이 별다를 것 없었다. 하지만 그녀의 확신에 찬 목소리를 계속 듣고 있으니 정말 그런 것 같단 생각이 들기 시작하면서 하마터면 그 물건을 살 뻔했다. 한국의 홈쇼핑 채널이 그렇게 성업 중인 것도 바로 이런 유능한 쇼호스트들 덕분이 아닐까.

포인트 카드가 없다니 불쌍한 영국인

내 조국 사람인 영국인들을 볼 때마다 불쌍하단 생각을 한다. 영국에는 포인트 카드 제도가 없기 때문이다. 물건을 살 때마다 포인트(또는 아예 현금을 적립해주기도 한다)를 쌓게 해주는 포인트 카드 제도는, 단언컨대 한국이 전 세계에서 가장 잘 운용하고 있다.

평소 나는 지갑 두 개를 들고 다닌다. 하나는 신용카드나 명함 같은 걸 넣고 다니는 지갑인데 두께가 0.5센티 정도밖에 안 된다. 다른 하나는 백화점, 커피숍, 옷 가게 등에서 주는 각종 포인트 카드만 넣고 다니는 지갑이다. 그 두께가 과장 좀 보태서 벽돌만 하다. 길 가다 깡패라도 만났을 때 그걸 휘두르면 호신용으로 그만일 것 같다.

포인트 카드의 마력은 이런 것이다. 오늘 아침에 회사 근처 커피숍에서 아메리카노 한 잔을 사자 점원이 스탬프 하나가 찍힌 종이 카드를 주며 "열 잔 마시면 머핀 하나를 공짜로 드립니다"라고 했다. 그 말을 듣기 전까진 머핀을 전혀 먹고 싶지 않았는데, 이 글을 쓰는 지금은 어서

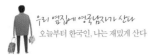

우리 옆집에 영국남자가 산다
오늘부터 한국인, 나는 재밌게 산다

커피 열 잔을 마시고 공짜 머핀을 받고 싶단 욕구를 참기 힘들다. 커피 열 잔을 마실 때까진 그 커피숍만 갈 작정이다.

한국의 식당이나 커피숍, 화장품 매장 같은 곳에서 포인트 카드를 제공하지 않는다면 그건 장사를 그만하겠다는 말이나 마찬가지 같다. 처음 가는 가게에서 계산을 할 때 포인트 카드 같은 게 없다고 얘기하면 '여긴 다시 안 와야겠군' 하고 생각하게 된다. 식당 같은 걸 하겠다는 주변 사람들에게 항상 조언한다. "하다못해 쿠폰이라도 꼭 제공하세요."

가끔 포인트 카드 지갑을 잃어버리는 악몽 같은 상상을 하곤 했는데, 지난주 토요일 그 악몽이 실현되고 말았다. 나는 '포인트를 쌓지 못할 거야'라는 두려움에 떨며 쇼핑에 나섰지만, 가게 점원들은 친절하게 말해줬다. "괜찮습니다. 포인트 카드를 재발급받으신 뒤 일주일 안에 영수증과 함께 제출해주시면 적립이 됩니다." 나의 기우는 곧바로 끝났다.

이제 나도 한국인

경고한다. 만일 당신이 식당을 하고 있는데 내가 단골손님이라면 당장 메뉴를 바꿔라. 식당 문을 닫고 다른 걸 해보는 것도 괜찮다. 당신 식당은 망할 게 뻔하기 때문이다. 내 입맛과 대다수 한국인의 입맛 사이에는 그랜드캐니언 골짜기만큼이나 간극이 있다는 걸 안다면 내 경고가 이해가 갈 것이다.

식당뿐 아니라 패션이나 영화에 있어서도 내가 좋아하거나 멋지다고 생각하는 것에 동의해주는 한국인은 거의 없다. 누군가 가장 좋아하는 한국 배우나 드라마를 물어봐서 내가 대답하면, 상대방은 충격을 받는다. 그럴 때면 내가 내놓는 예상마다 족족 틀리는 것으로 유명한 펠레가 된 기분이다. 내가 어떤 한국 영화를 보거나 한국 음악을 듣고 "끝내주네. 잘될 거라고 장담해"라고 말하는 소리를 듣는다면, 당신은 그게 처참하게 실패한다고 확신해도 된다.

그럼에도 불구하고 나는 요즘 한국에서 가장 인기 있는 트렌드에 여

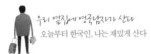

우리 옆집에 영국남자가 산다
오늘부터 한국인, 나는 재밌게 산다

전히 시큰둥한 편이다. 스냅백(일종의 야구 모자)이나 롤업팬츠(밑단을 말아 올린 바지), 클러치백, 무엇보다 '치맥'과 '피맥'에. 그런 나이기에 걸그룹 EXID의 인기에 놀라고 말았다. 내가 좋아하는 걸그룹 중 인기를 얻은 건 EXID가 처음이었기 때문이다. EXID가 대세가 되어 TV나 포털사이트 연예 면을 도배하는 걸 보면 흐뭇했다.

한국 사람들의 취향이 내 취향까지 포용할 수 있을 만큼 다양해진 걸까. 그렇다면 기쁜 일이다. 하지만 반대로 볼 수도 있다. 10년 동안 한국에 살다 보니 내가 한국인처럼 변하고 있단 것이다. EXID를 좋아하는 건 내가 '완전한 한국인'의 길로 나아가는 첫걸음이 될지도 모른다. 시간이 좀 더 지나면 야구 모자 차림에 바지 밑단을 말아 올리고 클러치백을 든 채, 당신에게 '여기서 제일 가까운 피맥집은 어디죠?'라고 묻게 될 날이 올 것 같다.

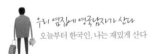

PART 2

한국인만 모르는
버라이어티 코리아

------------ 만약 '생각하기'라는 올림픽 종목이 있다면 결승전에서는 영국과 한국이 만나 금메달을 두고 명승부를 겨룰 것이다. 물론 그리스인과 프랑스인, 독일인은 이에 동의하지 않겠지만. 그도 그럴 것이 그리스와 프랑스, 독일은 영국이나 한국과는 비교도 되지 않을 정도로 세계적인 철학자를 많이 배출했기 때문이다. 영국이나 한국에 아리스토텔레스, 데카르트, 칸트에 견줄 만한 철학자가 있는가? 하지만 한 나라의 '생각하기' 수준은 유명 철학자의 수로만 나타나는 것이 아니다.

한국은 세계적으로 부유한 나라 중 하나가 되었지만 한국인이 가장 많은 돈을 투자하는 분야는 주식이나 부동산, 고급 승용차가 아니라 아이들 교육이다. OECD에 따르면 55~64세 한국인 가운데 대학을 졸업한 사람은 14퍼센트 미만인 반면 25~34세는 약 66퍼센트나 된다. 전 세계가 깜짝 놀라는 한국의 교육 열풍은 한국 전쟁이 끝난 1950년대 중반부터 지금까지 이어지고 있다.

미국의 오바마 전 대통령은 한국의 학교와 교육 시스템을 거듭 칭찬했고 한국은 세계에서 문맹률이 가장 낮은 나라 중 하나가 되었다. 물론 한국의 교육 시스템에는 안티도 많다. 실제로 가장 맹렬하게 한국의 교육 제도를 비판하는 이들은 학생과 교사 들이다. 하지만 좋건 싫건 한국의 교육 제도는 전 세계의 부러움의 대상이다.

한국이 세계의 교육 중심지로 새롭게 부상하고 있지만, 영국은 명실공히 세계에서 가장 오래된 교육 중심지다. 전 세계에서 가장 오래된 대학 두 곳이 영국에 있고 옥스퍼드와 케임브리지 대학은 총 140명의 노벨상 수상자를 배출했다.

하지만 생각이 철학이나 교육으로 시작하고 끝나는 것은 아니다. 플라톤은 "견해는 지식과 무지의 중간에 있다"라고 말했다. 나는 그동안 세계 여러 곳을 여행했지만 한국이나 영국처럼 다양한 견해가 공존하는 나라는 보지 못했다.

한국인들이 서로에게 쉽게 화를 내는 이유는 한 가지 일에 대해 의견이 분분하기 때문이다. 내면의 평화를 강조하는 불교와 자기절제를 강조하는 유교가 수백 년 동안 한국 사람들의 정신 세계를 지배해왔지만, 정작 한국인이 평화로움이나 자기절제와 거리가 멀다는 사실은 많은 것을 말해준다.

영국인은 어떤가? 브렉시트 사건은 영국인의 견해가 얼마나 다양한지를 보여준다. 총인구가 약 6410만 명인 영국에는 EU 탈퇴에 대한 견해가 최소한 6410만 가지 존재한다.

우리 영국인이 얼마나 주관이 뚜렷한지 알고 싶다면 이 책을 계속 읽어보기 바란다. 이 책에는 한국에 대한 한 영국인의 견해가 잔뜩 담겨 있으니 말이다.

다양성의 나라 대한민국

지난주 일요일 동네 슈퍼마켓에 가려고 집을 나섰는데 어디선가 귀에 익은 소리가 들렸다. 길 건너에 있는 절에서 스님이 목탁을 두드리며 불경을 읊는 소리였다. 그 절에서 15미터쯤 떨어진 곳에 작은 교회가 있다. 더위 때문인지 그 교회도 문을 열어놓고 있었다. "할렐루야"라고 외치는 찬송가 소리가 교회 밖까지 울려 퍼졌고 슈퍼마켓에선 천주교 수녀님들이 물건을 사고 있었다.

슈퍼마켓에서 물건을 사서 나오는 길에 두 여성이 날 붙잡았다. 길고 나풀거리는 원피스를 입은 이 여성들은 내게 팸플릿을 주면서 다른 종교는 모두 사이비라는 식으로 얘기했다. 팸플릿만 보고서는 그들의 종교가 무엇인지 도무지 알 수 없었다. 이 모든 게 내가 지난주 일요일 슈퍼마켓에 갔다 오는 짧은 사이에 보고 들은 한국 풍경이다.

영국에선 길거리에서 볼 수 있는 종교 시설이 영국성공회 성당 정도다. 성당 건물은 낡았고 신도도 별로 없다. 일요일에 가면 대부분 나이

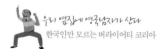

든 여성들만 자리를 채우고 있다. 영국에도 천주교 신자가 있다는 소리를 들은 적은 있지만 만나본 적은 없다. 정말 있는지도 의문이다.

한국은 종교적으로만 다양한 사회가 아니다. 물론 영국도 꽤 다양성이 살아 있는 사회지만 그 다양성은 인종적 다양성이다. 영국에서 내가 나고 자란 도시만 해도 인구의 26퍼센트는 유색 인종이다. 그러나 나는 진정한 다양성을 경험하려면 한국에 꼭 와봐야 한다고 생각한다.

예컨대 영국에서 스포츠라고 하면 대개 축구를 가리킨다. 그래서 영국 신문의 6~8쪽 정도를 차지하는 스포츠 면은 대부분 축구 관련 뉴스로 채워진다. 하지만 한국에선 축구뿐 아니라 야구, 농구, 배구 같은 종목도 두루 관심을 받으며 그 모든 종목에 프로 리그가 있다. 영국에서는 맨체스터유나이티드나 첼시 같은 프로 축구팀에 관한 한 후보를 포함한 선수들은 물론 코치 이름까지 달달 외우는 사람이 많지만, 야오밍이 농구 선수인지 아니면 20세기 초에 등장한 공산주의 혁명가인지를 아는 사람은 드물다.

감사합니다, 세종대왕님

세종대왕님께.

저는 한국인이 아닌 한국어 사용자로서 그 어느 나라 언어보다 간단하고 이해하기 쉬운 글자를 발명해주신 세종대왕님께 진심으로 감사를 표합니다. 동아시아의 다른 언어들과 비교해보면 더욱 그렇습니다.

중국 사람들이 사용하는 한자도 독특하고 아름다운 문자이긴 합니다. 하지만 러시아인들이 한자를 고대 이집트어나 마야어처럼 '상형문자'로 분류하는 것은, 그만큼 한자가 외국인으로서는 배우기 어려운 언어임을 뜻합니다. 외국어를 배우는 사람들에게 한자는 비실용적이고 거의 넘을 수 없는 장벽처럼 느껴집니다. 저는 중국인이 문자메시지를 보내는 모습을 보면 그게 어떻게 가능한지 그저 신기할 뿐입니다. 차라리 우주 왕복선에 입력되는 프로그래밍 언어를 배우는 게 더 쉬울 것 같다는 생각입니다.

일본어도 어렵기는 마찬가집니다. 알파벳이 히라가나와 가타카나의

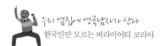

두 가지인 것도 모자라 한자도 자주 사용합니다. 얼마 전 온라인에서 영화를 보는데 일본어 자막이 들어가 있었습니다. 자막에 신경을 쓰지 않았는데도 그저 보는 것만으로도 머리가 지끈지끈 아파 오더군요. 유럽이나 아프리카, 중동, 혹은 아메리카 출신 사람들은 언어 방면의 아인슈타인이 아닌 이상 중국어나 일본어 글자 쓰는 법을 마스터할 가능성은 현실적으로 거의 없습니다.

저 역시 언어 방면의 아인슈타인이 아니지만, 한글 읽기와 쓰기를 깨우치는 데 두 시간밖에 걸리지 않았습니다. 한글이 평범한 사람들이 배우기 쉽도록 고안된 글자라는 것을 곧바로 알 수 있었지요. 제가 아는 한국인이 아닌 사람 중에는 한국어를 전혀 말하지 못해도 한글을 읽고 쓸 줄 아는 이들이 꽤 있습니다. 이 사실이 바로 한글의 우수성을 증명한다고 믿습니다.

한글은 타이핑에 있어서도 영어보다 쉽습니다. 한국에 처음 왔을 때 사람들의 엄청나게 빠른 타자 속도를 보고 깜짝 놀랐지요. '비서들의 나라인가?'라는 생각이 들 정도였습니다. 한국에서는 열 살짜리 초등학생조차 키보드를 보지 않고 타자를 칠 수 있습니다. 이건 영국에서는 흔히 볼 수 있는 스킬이 아닙니다.

영문 키보드와는 달리 한글 키보드는 모든 모음이 오른쪽에, 자음은 왼쪽에 있어서 타이핑이 더 쉬운 듯합니다.

한국어 실력이 발전한 후로 저도 제 한글 타이핑 속도에 가끔 놀랍니다. 컴퓨터 키보드뿐 아니라 휴대폰 키보드를 칠 때도요. 한글로 문자나 카카오톡 메시지를 입력하는 것은 너무도 쉽습니다. 한글을 치다가 갑자기 영어를 치려고 하면 진흙투성이의 습지를 헤쳐 나가는 코끼리가 된 기분입니다. 다시 한글을 치면 갑자기 세렝게티를 달리는 치타가 된 듯하고요. 영어가 모국어인 제가요. 이 모두가 세종대왕님이 발명한 간명한 한글 덕분이라고 생각합니다.

쉽게 배울 수 있는 한국어를 만들어주신 것에 다시 한 번 감사드립니다.

하지만 한글을 평일에 만들어주신 점에 더더욱 감사드립니다. 세종대왕님 덕분에 지난 금요일에 출근도 하지 않고 하루 종일 감자칩을 씹어대며 TV를 보다 단잠에 빠질 수 있었습니다.

영국인 팀 알퍼 올림.

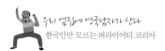

이름 농담은 이제 그만

내 성은 영국에서 가장 유명한 시리얼 브랜드인 '알펜(Alpen)'과 발음이 비슷하다. 그래서 어릴 땐 "알퍼야, 오늘도 알펜 먹었니?", "네 아버진 알펜 만드는 회사에 다니시니?"라는 식의 놀림을 많이 받았다. 이름을 가지고 놀림을 당하는 사람은 처음엔 웃어넘길지 몰라도 나중에는 화가 나기 마련이다. 유명인(아니면 나처럼 유명 브랜드)과 같은 이름을 가진 이들에겐 그들만의 고충이 있는 것이다.

영국에서 가장 흔한 이름 중 하나는 마이클 잭슨이다. 마이클은 영미권에서 언제나 인기 있는 이름이고, 잭슨이란 성도 한국의 박 씨나 이씨처럼 아주 흔하다. 가수 마이클 잭슨이 한창 인기 있던 1980년대에는 영국의 수많은 마이클 잭슨들이 자신의 이름을 자랑스러워했을 것이다. 하지만 1990년대 들어 마이클 잭슨이 점점 몰락하자, 영국의 마이클 잭슨들은 자신의 이름을 다른 식으로 부르기 시작했다. 예컨대 '믹' 잭슨이나 '마이크' 잭슨으로.

영국에서 이름 때문에 가장 곤란을 겪는 사람들은 해리 포터라는 이름을 가진 이들이다. 사실 해리 포터라는 이름은 영국에서 마이클 잭슨만큼이나 흔하다. 다행히 해리는 보통 해럴드의 약칭이니 누가 물어보면 "해럴드 포터"라고 둘러대는 게 가능하다. "해럴드 존 포터"라는 식으로 즉석에서 중간 이름까지 만들어 붙일 수도 있다.

그러나 한국에서는 이런 식으로 이름을 바꾸는 게 불가능하다. 한번 이름을 부여받으면 법원에 개명 신청을 하지 않는 한 그 이름으로 평생 살아야 한다. 내 친구 중에는 이대호나 박찬호라는 이름을 가진 사람은 물론 김연아나 김태희 같은 이름을 가진 사람도 있다. 내 친구 김태희 씨의 경우, 처음 만나는 사람들이 종종 "가수 비는 잘 지내나요?"라고 농담을 건다고 한다. 그런 농담을 120번쯤 들은 내 친구 김태희 씨의 기분이 어떨지 상상해보라.

'역지사지'란 이럴 때 필요한 배려다.

내 아이 이름을 남이 지어준다고?

셰익스피어의 『로미오와 줄리엣』에 이런 대사가 있다.

"이름이란 게 대체 무슨 소용이지? 장미는 다른 이름으로 불려도 여전히 향기로운데."

로미오와 줄리엣이 살았던 중세의 베로나라면 이 말이 그럴듯하게 들릴지 몰라도 현대의 한국에선 아니다. 아이들의 이름을 지어주고 돈을 받는 작명소라는 곳이 있다는 걸 알고 나는 신선한 충격을 받았다. 한국인에게 이름이란 그 정도로 중요한 것이다. 나 같은 서양인들은 작명소라고 하면 왠지 산중 암자에 스님이 가부좌 자세로 명상하면서 이름을 떠올리는 곳이라 생각하기 쉽지만, 현실은 다르다. 스님뿐 아니라 목사나 무당에게 아기 이름을 지어달라고 부탁하는 사람도 봤다.

극히 일부이지만 '이름에 불운이 따른다'는 이유만으로 자기 이름을 쉽게 바꿔버리는 것도 내겐 놀라운 일이다. 유럽이나 미국에서도 이름을 바꾸는 경우가 종종 있지만 그건 예외적이다. 서양에서 자기 이름을 바꾸는 사람은 십중팔구 괴짜다. 내가 아는 이 중에는 축구팀 포츠머스 FC의 열성팬이라서 이름을 아예 '존 포츠머스 풋볼클럽 웨스트우드'로 바꿔버린 사람이 있다. 자기가 아서 왕의 환생이라고 생각해서 이름을 '킹 아서'로 바꾼 사람도 봤다.

영국 사람들은 누가 이름만 말해도 그가 태어난 시기를 대충 짐작할 수 있다. 시기별로 유행하는 이름이 있어서다. 내 이름인 '팀'도 내가 태어났을 당시 유행했던 이름이다. 초등학교 때 우리 반 학생 중 팀이라는 이름을 가진 아이가 7명이나 되어서, 담임선생님이 각각을 구별해서 부르는 것도 고역이었다.

요즘 영국에서 유행하는 이름은 '조지'와 '샬럿'이다. 영국 왕세손인 윌리엄 왕자의 아들과 딸 이름이기 때문이다. 다섯 살쯤 되는 아이들 중에는 '웨인'이라는 이름이 많은데 맨체스터유나이티드의 웨인 루니를 따라 지은 것이다. 그땐 루니가 축구를 참 잘했다.

돈을 주고 자기 아이 이름을 남에게 맡기는 한국과 그때그때 유행하는 이름을 아이에게 붙이는 영국 중 어느 쪽이 더 나은지 모르겠다. 내가 아이의 이름을 짓는다면 다른 방법을 택하겠다.

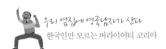

한국 선거는 재미있다

한국에서 나고 자란 사람들은 어떨지 모르겠지만 영국인인 나에게 한국의 선거는 너무나도 즐겁다. 그래서 나는 지난해 봄에 있었던 국회의원 선거를 고대했었다.

대한민국 영주권을 가지고 있는 나는 지방선거에 국한되긴 하지만 법적으로 선거권이 인정된다. 하지만 대한민국에서 내 투표권을 행사하기 위해선 (지방선거가 있을) 2018년까지 기다려야 한다.

아직 투표권을 행사할 수 없는데도 선거일이 다가오면 즐거워지는 가장 큰 이유는, 선거일이 공휴일이라서다. 나는 선거일에 회사에 가지 않아도 되는 한국의 민주주의를 너무나도 사랑한다.

영국에서는 선거일이 공휴일이었던 적이 한 번도 없었다. 만약 선거일이 공휴일이라면 영국 사람 대부분은 다른 지역으로 당일치기 여행을 갈 것이다. 당연히 투표율은 저조할 것이다. 영국도 한국과 마찬가지로 주소가 등록되어 있는 거주지에서 투표를 할 수 있기 때문이다.

영국 사람들은 대개 출근길에 투표를 한다. 영국의 투표소는 아침 7시에 문을 열지만, 사람들이 가장 몰리는 시간은 아침 8시경이다. 그날 영국인들은 회사에 지각해도 그럴듯한 변명거리가 있다.

한국에서 선거일이 공휴일이 아니라면 어떨까? 사장들은 직원들에게 이렇게 소리칠 듯싶다. '선거 따위는 신경 쓰지 마라. 민주주의도 좋지만, 우리는 지금 할 일이 태산이야!'

한국의 선거가 즐겁게 느껴지는 것은 단지 선거일에 회사를 가지 않아도 되기 때문만은 아니다. 선거 유세를 지켜보는 재미도 쏠쏠하다. 유럽인들의 선거 유세는 지루하기 짝이 없다. 나이 지긋한 후보자들이 기자들로 꽉 찬 홀에서 하품 나는 연설만 한다.

그러나 한국의 선거 유세는 시각적으로나 청각적으로 활기가 넘친다. 후보자들은 옆이 트인 선거 유세 차량에 올라 얼굴에 어색한 미소를 띤 채로, 한 손으로는 위태위태하게 지지대를 잡고 다른 손으로는 차분하게 손을 흔들며 거리를 돈다. 그리고 이렇게 거리 유세를 하는 동안 차량에 설치된 확성기에서는 트로트 음악이 크게 울려 퍼진다.

후보자들은 십중팔구 중년을 넘긴 남성들이다. 대개 풍채가 좋고, 머리가 벗겨졌거나 혹은 벗겨진 머리에 표가 나는 가발을 썼다. 이들은 유세 차량에 대개 진행자도 함께 태운다. 진행자는 주로 수려한 외모의 젊은이라서 안타깝게도 후보자의 모양새를 초라해 보이게 만든다.

지난 선거철에 평일 오후 6시쯤부터 우리 동네 지하철역 앞에 50대쯤

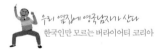

되어 보이는 여성 후보자 한 명이 서 있었다. 퇴근하는 직장인들에게 인사를 하기 위해서였다. 사람들이 지하철역 입구로 쏟아져 나올 때마다, 그녀는 90도로 허리를 숙이고 "오늘도 수고 많으셨습니다!"라고 인사를 건넸다. 그녀는 거의 매일 꽤 늦은 시간까지 미세먼지와 시끄러운 자동차 소리가 가득한 도로에서 그렇게 유세 활동을 했지만, 사람들은 그녀의 인사를 외면한 채 바삐 제 갈 길을 갔다. 나는 그녀를 볼 때마다 이렇게 말하고 싶었다. '아닙니다, 선생님이 저희보다 훨씬 수고가 많으십니다.'

선거철마다 나의 존재는 후보자들을 혼란스럽게 만든다. 그들은 하루 종일 한국 사람들에게 허리 숙여 인사하다가 갑자기 내가 등장하면 어찌할 바를 모른다. '저 서양인에게 영어로 말을 걸어야 하나? 아니면 그냥 무시해야 하나? 저 사람에게 투표권은 있을까?' 그들이 스스로에게 이렇게 물어보는 동안 식은땀 한 줄기가 관자놀이 부근을 타고 흐른다.

더 흥미로운 것은 선거 유세에 동원되는 알바들이다. 무엇보다 유명한 등산로 입구에서 흰 장갑(왜 반드시 흰 장갑이어야만 하는 걸까?)과 커다란 선바이저를 착용하고 열심히 율동을 하는 아줌마 알바들이 재밌게 느껴진다.

TV 방송 또한 선거의 재미를 안겨준다. 2012년 대선 당시 이머저(Imgur.com)나 나인개그(9gag.com) 같은 세계적인 유머 사이트에는 한국의 개표 방송을 캡처해서 올린 사진들로 가득했다. 특히나 박근혜 후보와 문재인 후보의 대결을 구르는 바위를 피하고 수영으로 강을 건너는 '인디아나 존스' 스타일로 구성한 한 지상파 방송 화면이 서양 네티즌들에게 큰 웃음을 선사했다. 2014년 개표 방송 중에서는, 선두를 달리는 후보는 역기 들어 올리기에 성공하고 뒤처지는 후보는 실패한 식으로 연출한 화면이 큰 인기를 끌었다.

그 캡처 사진들 아래에 한국 사람들은 대개 "우리나라가 부끄럽다"는 댓글을 남겼지만, 서양 네티즌들은 "우리나라 개표 방송도 이렇게 재미있으면 좋겠다"는 바람을 나타냈다.

영국의 후보자들 중에 율동하는 아줌마들을 섭외하거나, 유세장에 음악을 크게 틀어놓거나, 유세 차량을 타고 부자연스러운 미소를 지으며 거리 유세를 하는 사람은 아무도 없다. 영국 사람들을 남들에게 웃음거리로 보여지는 것을 두려워하기 때문이다. 그들은 그렇게 과장되고, 시끄럽고, 눈에 띄는 행동을 하면 자신들이 진지하지 않게 보일 것이라고 생각한다.

한국에서 여러 차례 선거를 겪어본 나로서는 과연 영국의 방법이 더 나은 것인지 확신이 들지 않는다. 영국식 유세는 좀 더 진지해 보이기는 하지만 따분해 보이는 것은 피할 길이 없다. 전 세계 평범한 사람들은 일반적으로 정치를 지루하고 따분하다고 생각하지만, 한국의 선거 유세는 놀랍게도 사람들을 끌어당길 만큼 재미있고 활기가 넘친다.

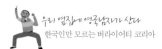

내 조상님은 아인슈타인!

옛날 한국에는 네 가지 신분이 있었다고 알고 있다. 높은 순서대로 양반, 중인, 상민 그리고 천민. 그런데 한국에서 살다 보니 이게 진실인지 헷갈릴 때가 많다. 만나는 사람마다 양반 출신이라고 얘기하기 때문이다.

물론 내가 아직 상민이나 천민 조상을 둔 사람을 만나지 못했을 수도 있다. 하지만 그렇게 여기기엔 내가 조상님 신분을 물어본 사람이 너무 많다. 조선 시대에 양반은 극소수였고 대부분이 중인이나 상민, 천민이었다는 역사가 신화일지도 모른다는 의심마저 든다. 양반은 일종의 귀족이자 노동을 하지 않는 학자 계층이었다고 한다. 그러면 조선 시대엔 논과 들에서 곡식이 저절로 자랐던 것일까.

내 조국인 영국에도 이런 '조상님 포장하기'가 있다. 런던의 켄싱턴가든스에 있는 앨버트 기념관에 가면 빅토리아 여왕의 동상 컬렉션이 있다. 빅토리아 여왕이 코끼리나 낙타, 황소, 들소 같은 동물들에 올라탄 모습을 조각한 것이다. 그는 그 위에서 만족스러운 얼굴로 아래를 내려

우리 옆집에 영국남자가 산다
한국인만 모르는 버라이어티 코리아

다보고 있다. 그 아래에는 얼굴을 찌푸린 아프리카인이나 아메리카인, 유럽인, 그리고 아시아인이 웅크리고 있다. 영국 여왕이 전 세계의 여왕이기도 하단 뜻이다. 물론 그건 사실이 아니다.

한국에선 그저 양반의 후손이라는 데 만족하지 않는 사람도 있다. 내가 만난 이 중 몇몇은 자신이 양반가 중에서도 명문가의 후손이라고 주장했다. 한번은 붐비는 호프집에서 자신이 조선 왕(누구인지 말해주진 않았다)의 23세손이라고 주장하는 허름한 작업복 차림의 노인을 보기도 했다. 자신의 아내 역시 명의 허준의 후손이라고 했다.

그때 생각했다. 나도 내 조상을 살짝 손보아야겠다고. 내 부모님은 양쪽 다 오랫동안 양계 농장을 해온 유대인 집안 출신이다. 나는 지금 내 조상님으로 같은 유대인 프로이트와 아인슈타인 중 누굴 고를까 저울질 중이다.

기이하고 아름다운 미신의 세계

최근 몇 달 동안 대한민국 언론사에는 최순실 게이트에 분노한 수많은 국민의 이메일과 전화, 투고가 빗발쳤다. 그중에는 무속인들도 있었다는 보도가 있었다. 그들은 언론사에 최 씨를 '무당'으로 언급하는 것을 자제해달라고 요청하면서 이에 대한 서명 운동을 벌이겠다는 의지를 보였다고 한다. 한국무신교연합회 이원복 총재는 "최 씨는 우리 무속인들을 부정한 사기꾼 집단으로 보이게 했다. 생업으로 열심히 무속에 종사하는 무당들의 명예를 실추시켰다"고 했다. 무속인으로 살아가는 것이 결코 쉽지 않을 거라는 점에서 나는 이 총재에게 공감한다.

나는 무속인은 아니지만 내가 살았던 곳들의 미신을 일일이 기억하고 일상생활에 접목시키는 고약한 습관이 있다. 한때 노란색을 불행과 결부시키는 스페인에서 거주한 적이 있다. 그래서 아직까지도 노란 옷을 입는 것을 꺼린다. 그 후 꽤 오래 거주했던 러시아에는 옷을 거꾸로 입으면 불행이 찾아온다는 미신이 있다. 그래서 러시아인은 그런 실수를

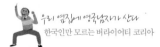

우리 옆집에 영국남자가 산다
한국인만 모르는 버라이어티 코리아

하면 재빨리 옷을 벗은 후 자신의 맨살을 찰싹 때린다. 내가 어린 시절을 잠시 보낸 프랑스는 개똥을 오른발로 밟으면 불행이, 왼발로 밟으면 행운이 찾아온다고 믿는 나라다.

지금 살고 있는 한국에서도 나는 사람의 이름을 빨간색으로 쓰지 말 것, 밥공기에 젓가락을 수직으로 꽂지 말 것, 덕수궁 돌담길을 연인과 걷지 말 것 등등 새로운 미신을 받아들이고 있다.

미신은 매우 복잡한 개념이다. 이제껏 인류학자와 심리학자 그리고 역사학자 들이 미신의 실체를 규명하려 애써왔지만, 그 어떤 과학적인 분석도 사람들이 미신을 멀리하게 만들기에는 충분하지 않았다.

사실 미래에 대한 암시로 해석되는 징후나 징조에 대해 우리가 완전히 객관적이 되기는 쉽지 않다. 그런데 같은 징조라도 나라에 따라 매우 다르게 해석될 수 있다. 가령 한국의 민화나 벽화에 종종 등장하는 까치는 길조로 해석되지만, 나의 고향 영국에서는 마리 수에 따라 길조도 되고 흉조도 된다. "One for sorrow/two for joy/three for a girl/four for a boy." 중세 시대로부터 전해지는 이 영국 민요의 가사는 까치 한 마리를 보면 곧 불행이 찾아오고, 두 마리를 보면 행운을 기대해도 좋고, 세 마리는 딸 그리고 네 마리는 아들을 얻게 된다는 의미다.

임신과 관련된 미신은 한국에서도 어렵지 않게 찾아볼 수 있다. 우리 집안일을 도와주시는 아주머니께서 하루는 이런 이야기를 하셨다. 콩나물을 씻을 때 꼬리가 하늘을 향하니 이 집에 조만간 아기 소식이 있겠다고. 아기가 수건이나 옷을 머리에 뒤집어쓰거나 목에 걸고 다니면 곧 동생을 보게 된다는 이야기를 들은 적도 있다.

한국에서도 황새는 상서로운 새로 불리지만, 영국에서 황새는 임신과 특별한 관계가 있다. 영국의 젊은 커플들은 황새를 볼 때마다 황새가 아기를 물어다 준다는 이야기가 현실이 되기를 기대하며 가슴 설레어 한다. 어떤 역사학자들은 이 미신이 아기가 어떻게 생기냐고 물어보는 어린 자녀들에게 황새가 물어다 주었다고 했던 부모들의 답변에서 생겨났다고 말한다. 이 미신 때문에 서양의 유아용품에는 황새가 아기를 면보자기에 싸서 뾰족한 부리에 물고 다니는 그림이 많이 등장한다.

나는 역사와 미신이 결합되어 새로운 상징을 만들어내는 것에 큰 매력을 느낀다. 한국 학생들이라면 역사 시간에 누구나 한 번쯤 들어본 이야기겠지만, 삼국시대 한 거북이의 등껍질에 다음과 같은 글씨가 새겨져 있었다. "백제는 둥근 달, 신라는 반달이다." 무당은 이에 대해 이미 보름달인 백제는 그 운을 다했고, 아직 반달인 신라는 새롭게 차오를 것이라는 뜻이라고 말했다. 그 후 이 무당의 예언은 현실이 되어 백제는 신라에게 정복당한다. 그때부터 반달은 좋은 징조로 여겨지게 되었다.

미신에 담긴 우리의 바람

지크문트 프로이트는 이런 말을 남겼다. "과학 이전 시대에는 미신이

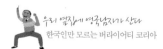

정당하고 타당했다. 그러나 현대 사회에서 미신은 매우 부적절하다."
나는 프로이트의 논리에 대부분 동의하는 편이지만, 그가 축구 팬이 아
니었던 것만큼은 확실하다. 지금 바로 축구 경기장으로 고개를 돌려본
다면 내가 무슨 이야기를 하고 있는지 알 수 있을 것이다

　관광버스를 가득 채운 할머니들도 미신에 대해서만큼은 한 명의 축구
선수를 당해내지 못할 것이다. 교체 투입되기 직전의 축구 선수들을 관
찰해보라. 반지에 입술을 대고 키스를 하거나, 하늘을 쳐다보며 중얼대
며 손짓을 하거나, 계속해서 가슴에 십자가를 그어대고, 피치를 밟기 바
로 직전에는 허리를 숙여 손으로 땅을 만진다. 아마 미사를 집전하는 천
주교의 사제라도 이렇게 길고 복잡한 절차를 밟지는 않을 것이다.

　맨체스터유나이티드의 주장이었던 폴 인스는 피치로 입장할 때 반드
시 모든 사람이 입장한 후 마지막으로 들어가게 해줄 것을 요청했으며,
잔디를 밟기 바로 직전에 유니폼을 입었다. 영국 대표팀의 주전 골키퍼
였던 데이비드 제임스는 경기 전에 행하는 자신의 미신적인 의식에 대
해 이렇게 이야기했다. "내 머릿속에서 기계처럼 작동하는 그 의식 절
차는 너무나 복잡해서 한 페이지는 족히 채울 것이다." 제임스가 치르
는 의식 중 하이라이트는 경기 전 누구와도 말을 하지 않고, 화장실에
가서 사람들이 다 나가기를 기다렸다가 벽에다 침을 뱉는 것이었다.

　한국 축구 선수들 또한 예외는 아니다. 그중 몇 명만 예로 들어보자
면 김신욱은 경기가 진행되는 90분 동안 손가락으로 하늘을 가리키며

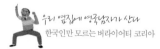

하늘의 영적인 존재와 대화를 주고받는 듯하다. 손흥민은 독일 리그에서 활동하던 시절, 기자와 인터뷰에서 이런 이야기를 했다. "나는 득점을 한 후, 다음 경기에서 같은 축구화를 신는다. 하지만 몇 경기 동안 득점을 하지 못하면 다른 축구화에 눈을 돌리기 시작한다."

인간은 미신에 연연하는 존재다. 그것이 우리의 본성이다. 현대 과학과 종교는 우리가 원시적이라고 생각하는 우리 조상들의 사고 체계와 우리의 그것이 많이 다르다고 여기게 만든다. 그러나 프로이트의 제자인 카를 융은 우리가 "원시적인 사고 체계"라고 말하는 것이 현대를 살고 있는 우리의 잠재의식 속에도 여전히 남아 있으며 그것은 변치 않고 전해오는 미신들을 통해 드러난다고 주장했다.

미신이 과연 나쁘기만 한 것일까? 미신은 지역 문화의 일부다. 지역마다의 고유한 문화가 쇠퇴되어가고 있는 세상을 살고 있는 현대인들은 그것을 보존하도록 노력해야 한다.

영국인도 모르는 영국 영어

10년 전 한국에 와서 직장을 구해 처음 출근했던 날을 지금도 또렷이 기억한다. 쉬는 시간에 한 친절한 동료가 다가와서 부드럽게 물었다. "토스트라도 먹을래요?"

그 말에 뛸 듯이 기뻤다. 영국 사람은 대부분 토스트라면 환장한다. 아침, 점심, 저녁 가릴 것 없이 빵을 잘라 토스터에 넣어 구운 뒤 버터나 잼을 발라 먹는다. 그날 그런 토스트를 상상하고 동료를 따라갔다가 깜짝 놀랐다. 회사 옆 골목에 주차된 트럭엔 검은색 철판이 설치되어 있었고, 그 앞에 앉은 사람은 철판 위에 버터를 녹인 뒤 두툼하게 썬 식빵을 얹고 차례로 치즈, 햄, 계란과 뭔지 모를 야채를 얹고 케첩과 마요네즈를 뿌렸다.

나는 친절한 동료를 실망시키지 않으려고 그 생소한 음식을 맛있게 먹는 척했다. 하지만 왠지 속은 기분이었다. 영국 음식에 몹시 굶주렸던 터라 영국식 토스트를 상상했는데 한국식 토스트를 받아 드니 마치

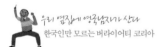

사탕 한 상자를 받기로 했다가 브로콜리 한 접시를 받은 아이처럼 속상했다.

그때 이후 같은 영어 단어라도 한국에선 전혀 다른 걸 가리킬 수 있단 걸 깨달았다. 예를 들면 사이다. 영국에서 사이다는 사과로 만든 맥주를 가리킨다. 그런데 한국의 술집 메뉴판에서 사이다를 발견하고 기뻐서 주문했더니, 탄산 섞인 설탕물이 나왔다. '다크서클' 같은 말도 신기했다. 영어권 나라에선 다크서클이란 말을 보통 사람은 잘 쓰지 않는다. 피부과 전문의나 화장 전문가만 쓸 것이다. 사전에서도 다크서클이라는 말을 보지 못했다. 영국에선 다크서클이 진한 사람을 보면 "눈 밑에 가방을 메고 있다(bags under their eyes)"라고 표현한다. 영어권에서도 생소한 다크서클이라는 말이 어떻게 한국에선 널리 쓰이게 됐는지 신기할 따름이다.

영어권 국가라도 같은 말이 다르게 쓰이긴 한다. 팬츠 같은 말은 미국에선 바지를 뜻하지만, 영국에선 남성용 속옷 하의를 말한다. 한국에선 팬츠를 '빤쓰'라고 부르는데, 이것은 남녀 모두의 속옷 하의를 가리키는 말이다. 그러다 보니 영국 사람인 나도 한국에서 영어 단어를 말할 때 신중해진다.

영국인도 모르는 한국 영어

나는 힘들게 한국어를 배웠다. 이곳에서 10년 넘게 살았지만, 여전히 대화하거나 이메일을 쓸 때 한국어와 영어를 섞어 쓴다. 그런데 얼마 뒤 한국인도 한국말을 할 때 수많은 영어 단어를 섞어 쓴다는 걸 알게 됐다. "컨디션이 안 좋다", "치킨 먹고 싶다" 같은 말은 한국인이라면 누구나 이해한다.

어떤 한국인은 영어를 너무 많이 섞어 써서 나조차도 이해하기 어려운 경우가 있다. 그럴 땐 내가 어느 나라에 사는지 어리둥절할 지경이다.

한국인들이 영어 단어를 섞어 쓰는 건 영국인들이 평소 말할 때 불어를 섞어 쓰는 습관과 비슷하다. 꽤 많은 영국인이 '나는 이걸 알아'라는 뜻으로 "I am au fait with this"라고 말한다. 이렇게 불어를 섞어 쓰는 영국인들은 상대방이 그 말을 이해하지 못하길 은근히 바란다. 상대방이 못 알아들으면 자신이 이기는 거다.

요즘 한국엔 그저 영어 단어를 섞어 쓰는 수준을 넘는 경우도 많다.

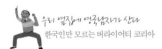

우리 옆집에 영국남자가 산다
한국인만 모르는 버라이어티 코리아

예컨대 'CRM(customer relationship management의 약어로 고객 관계 관리라는 뜻)' 같은 낯선 영어 축약어를 마구 섞어 말하는 것이다. 그런 두문자가 섞인 말을 들을 땐 영화 〈스타워즈〉에 나오는 로봇 이름을 듣는 기분이다. 서기 3535년쯤에나 쓰일 법한 말 같다.

지난달 나는 업무 때문에 미팅을 하면서 'FPTX'라는 말을 듣게 됐다(지금도 그게 무슨 뜻인지 모른다). 회의 중에 한 명이 이렇게 말했다.

"B2C팀에 있는 직원 하나가 FPTX가 뭔지 모른다고 하더라고. 이게 있을 수 있는 일이냐?"

그 말에 나를 제외한 전원이 박장대소했다. 그 순간 나는 미래에서 온 외계인 무리 속에 낀 원시인 같았다. 내가 숨어 들어갈 만한 동굴이 있었다면 좋았을 텐데.

한자를 배워야 산다

'한자를 배워야만 한다.' 새해 결심이다. 10년 넘게 한국에 살아 한국어를 제법 한다고 자부하지만, 여전히 갈 길이 멀다고 느끼는 순간이 있다.

2016년 새해 첫날 눈을 떠서 스마트폰을 본 순간, 혈압이 치솟았다. 친구가 '병신년'으로 시작하는 메시지를 남겼기 때문이다. 곧장 그 녀석에게 전화를 해서 무슨 생각으로 그런 욕을 했냐고 따졌다. 그는 차분하게 "병신년은 붉은 원숭이의 해라는 뜻"이라고 답했다. 쥐구멍에라도 들어가 숨고 싶었다. 그런데 한국 TV 아나운서도 그 말을 발음할 때는 특별한 주의를 기울이는 게 느껴졌다. 오전 8시 뉴스에서 한 여성 아나운서는 병신년을 발음할 때 병과 신 사이에 애국가도 부를 수 있을 정도로 긴 간격을 두었다.

외국인들이 발음할 때 특별히 주의해야 하는 몇몇 한국어가 있다. 가령 숫자 18이 그런데, 한국 TV나 라디오에 나오는 한국인 출연자들도 이 숫자를 말할 때는 굉장히 주의를 기울인다. 반대로 한국 사람이라면

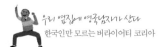

영어를 사용하는 서양인 앞에서 태국의 휴양지 푸껫을 발음할 때 주의 해야 한다. 욕설인 'Fuck it'과 정말 비슷하게 들리기 때문이다.

같은 영어를 쓰는 영국인과 미국인 사이에도 비슷한 어려움이 있다. 영국식 영어에서 담배를 뜻하는 'fag'는 미국식 영어에서는 동성애자 를 비하하는 표현으로 쓰인다. 마찬가지로 미국에서 엉덩이를 뜻하는 'fanny'라는 말은 영국에서는 지면에 옮기기 힘든 은밀한 부위를 지칭 하는 표현이다. 상상할 수 있겠지만 그래서 영국인과 미국인은 서로 이 두 단어를 쓸 때 각별히 주의한다.

언어는 정말 어렵다. 병신년처럼 오해의 소지가 있는 단어를 말할 땐 차라리 옛날 원시인처럼 손짓 발짓으로 표현하고 싶다는 생각이 든다. 그보다 더 나은 방법은 역시 그 언어에 관해 많이 아는 것이다.

R u going?

"?4u! Pty 2nite… R u going?"

여러분이 내게 항의 메일을 보내기 전에 밝혀두자면 이 문장은 엄연히 오타가 아니다. 그렇다고 코드도 아니다. 이것은 분명 영어 문자메시지다. 이 수상한 문장을 풀어서 쓰면 'I have a question for you. Are you going to go to the party tonight?'이다. 다시 말해 '너 오늘 밤 파티 갈 거니?'라는 뜻이다.

자, 이때만큼은 여러분이 부모님의 돈과 많은 시간을 들여 배웠던 복잡한 영문법 따위는 잠시 잊어버리자. 스마트폰을 포함한 온라인 채팅 세계에서는 단 한 가지 룰만 존재한다. 바로 짧을수록 좋다는 것이다.

오늘날의 젊은 세대, 특히 10대는 휴대폰으로 문자메시지를 자주 주고받기에 주식시장의 트레이더들보다 더 바쁘다. 그들은 효율적으로 문자메시지를 주고받기 위해 기상천외한 축약어를 개발해 사용한다.

싸이월드, 트위터, 페이스북 같은 사이트에 자주 들어가 끊임없이 글

우리 옆집에 영국남자가 산다
한국인만 모르는 버라이어티 코리아

을 올리는 사람이라면 최소한 하루 25퍼센트 이상을 반짝이는 휴대폰을 만지작거리며 보낼 것이다. 이러한 '전자제품을 통한 사회화'는 사실상 한국뿐 아니라 온 지구상에 부는 열풍이며, 이로 인해 짧은 시간 안에 메시지를 보낼 수 있는 신조어들이 마구 생겨나고 있다.

이렇게 문장을 짧게 축약한 신조어로 된 문자메시지를 받으면 처음엔 어리둥절해지지만, 일단 이해를 하고 나면 너무나도 유용한 표현임을 알게 된다. 한가한 오후 사무실에서 동료들과 MSN메신저 채팅으로 무료함을 달래던 중 갑자기 "BIB"이라는 메시지가 떴다. 이것은 'Boss is Back(팀장이 자리로 돌아왔다)'을 의미한다.

이러한 줄임말이 사무실에서 시간 때우기에만 쓰이는 것은 아니다. 자칫 지루해지기 쉬운 연애에서도 줄임말이 재미를 더해줄 수 있다.

현대를 사는 젊은이들에게 일렉트로닉 로맨스(electronic romance)보다 '에지' 있어 보이는 것은 없다. 현대판 로미오는 늦은 밤 연인에게 "CUIMD"라는 메시지를 보낸다. 무슨 뜻일까? 물론 'See you in my dreams' 즉 꿈에서 보자는 말이다.

줄임말을 만드는 데 복잡한 과학 공식은 존재하지 않는다. 그저 단어, 부호, 문자 등을 소리 내어 읽을 때 어떻게 소리가 나는지만 이해하면 된다. 자, "EZ"를 소리 내어 읽어보자. easy를 뜻함을 알게 될 것이다. 이렇듯 later는 l8r(l+eight+r), fat은 f@(f+at), 그리고 shut up은 shut^이 된다. 얼마나 간단한가.

또한 영어를 모국어로 사용하는 사람들은 주로 자음의 소리가 단어의 의미를 전달한다고 생각하기 때문에 메시지를 빠르게 보낼 때는 모음을 생략하고 자음의 일부를 변경한다. 그래서 thanks는 thnx가 되고, please는 plz가 되며 because는 bcoz로 줄어든다.

일상생활에서 쓰이는 일반적인 표현들은 젊은 세대의 문자메시지에서는 거의 찾아보기 힘들다. 특히나 메시지를 보낼 때 주어를 사용하는 사람들은 연금을 수령할 나이가 된 노인 세대에서나 찾아볼 수 있을 것이다. 'G2G' 대신에 'I've got to go(나 지금 가야 돼)'라고 문자를 보내는 것보다 센스 없어 보이는 것은 없다. 그리고 'BRB' 대신 'I'll be right back'이라고 장황하게 문자를 보내는 것 또한 해변용 샌들에 하얀 양말을 신는 것을 아무렇지도 않게 생각하는 사람들에게서나 이해받을 수 있는 일이다.

반드시 알아야 할 줄임말들	몰라서는 안 되는 줄임 표현들
4eva → Forever	LOL → Laughing out loud (또는 Lots of love)
6Y → Sexy	
2moro → Tomorrow	ATST → At the same time
B4 → Before	EMI → Excuse my ignorance
4nr → Foreigner	B4N → Bye for now
	BFF → Best friends forever

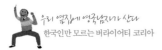

RSVP, ASAP?!?!

어느 날 당신이 한 통의 영문 파티 초대장을 받았는데 끝에 굵은 글씨로 "RSVP ASAP"라고 인쇄되어 있다면, 언뜻 아프리카 말처럼 보인다고 나이지리아 사기꾼에게 사기라도 당하는 거 아닐까 의심할 필요는 없다. 이것은 법률상 전혀 하자가 없는 문구다. 또한 RSVP ASAP는 이 세상에서 가장 발음하기 어려울 것 같은 이름도 아니다. 이것은 Abbreviation, 즉 축약어다.

"RSVP"는 '회신을 바랍니다'라는 의미인 프랑스어 'repondez s'il vous plait', "ASAP"는 'as soon as possible(가능한 한 빨리)'의 줄임말이다. 십수 년 동안 에너지와 돈을 쏟아부어 최종 목표인 토익 900점에 도달하니, 영어 원어민들은 축약어라는 제2의 언어로 여러분을 기죽인다.

영어 원어민 중에는 "i.e."라는 말을 자주 사용하는 사람도 있다. 'that is'를 뜻하는 라틴어 'id est'의 줄임말이다. 이렇듯 영어 원어민들도 줄임말을 통해 프랑스어나 라틴어 등 자신의 외국어 지식을 뽐내고 싶어

한다. 'That proves the case(그것이 증명하려는 내용이다)'를 뜻하는 라틴어 'Quod Erat Demonstrandum'을 사용하면 제법 고상하고 똑똑해 보일 것이다. 그러나 제대로 잘난 척을 하려면 그 축약형인 "QED"를 사용해야 한다.

잘난 척을 위해서만 축약형을 사용하는 것은 아니다. 비즈니스맨들은 편의상 줄임말을 애용한다. 가령 문서와 메일에 자주 쓰이는 'for your information'과 'any other business'는 각각 "FYI"와 "AOB"로 줄여 쓴다.

축약형은 때때로 구어체에서도 사용된다. 연차 총회를 의미하는 'Annual General Meeting'을 그대로 말하는 사람은 극소수다. 대신 짤막하게 "AGM"이라고 한다. 비슷한 예로 판매직 사람 중에 'cash on delivery(현금 결제)'라고 말하는 사람은 거의 없다. 대부분 줄임말인 "COD"를 사용한다.

직함도 종종 축약형으로 표현되는데 'Merchandiser'를 "MD"(이 표현은 미국인들이 'Medical Doctors'를 줄여 부르는 "MDs"와 혼동된다)로 줄여 부르는 한국 사람들에게는 반갑게 들릴 것이다. 가령 "PA"는 'Personal Assistant'를 뜻하며 "GM"은 'General Manager'를 가리킨다. 이런 종류의 줄임말은 끝도 없다.

그러나 여러분을 가장 당혹스럽게 만드는 건 신세대 원어민의 줄임말일 것이다. 예를 들어 'girlfriend(여자 친구)'와 'boyfriend(남자 친구)'는

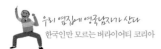

줄여서 "girlf", "boyf"라고 말하며, 문자메시지나 채팅을 할 때는 아예 "bf"나 "gf"라고 입력한다.

디지털 테크놀로지에 홀딱 빠진 오늘날의 젊은 세대는 외계어와도 같은 줄임말을 이렇게 일상적으로 사용하고 있다. 만약 외국의 거리에서 "I saw your boyf's post on FB yesterday. TMI!"라는 이상한 말을 들어도 너무 놀라지 말라. 이 횡설수설하게 들리는 말은 'I saw what your boyfriend wrote on his Facebook page yesterday. Isn't that too much information?' 즉 '나 어제 니 남친이 페이스북에 글 올린 거 봤는데, 너무 자세히 쓴 거 아냐?'라는 뜻이다

지금 우리가 살고 있는 숨 가쁘게 바쁜 사회에서 줄임말은 모든 종류의 언어권에서 사용되며, 세상과 우리를 조금 더 빨리 이어주는 단축키와 같은 존재다. 좋든 싫든 최신 줄임말의 흐름을 계속해서 따라가며 사용하지 않으면, 어리석다는 비난은 물론 문자 빨리 좀 보내라는 재촉을 피할 수 없을 것이다.

반드시 알아야 할 줄임말들
UTD = Up to date (최신의)
GAL = Get a life (정신 차리고 철좀 들어!)
PDQ = Pretty darn quick (정말 빨리)

날씨 틀리는 기상 캐스터

나는 TV를 보면서 큰 소리로 구시렁거리는 게 취미다(약간 이상한 취미라는 건 인정한다). 나처럼 TV를 보면서 소리 지르고 싶은 사람이 있다면 꼭 추천하고 싶은 프로그램이 있다. 뉴스 기상예보다.

한국 지상파 채널의 아침 뉴스 기상예보엔 특징이 있다. 기상 캐스터는 전부(!) 여자이고 그들 모두 패션모델처럼 짧고 몸에 딱 붙는 옷을 입고 나온다는 것이다. 그들이 기상예보를 전하면서 미동도 하지 않는 것은 옷이 너무 꽉 끼어서인 것 같다. 저녁 뉴스 시간에 기상예보를 하는 캐스터들은 그보다는 약간 길고 넉넉한 옷을 입고 나온다. 그래서인지 저녁 뉴스 기상 캐스터들은 다양한 몸짓까지 섞어서 복잡한 컴퓨터 그래픽으로 된 기상 정보를 설명해준다. 아이맥스 상영관에서 SF영화라도 보는 것 같다. 그러다 보면 정작 중요한 기상 정보를 놓치기 일쑤다. 그게 제작진이 노리는 바 같다.

매력적인 여성들이 기상 캐스터로 나오는 건 문젯거리가 아니지만,

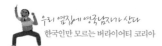

그들이 알려주는 기상예보가 꽤 자주 틀린다는 점은 문제다. 캐스터가 비가 내릴 것 같다고 얘기한 날이면 '쾌청한 하늘과 눈부신 햇살로 가득한 날이 되겠군'이란 생각이 든다.

내 모국인 영국에선 패션모델 같은 기상 캐스터를 보기 힘들다. 대부분은 기상학 전문가처럼 생긴 사람들이다(그래서 약간 따분하게 보이긴 한다). 그들은 실제로도 기상학 학위를 가졌거나 관련 실무 경험이 있는 전문가들이다.

BBC 기상 캐스터 중 마이클 피시(생선을 뜻하는 'Fish'와 철자가 같다)라는 사람이 있었다. 그는 영국 기상예보 역사상 가장 유명하고 존경받는 기상 캐스터였다. 1987년 어느 날 그는 TV에서 말했다. "오늘 한 시청자가 허리케인이 오고 있다는 제보를 했습니다만, 걱정 마시길 바랍니다. 허리케인이 올 일은 없을 겁니다." 그러나 그렇게 말한 지 몇 시간 뒤 300년 만에 가장 강력한 허리케인이 영국을 덮쳤다. 이 '생선 선생'과 그의 동료들 모두 나무랄 데 없는 기상학 전문가였지만, 정확성은 패션모델 같은 한국의 캐스터들과 별다를 바 없었던 것 같다. 이러니 기상예보를 보면 종종 소리를 지를 수밖에.

오토바이는 무서워

한국에 온 지 10년이 넘었다. 매운 음식부터 TV에 나오는 유재석까지 모든 것이 익숙하지만, 딱 하나 오토바이만큼은 그렇지 않다.

한국에서 처음 오토바이를 본 것은 인도(人道)에서였다. 그 오토바이는 나를 향해 맹렬한 속도로 돌진했다. 너무 놀라서 엉겁결에 옆에 있던 나무를 붙들었던 기억이 난다. 영국에서는 제임스 본드나 돼야 길거리에서 오토바이를 그렇게 몰 것이다. 그리고 쇠고랑을 찰 것이다.

영국의 오토바이 운전자들도 스피드를 즐긴다. 보통 강력한 엔진을 따로 구입해 개조하는데 출력이 일반 승용차의 두 배가 넘는 것도 있다. 그런 엔진을 단 오토바이는 고속도로를 성난 용처럼 질주한다. 영국에서도 오토바이 사고가 흔해서 안전 장비 착용에 관한 규정이 엄격하다. 그리고 운전자 대부분은 그걸 지킨다. 살아야 하니까.

하지만 한국의 오토바이 운전자들은 영화 〈매드맥스〉 속에 사는 이들 같다. 무릎 보호대 같은 안전 장비는커녕 가끔은 헬멧도 쓰지 않고 오토

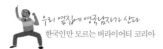
우리 옆집에 영국남자가 산다
한국인만 모르는 버라이어티 코리아

바이를 모는 사람이 너무 많다. 헬멧을 쓴 사람도 끈을 조이지 않고 그냥 쓰고만 있는 경우가 많다. 어떤 이는 헬멧 대신 공사판 안전모를 쓰고 있다. 그걸 쓰면 좀 더 안전하다고 생각하는 걸까.

얼굴까지 완전히 가리는 안전 장비를 제대로 갖추고 오토바이를 타는 사람들을 본 적이 있다. 추적해보니 불법 안마소 홍보물을 길거리에서 돌리는 사람들이었다. 하지만 그들도 조심해야 한다. 요즘 불법 안마소 홍보물은 트럼프 카드 같은 재질로 만들기에, 그 날카로운 것에 맞아서 다칠 수도 있다. 오토바이에서 던진 홍보물이 열려 있는 식당 창문을 통과해 찌개 그릇에 처박히는 걸 본 적도 있다.

이웃 중 한 사람은 매일 아침 오토바이로 아이를 유치원에 데려다준다. 아이는 오토바이 뒷자리에 있는 간이 플라스틱 좌석 위에 앉아 아빠의 등을 붙잡고 있다. 내가 보기엔 나이아가라 폭포 위에서 외줄타기 하는 것만큼 위험해 보인다. 너무 깐깐하게 구는 것 아니냐고? 호미로 막을 것을 가래로 막는다는 속담이 있지 않던가.

유교 사상에 대한 서양인들의 생각

2014년 4월 영국에 계신 아버지와 전화 통화를 할 때였다. 아버지도 세월호 사건에 대한 기사를 읽으신 터였다. 그도 그럴 것이 당시 세계적으로도 매우 큰 사건이었으니까. 아버지는 이렇게 말씀하셨다. "한국의 유교적 가치관만 아니었으면 많은 사람이 살 수 있었다고 하더라. 일부 기사에서는 유교의 영향을 받은 한국의 순종 문화 때문에 세월호 학생들이 밖으로 나가지 말라는 지시에 따른 거라고 하더구나. 밖으로 나가려고 했으면 살 수 있었는데."

나는 그 말이 도저히 믿어지지 않아서 인터넷으로 기사를 찾아보다가 큰 충격을 받았다. 영어권 주요 언론사 기자들 중 일부 서양인은 물론 한국계 미국인까지 세월호 사건에서 전례 없는 사망자 수가 발생한 것은 유교 사상 때문이라며 비난하고 있었다.

〈댈러스 모닝 뉴스〉 기자는 이렇게 적었다. "만약 미국인 학생들이 세월호에 타고 있었더라면 어떻게 해서든지 배 밖으로 나갈 방법을 찾으

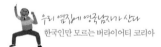

려고 했을 것이다. 하지만 집단의 니즈(욕구)를 개인의 니즈보다 우선시하는 아시아 문화에서는 순종이 의무적이다." 심지어 CNN과 다른 주류 미디어 사이트에도 그런 내용의 기사가 많았다.

안타깝게도 서양 언론인들이 한국에 무슨 일이 있을 때마다 유교 사상을 들먹이는 것은 전혀 새로운 일이 아니다. 그들은 심지어 한국 여성이 성형수술을 많이 받는 이유 중 하나로 유교 사상을 꼽는다.

영향력 있는 저널리스트 겸 작가인 말콤 글래드웰은 대한항공이 1988년부터 1998년까지 세계 최악의 안전도를 기록한 이유 가운데 하나로 유교 사상을 들었다.

거기서 끝나지 않는다. 서양 매체들은 한국의 유교 사상이 유명한 '땅콩 회항' 사건의 원인이라고 보도했고, BBC는 유교 사상이 최순실 게이트를 일으켰을 수도 있다는 한 미국인 교수의 말을 인용했다. 그 교수는 "유교에서는 받은 친절을 꼭 갚아야 한다는 호혜성을 중요시한다"는 말로 박근혜 대통령이 최순실을 특별 대우한 이유를 암시했다.

한국에서 근무하는 미국인 문화학 교수의 블로그에는, 한국 걸그룹이 롤리타 콘셉트로 한국에서 큰 인기를 끄는 이유가 유교 사상 때문이라는 글이 올라와 있다.

언젠가 한 친구가 나에게 이런 말을 해준 적이 있다. 남들과 역사나 종교, 정치 이야기는 하지 말라고. 그것보다 사람들과 빨리 멀어지는 방법은 없다고. 나는 그 친구의 조언을 항상 잘 따라왔고, 같은 맥락에서 서양인은 한국의 유교 사상에 대해 입을 다물어야 한다는 불문율을 지켰다. 하지만 여기서는 유교 사상이라는 말을 꺼내지 않을 수가 없다. 유교 사상에 대한 서양인의 오해 때문이다.

무엇이 유교 사상 덕분이란 말인가

세월호에 탄 사람들을 죽음에 이르게 한 원인은 유교 사상이 아니다. 배가 가라앉고 있을 때 승무원들이 밖으로 나가지 말라고 반복적으로 지시한다면, 마땅히 그 말에 따라야 한다. 특히나 아직 어린 학생이라면 말이다. 나는 커다란 선박을 가라앉힐 수 있는 요소에 대한 물리학적 지식이 전혀 없다. 그래서 내가 세월호에 타고 있었더라도 승무원이 하라는 대로 했을 것이다. 그것이 인간 본성이다. 인간은 상황이 어떻게 돌아가는지 모르면 자동으로 권위자의 말에 따르게 되어 있다. 그런 상황에서 문화는 아무런 역할을 하지 않는다.

유명한 밀그램 실험이 그 증거다. 1950년대에 예일대 심리학과 교수 스탠리 밀그램이 실시한 이 실험에서 참가자들은 교사 역할을 맡아 학생에게 전기 충격을 가했다(사실은 아무런 충격도 발생하지 않는 가짜였지만). 그들은 박사라고 생각되는 실험자들의 지시에 따라 끔찍할 정도로 점점 더 전압을 높였다.

하지만 사실 밀그램의 실험에서 박사와 전기 충격을 받는 학생 모두

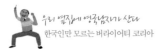

그냥 연기를 한 것뿐이었다. 피실험자인 교사 역할을 한 사람들을 속이기 위해서. 그 사람들이 학생들의 목숨이 위험해질 수도 있는 정도의 전기 충격을 가한 것은, 박사의 권위에 복종했기 때문이라는 것이 그 실험을 통해 밝혀졌다. 그렇다면, 정말로 미국 학생들이었다면 가라앉는 배에서 가만히 있으라는 승무원의 지시를 거스를 수 있었을까?

땅콩 회항 사건 역시 유교 사상 때문에 일어난 것이 아니다. 조현아가 폭군 같고 제멋대로인 인간이기 때문이다.

K팝이 변태스럽고 소아성애적인 판타지와 선정적인 이미지로 넘쳐나는 것은 사실이다. 하지만 다른 나라의 팝 문화도 그렇기는 마찬가지다. 교복을 입고 레즈비언 콘셉트로 춤추던 러시아의 여성 2인조 그룹 타투는 2002년 영국 싱글 차트에서 1위를 차지했다. 브리트니 스피어스는 16세 때 발표한 〈힛 미 원 모어 타임(Hit Me One More Time)〉의 뮤직비디오에서 교실을 배경으로 교복 차림에 막대사탕을 빨아 먹는 도발적인 모습을 보여주었다. K팝 역시 소아성애와 외설, 변태의 경계선상에 놓인 이미지로 가득한 이유는 유교적인 여성관 때문이 아니라, 사람들이 원래 그런 이미지를 좋아하기 때문이다.

좀 더 이야기해볼까? 한국에서 성형수술이 성행하는 이유는 유교 사상 때문이 아니라 다른 나라보다 비교적 비용이 저렴하고 성형외과 전문의가 많아서다. 사람은 누구나 고치고 싶은 얼굴 부위가 있다. 나만 해도 학교 다닐 때 친구들에게 코가 크다고 놀림을 많이 받아서 코를 고치고 싶었다. 당시 영국에서도 성형수술을 받는 사람이 많고 가격도 비교적 저렴했다면, 코 축소 수술을 받겠다고 결심했을지도 모른다.

한국의 성차별에 대해서도 이야기해보자. 물론 한국인이 유교 사상에 강하게 지배받던 과거에는, 여성이 남성보다 기가 약하다는 믿음이 사회 전반에 퍼져 있었고 여성 스스로도 남성보다 아래에 있다고 생각했다. 하지만 과거에 그런 성차별이 존재하지 않았던 사회가 어디 있는가? 세상의 거의 모든 지역, 서양의 모든 국가도 그랬다. 동서양 대부분의 국가에서 한때 딸은 가족의 큰 짐이었다. 딸이 결혼할 때면 부모가 사위에게 돈이나 가축, 심지어 집 등의 지참금을 주어야 했기 때문이다. 반면 아들은 결혼할 때 지참금을 받을 수 있었고, 그 시절엔 상속권도 남자에게만 주어져 아들이 중요한 자산이었던 것이 당연하다.

이제 그런 시대는 한국에서도 지나간 지 오래다. 여자가 남자보다 기가 약하다는 헛소리 따위를 믿는 한국인은 아무도 없다. 딸이 있었으면 좋겠다고 말하는 한국 남자를 나는 수없이 보았다. 딸 가진 아빠들은 자신이 '딸바보'라는 사실을 마음껏 즐긴다. 한국인의 아들 선호 사상은 공룡처럼 사라진 지 오래다.

최순실 게이트도 유교 사상과는 아무런 관련이 없다. 인간의 탐욕 때문에 일어난 일이다. 서양 글쟁이들 다수가 이 사실을 깨닫지 못한다는 것이 무척 놀랍기만 하다.

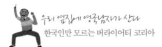

더 우월하거나 열등한 문화는 없다

서양인들이 한국에 무슨 일만 있으면 유교 사상을 끌어들여 탓하는 이유는 무엇일까? 실은 아시아인들은 어리석고 세뇌당하기 쉽다는, 낡은 식민지 시대 사상에서 벗어나지 못해서는 아닐까? 서양인들은 그런 식으로 과거의 제국주의자들처럼 우월감을 느끼는 것 같다.

유교 사상을 탓하는 서양의 기자들을 보면 (서양) 독자들에게 다음과 같은 숨은 메시지를 던지고 있는 듯하다. '독자들이여, 당신들은 나처럼 우월한 서양 문화권 출신이기에 아시아인들과 그들의 사상이 얼마나 미개하고 퇴보적인지 분명히 알 수 있다'라고 말이다.

최근에 나는 어느 한국 노인과의 대화에서 어떤 깨달음을 얻었다. 우리는 소주를 마시며 이런저런 이야기를 나누었는데, 그는 미국인은 "미국 놈들"이라고 부르고 동남아인은 "동남아 사람들"이라고 표현했다. 나는 반쯤 농담으로 "왜 미국인은 '놈'이고 동남아인은 '사람'입니까?"라고 물었다. 그는 망설임 없이 대답했다. "한국인은 자기보다 잘살면 '놈'이라고 부르고, 못살면 '사람'이라고 부르거든."

그의 대답은 사실 한국인이 아니라 인간의 본성을 알려주는 것이었다. 인간은 타인의 성공을 질투하기에 누가 성공하면 그 사람을 싫어한다. 그를 '놈'이라고 부르는 것은 증오를 표현하는 한 방법이다. 서양이 서서히 히락세를 걸어온 반면 한국은 지난 50~60년 동안 지구상의 그 어떤 나라와도 비교되지 않는 경제성장을 이루었다. 어쩌면 그것을 질투하는 일부 서양인이 유교 사상을 비난하는 기사를 써서 한국을 깎아내리려는지도 모른다. '서양이 지금은 한국보다 경제적으로 열등할지 몰라도 여전히 문화적으로는 더 우월하다!'는 생각에서 말이다.

하지만 중요한 것은 문화는 어느 쪽이 더 우월하거나 열등하지도, 혹은 더 진보적이거나 퇴보적이지도 않으며 그냥 서로 다를 뿐이라는 사실이다.

고백하건대 나도 유교 사상을 그리 좋아하지 않는다. 내가 한국 역사에서 가장 좋아하는 시대는 고려 시대다. 그림과 공예품, 건축 양식이 매우 강렬하고 풍부한 색채를 지녔기 때문이다. 고려청자만큼 아름다운 색채를 가진 예술품이 있을까? 하지만 유교의 금욕적 미학으로 인해 고려의 풍부한 색채가 갑자기 사라져버렸다. 나는 유교 사상이 성차별적이고 엘리트주의적이었다는 데에도 동의한다. 그렇기에 유교 가치관의 옹호자로 보이고 싶지 않다.

그래도 유교는 한국 역사에서 빼놓을 수 없는 부분이고, 한국인은 유교가 근대 한국 문화를 형성했다는 사실을 자랑스럽게 여겨야 한다. 유교는 나쁘기만 한 것이 아니었다. 유학자들은 시나 서예 같은 예술과 학문적인 수양을 중요하게 여겼다.

한국 문화의 가장 훌륭한 특징 가운데 일부는 유교 사회였던 조선 시대의 산물이다. 『격몽요결』에서 배움과 자기수양이 좋은 행정의 토대라

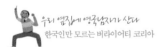

고 한 이이(李珥)의 사상은 오늘날까지도 존경할 만하다. 도널드 트럼프나 테리사 메이 같은 서양의 지도자들도 조금이나마 배움과 자기수양을 실천해 자기 안의 무지를 몰아내려고 애쓰면 좋겠다. 기존의 문화적 가치를 이용해 이상적인 사회를 건설할 수 있다는 정약용의 사상 또한 매우 훌륭하고 실용적이다. 신윤복처럼 혁명적인 예술로 유교적 가치에 대항한 사람들마저도 유교 사회의 산물이다.

한국은 변하고 있다. 대기업들도 조금씩이나마 조직의 계층 구조를 약하게 만들려는 시도를 하고 있다. 시간은 걸리겠지만 적어도 시작은 했다. 일하는 여성들도 점점 늘어난다. 나는 지금까지 남자 상사만큼이나 여자 상사를 많이 겪었다. 물론 한국을 평등주의 가치의 수호자라고 할 수는 없지만, 성차별은 서양을 비롯해 세상 어디에나 존재한다.

유교 사상은 한국 역사에서 샤머니즘이나 불교만큼 빠뜨릴 수 없는 요소다. 그러니 한국인은 유교 사상을 부끄러워하지 말고 자랑스럽게 여겨야 한다.

다만 유교 사상은 한국의 현재나 미래에 들어갈 자리는 없다. 좋게 말하면 이제는 뒤편으로 물러난 빛바랜 영향력이고, 나쁘게 말하면 거의 쓸모없어진 구시대의 유물이다. 유교는 서양과 한국의 영웅들이 무찔러야만 하는, 산속에 사는 사악한 용이 아니다.

성형왕국 대한민국 이대로 좋은가?

미국의 시사주간지 〈뉴요커〉에 "세계 성형수술의 중심지(The World
Capital of Plastic Surgery)"라는 제목의 기사가 실렸다. 한국에 성형수술
이 얼마나 성행하고 있고, 얼마나 많은 관광객이 성형을 목적으로 한국
을 방문하는지에 대한 내용이었다. 이 기사의 어조는 다분히 조롱이 섞
여 있는 듯했고, 외형적인 것을 중요시하는 한국과 한국 문화를 비난하
는 듯했다. 이런 종류의 보도는 이뿐만이 아니다. 미국의 ABC와 〈USA
투데이〉, 영국의 BBC와 〈데일리메일〉 그리고 호주의 ABC 등 많은 매
체에서 다루어져왔다.

이런 기사들은 비슷한 목소리를 내고 있다. 외적인 것에만 치중하는
열등한 한국 문화는 "기형적인 인간이 등장하는 서커스 쇼(circus freak
show)" 같은 한국의 풍경을 만들어냈지만, 문화적으로 월등한 서양인
들은 내면적인 자아보다 외적인 것에 치중하는 것을 자아도취적 허영
으로 여긴다는 것이다. 이것은 다분히 인종차별주의적인 발상이다.

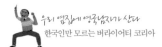

나는 성형수술에 대한 아무런 편견을 가지고 있지 않지만, 한국 정부가 가능성 있는 산업으로 '의료 관광'을 육성하면서 그중에서도 가장 돈벌이가 되는 외국인 대상 성형수술을 내세우는 것을 걱정스럽게 바라볼 수밖에 없다. 안 그래도 서양의 언론 매체는 매우 부정적인 어조로 '성형 강국 대한민국'에 대한 기사를 쓰고 있기 때문이다.

서양의 언론 매체는 한국의 성형수술 실태를 매우 빈번하게 다루면서, 그것을 아시아 문화를 비난하는 소재로 삼고 있다. 한국 문화를 전혀 이해하지 못하는 서양 저널리스트에 의해 쓰여진 이런 기사들을 마주할 때면, 한국을 터전으로 해서 살고 있고 한국과 한국 문화의 많은 부분을 좋아하는 나조차도 공격을 받고 있는 듯한 기분이 든다.

나는 이런 일부분으로 한국 문화를 판단하는 것은 공정하지 않다고 생각한다. 또한 나는 한국 정부가 의료 관광 육성을 위해 좀 더 신중하게 다른 방법을 고민해볼 필요가 있다고 생각한다.

언어의 종류가 아니라
언어의 방식이 중요하다

나는 철학자들이 우리가 언어를 사용하는 방식에 대해 논할 때, 철학에 대한 강한 흥미를 느낀다. "내 언어의 한계는 내 세계의 한계를 뜻한다"는 루트비히 비트겐슈타인의 말은 내가 가장 좋아하는 철학 명언이다.

친구나 적, 비즈니스 파트너나 라이벌 등을 이해하려면 그들이 무슨 생각을 하고 있는지 이해해야만 한다. 성공한 정치인이나 외교관, 장군, 기업가 등은 "적을 알라"는 손자의 말에 고개를 끄덕일 것이다.

하지만 다른 문화권에 속한 사람을 대할 때는 상대방이 무슨 생각을 하는지 이해하려고 애쓰는 것만으로는 부족하다. 상대방이 생각하는 방식까지 알아야 한다. 그래야만 내가 다음에 하려는 말이 상대방을 기쁘게 할지 화나거나 슬프게 할지 미리 알 수 있다.

현재 한국에서 살아가는 비한국인은 200만 명 가까이 되고 게다가 불법 이민 노동자도 많다. 그중 한국어를 유창하게 하는 사람은 극소수에 불과하다. 나의 한국어 실력이 유창하다고 평가받을 정도니 말 다하지

않았나. 인생의 25퍼센트를 한국에서 살고도 번역가의 도움 없이는 이 책을 혼자 쓰지도 못하는데 말이다.

요즘 한국 TV 프로그램에는 한국어를 능수능란하게 구사하는 수많은 서양 남자가 등장한다. 그들이 구사하는 가벼운 한국어 대화 실력이 확실히 뛰어나다는 것은 나 또한 인정하는 바다. 하지만 그들 대부분은 한국의 주요 신문에 실린 사설 한 편을 읽을 때는 절절맬 것이다. 『동의보감』을 한 페이지라도 읽어보라고 하면 도대체 무슨 말인지 감도 잡지 못할 것이다.

(드문 일이기는 하지만) 나도 가끔 한국의 시사 프로그램에 출연 요청을 받은 적이 있어서 잘 안다. 간단한 질문에 답하기 위해 몇 시간 동안 올바른 어휘를 찾아 연구하고 실전처럼 계속 연습해야 한다. 〈비정상회담〉 같은 프로그램에는 작은 군대 규모는 될 법한 작가들이 있어서 비한국인 출연자들의 어휘를 확인하고 대사 리허설도 도와준다.

언젠가 한국 TV 시사 프로그램에 출연했는데, 앵커가 미리 받은 대본에 없는 질문을 불쑥 꺼냈다. 무슨 말인지 전혀 이해할 수 없었다.

한국어를 네이티브 수준으로 할 수 있다고 할 만한 서양인은 아마 전 세계적으로도 손에 꼽을 정도일 것이다. 내가 거기에 포함되지 않는다는 사실은 나 또한 잘 안다. 그 반대도 마찬가지다. 영어를 잘하는 한국인은 많지만 관용어구나 미묘한 뉘앙스에 대한 완벽한 지식까지 갖추고 정말로 네이티브 수준으로 할 수 있는 사람은 과연 얼마나 될까?

이러한 엄청난 격차가 단절을 초래한다. 한국인과 영어권 서양인이 서로의 언어를 완전히 이해하지 못한다는 사실을 인정한다면 서로의 문화와 사고방식 또한 부분적으로만 이해하고 있을 뿐이라는 것도 받아들여야 한다.

한국인이 영어에 대해 알아야 할 중요한 사실이 있다. 영어는 주어가 중심이 되는 동사 기반의 언어라는 점이다. 영어 문장이 주어-동사-목적어 형식으로 이루어진다는 사실은 한국인도 대부분 알 것이다. 좀 더 간단하게 주어-동사로 만들 수도 있다. 이를테면 'I do', 'She looks', 'We want' 같은 식이다. 동사에는 주어가 꼭 있어야 한다. 주어도 동사가 없으면 길을 잃는다. 이 문장을 한번 보자. 'It is raining.' 여기서 정확히 주어가 무엇인가? 영어 사용자들은 문법적으로 주어를 꼭 만들어야만 한다. 그만큼 영어에서 주어(주체)는 대단히 중요하다.

반면 한국어에서는 주어 없이도 문장을 만들 수 있다. '밥 먹었어?' 같은 식이다. 'I have done it'은 한국어로는 그냥 '했어'라고 표현할 수 있다. 한국어에서는 동사가 아니라 명사가 문장의 왕이다. 고려대학교의 김흥규, 김범모가 발표한 연구에 따르면 가장 사용 빈도 높은 한국어 열 개는 다 명사다(경우, 집, 문화, 문제, 속, 사회, 말, 일, 때, 사람).

영어의 주어-동사 구조는 영어 사용자들로 하여금 개개인이 능동적인 주체로서 살아가는 것이 중요하다는 생각을 하게 만든다. 그러지 않으면 돌이나 콜라 캔처럼 수동적인 객체에 머무를 수밖에 없다고 여긴

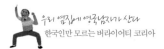

다. 이런 영어 사용자들이 개인주의와 개인의 행동을 가장 가치 있게 여기는 사회를 이룰 것임은 쉽게 짐작할 수 있다.

옥스퍼드 영어 사전은 2011년에 영어 사용자들이 가장 많이 사용하는 단어 100개를 조사했다. 그중 11퍼센트가 인칭대명사였다('I', 'me', 'you', 'he', 'her'). 하지만 'we', 'us', 'our' 또는 'ours' 같은 1인칭 복수대명사는 포함되지 않았다. 그만큼 영어 사용자들은 자신을 집단의 일원으로 지칭하는 경우가 드물다.

반면 국립국어원이 2004년에 발표한 가장 자주 쓰이는 한국어 5888개 중에는 '우리'가 13위로 나타났다. 이런 언어 습관은 집단주의 이데올로기로 이어질 가능성이 높다. 실제로 한국에는 '내 집'이라고 말하는 사람이 거의 없다. 대부분은 '우리 집'이라는 표현을 사용한다.

일반적으로 영어권 서양인들은 집단주의 사상을 매우 싫어한다. 집단주의가 사회심리학자 어빙 제니스가 집단사고(groupthink)라고 부르는 결과로 이어질 수밖에 없다고 생각하기 때문이다. 제니스에 따르면 집단사고는 동료 집단에게 받는 사회적 압력이 "정신 능력과 현실 파악 능력, 도덕적 판단의 저하"를 초래하여 공동체가 옳지 못한 의사 결정을 내리게 되는 것을 말한다.

실제로 일부 서양 미디어는 삼성 갤럭시노트7의 폭발이나 2008년의 소고기 수입 반대 집회, 심지어 박근혜 퇴진 촛불 집회까지 모두 한국의 집단사고 정신에서 비롯됐다고 평가한다.

그런가 하면 한국인들은 영어 사용자들이 선천적으로 자기중심적이라고 생각한다. 한국에서 영어권 서양인과 한국인이 대립하는 모습을 자주 보았다. 한국인 직원들은 서양인 동료들이 팀을 위해 그들의 개인주의를 양보하지 못하는 것을 도무지 이해하지 못한다.

예전에 디지털 에이전시에서 같이 일한 서양인 동료 편집자는 클라이언트의 요구가 있었는데도 자신이 쓴 글을 정정하는 것을 거부했다. 바꿔달라는 내용이 틀리다고 생각했기 때문이다. 그에게는 개인적인 믿음이 팀과 클라이언트의 니즈보다도 더 중요했던 것이다. 서양인의 눈에 그런 모습은 결코 이상하게 보이지 않는다. 단순히 개인의 원칙을 고수하는 모습으로 비쳐질 뿐이다. 하지만 한국인에게 이것은 불필요한 고집, 심지어 불협화음을 조장하는 광기로까지 보일 수 있다.

유창하지 않은 외국어로 대화해야 하는 상황에서는 오해가 일어날 수 있다. 2013년 〈하버드 폴리티컬 리뷰〉는 미국 대통령과 영국 총리 등 G8 지도자 절반이 한 가지 언어만 사용한다는 사실을 지적했다. 그러니 현대 사회에서 힘센 나라들이 항상 서로 전쟁이라도 치를 것처럼 으르렁대는 것도 별로 놀라운 일은 아니다.

싱가포르나 홍콩, 스위스 등 여러 언어를 사용하는 나라일수록 경제가 잘 돌아가는 경우가 많다. 이런 나라의 상인들은 마치 그 옛날 실크로드의 상인들처럼 여러 언어를 말할 수 있기에 다양한 사람들에게 물건을 사라고 설득할 수 있다. 또한 이 세 나라는 세계에서 가장 평화로

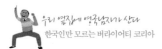

운 나라이기도 하다. 아마도 다양한 언어를 말할 수 있는 능력이 다양한 방식으로 사고할 수 있는 능력으로 이어졌기 때문일 것이다.

이처럼 언어의 차이가 큰 영향을 끼친다는 사실을 안다면 앞으로 어떻게 해야 할까? 서양인은 네이티브 수준으로 한국어를 배워야 할까? 한국인은 네이티브 수준으로 영어를 할 줄 알아야 하고? 평화로운 공존은 오로지 모두가 완벽한 이중 언어 사용자가 되어야만 가능할까? 그것은 이루어질 수 없는 꿈에 가깝다. 하지만 서양인과 한국인의 사고가 얼마나 다른지를 인지할 수 있도록 서로의 언어를 배우려고 충분히 노력해볼 수는 있다.

나는 서양인들이 자신의 개인적인 특성을 무시하는 한국인들에게 열받아 하는 모습을 수없이 보았다. 반대로 서양인들이 개인플레이를 한다고 분노하는 한국인도 많이 보았다. 이런 모습을 볼 때마다 양쪽이 서로의 언어를 조금 더 알았으면 하는 바람이 든다.

이런 나의 바람이 지나치게 느껴진다면, 한국인이나 서양인이나 적어도 이 한 가지 사실만큼은 받아들였으면 좋겠다. 상대방이 그의 모국어가 아니라 나의 모국어를 서투르게 사용한다면, 답답해하기 전에 그가 자신의 모국어 틀 안에서 비롯된 개념을 나의 모국어에 도입해서 사용할 수 있다는 점을 고려해야 한다는 것이다. 자기 세계의 한계를 깨뜨릴 수 없다면 적어도 그 한계가 무엇인지는 정확히 이해할 필요가 있다.

한국인과 영국인이 향수에 젖는 두 가지 방법

소설가 블라디미르 나보코프는 "누구나 과거 속에서는 항상 편안한 법이다"라는 말을 남겼다. 개인이건 국가건 세계건 디지털 시대에 이르러서도 역사에 연연하는 이유는 그 때문인지 모른다.

누구에게나 결코 잊고 싶지 않은 소중한 기억들이 있다. 우리는 가끔씩 그 기억들을 다시 불러내곤 한다. 평소의 자신보다 유난히 빛났고 자부심이나 행복을 느꼈던 순간에 대한 기억이다.

나의 가장 자랑스러운 기억은 학생 시절 한 축구 경기에 관한 것이다. 원래 나는 그날 경기 출전 선수 명단에 포함돼 있지 않았다. 만년 후보 신세였던 나는 대부분 아예 뛰지 못하거나 가끔 막판에 몇 분씩 투입됐다. 그런데 그날은 수비를 맡고 있던 키 큰 주전 선수가 아파서 빠져야 했다. 감독, 즉 체육 선생님은 못미더워하는 눈길을 감추지 못하면서도 (그도 그럴 것이 나는 키도 작고 힘도 약하고 균형 감각도 형편없었다) 나를 출전시켰다. 제법 굵은 비가 내리는 가운데 진흙투성이의 울퉁불퉁한 공원

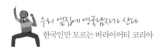

에서 치러지는 경기였다.

상대 팀 선수들은 매우 덩치가 컸고 근육질이었다. 우리보다 몇 살 많은 선수도 많았고, 그중에는 머리를 빡빡 민 선수도 몇 있었다. 상대 팀 선수의 아버지들이 터치라인에 서서 구경하고 있었다. 큰 키에 근육질 몸매, 게다가 몸에 문신까지 새긴 그들 중 몇 명은 목줄에 묶여 있는 무시무시해 보이는 개를 데리고 있었다. 내 심장은 쿵쾅거리고 손바닥에서 땀이 났다. 그냥 집에 가고 싶었다.

시작부터 순조롭지 못했다. 경기가 시작되자마자 내가 우리 골문 지역 밖으로 공을 차내려고 하는데 모든 선수를 통틀어 가장 덩치가 큰 상대 팀 스트라이커가 다가왔다. 그의 어깨에 부딪힌 나는 진흙투성이 땅바닥에 대자로 넘어졌다. 즐거운 경기가 되기는 틀렸다는 확신이 들었다.

하지만 다음번에 다시 그 선수와 맞섰을 때는 나뿐만 아니라 모두를 놀라게 하는 일이 벌어졌다. 상대 팀 골키퍼가 찬 장거리 슛이 모두의 머리를 지나 중앙선 근처에 서 있던 그 키 큰 스트라이커의 발에 떨어졌다. 그와 골대 사이에는 나밖에 없었다. 그는 짓궂은 미소를 띠고 나를 향해 돌진하더니 드리블로 가뿐하게 지나쳤다. 쫓아가기는 했지만 그가 나보다 훨씬 빨랐으므로 분명히 굴욕만 당할 것이라고 생각했다.

그런데 나도 모르는 사이 나는 그를 따라잡았다. 아무런 생각도 하지 않고 무작정 공을 향해 미끄러지듯 몸을 날려서 공을 안전한 곳으로 차냈다. 그 덩치 큰 선수는 균형을 잃고 진흙탕에 얼굴을 박았다. 모든 선수와 부모, 심지어 나를 내켜하지 않던 체육 선생님까지 박수를 쳤다. 문신한 아저씨 중 한 명은 "멋진 태클이야!"라고 소리치기까지 했다. 이전에는 알지 못했던 뭔가 뜨거운 피가 솟구치는 느낌이 들었다.

그 일을 떠올려보면 마르셀 프루스트의 책에서 본 말이 생각난다. "과거의 기억이란 꼭 과거를 있는 그대로 기억하는 것은 아니다."

그날로부터 약 28년이 지났으니 그날을 다시 그려볼 때마다 분명히 어떤 식으로든 미화가 이루어질 것이다. 어쩌면 상대 팀 선수는 내 기억보다 별로 키가 크지 않았을 수도 있다. 문신이 있던 아버지들은 별로 사나워 보이는 인상도 아니었고 그들이 데리고 있던 개는 핏불테리어나 로트바일러가 아니라 푸들이나 요크셔테리어였는지도 모른다. 아마도 다음번에는 그날 제법 굵은 비 정도가 아니라 폭우가 쏟아졌다고 기억할 수도 있다.

그럼에도 빅토리아 시대와 조선 시대를 사랑하는 까닭은

영국의 드라마나 영화 제작자들도 과거로 돌아가는 것을 좋아한다. 『셜록 홈스』 시리즈와 『오만과 편견』은 셀 수 없을 만큼 드라마와 영화로 자주 제작되었다. 빅토리아 여왕과 윈스턴 처칠이 나오는 영화, 소설, 드라마도 수천 편에 달한다.

빅토리아 여왕은 1876년에 즉위해 1901년까지 영국을 다스렸다. 산

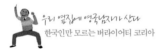

업혁명 막바지였던 당시는 영국인이 가장 사랑하는 애국심 가득한 노래에 따르면 "영국이 파도를 지배했던" 시대다. 다시 말해 빅토리아 여왕은 인도까지 포함한 세계의 3분의 1을 식민지로 거느렸던 군주다.

처칠은 어떤가? 그는 영국이 전쟁 이후의 경제 불황을 맞기 전에 마지막으로 '위대한' 일을 할 수 있도록 정신적으로 고무해준 지도자였다. 인류 역사상 가장 비인간적인 괴물 아돌프 히틀러를 굴복시킨 것이다.

이 두 지도자가 그동안 계속 찬양된 것은 그리 놀라운 일이 아니다. 하지만 그들에게도 많은 결점이 있다. 예를 들어 처칠은 독가스로 약 600만 명에 이르는 유대인의 목숨을 빼앗은 집단 학살을 저지른 히틀러 제국은 무너뜨렸지만, 1920년 영국 식민지 이라크가 반란을 일으켰을 때는 화학 가스 무기로 제압할 것을 주장했다. "나는 야만인들에게 독가스를 쓰는 것은 전적으로 찬성합니다. 그 독가스는 많은 공포를 퍼뜨릴 거요"라고 하면서.

하지만 처칠은 여전히 영웅으로 남아 있다. 영국인들은 처칠이나 빅토리아 여왕의 결함을 기꺼이 용서하거나 간과할 준비가 되어 있다. 앞으로도 1800년대부터 1900년대 초반까지를 고요하고 행복한 장밋빛으로 그리며 이 두 지도자를 찬양하는 영화와 드라마, 책이 계속 나올 것이다.

한국에 오래 살다 보니 영국인이 마치 빅토리아 여왕 시대나 처칠 시대를 계속 그리워하듯, 한국인도 계속 그리워하는 시절이 있음을 알게 되었다. 바로 조선 중기다. 한국에서 서예는 절대로 사라지지 않을 것이다. 한국인이 지금도 붓글씨를 좋아해서가 아니라 수지나 박보검 등이 나오는 조선 시대 배경 드라마를 계속 좋아할 것이기 때문이다.

그런데 한국의 조선 시대는 영국의 빅토리아 여왕 시대와는 달리 황금기가 아니라 격변기였다. 한국의 황금기는 어쩌면 지금인지도 모른다. 지금 한국은 대부분의 유럽 국가보다 경제적으로 우월하기에 한국인 대다수는 해외여행과 랍스타가 무제한으로 나오는 뷔페를 즐기는 여유로운 생활을 한다.

하지만 경제가 아니라 문화적 측면에서 보면 조선 시대가 절정기였다. 1600년대에 명나라가 멸망하면서 한국은 중국의 영향에서 벗어날 수 있었다. 그 후로 한국인들은 고유한 예술과 의학, 철학을 발전시키지 않으면 안 되었다. 정약용, 허준, 신윤복, 김홍도 등 한국 문화의 진정한 거장들이 바로 이때 탄생했다.

이런 거장을 비롯한 당대의 한국 사람들이 중국이나 일본과 차별화되는 한국 고유의 문화를 만들었다. 그 어느 때보다 한국적인 것의 의미를 파고든 시대가 바로 조선 시대였다.

하지만 프루스트의 말을 다시 한 번 떠올려보자. 조선 시대의 일상은 양반이 아닌 이상 아마도 매우 처참했을 것이다. 조선의 양반층은 배신과 중상모략을 일삼는 폭군들이었다. 조선 시대는 가난과 억압, 질병, 굶주림의 시대였다.

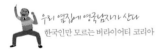

찰스 디킨슨의 글에서 보듯 빅토리아 시대의 영국도 즐거운 곳만은 아니었다. 스모그와 아동 노동, 사회적 불평등이 난무했다. 가난한 사람들을 착취해 재산을 불리고 몸을 살찌운 소수의 부자를 제외하고는 빈곤이 사회 전반에 퍼져 있었다.

김수현이 나오는 조선 시대 사극이나 베네딕트 컴버배치가 나오는 빅토리아 시대물은 멋지기는 하지만 거기에서 보여주는 생활상은 대부분 당대의 현실과는 거리가 멀 것이다. 과거는 현재만큼이나 형편없고 불행했지만 오크와 고블린, 호빗이 나오는 톨킨의 판타지 영화만큼 터무니없고 지나치게 낭만적으로 미화된다.

하지만 영국인들은 셜록 홈스의 천재성과 『오만과 편견』의 미스터 다아시의 매력, 처칠의 영웅성, 빅토리아 여왕의 위풍당당함을 앞으로도 언제까지나 다시 돌아보려고 할 것이다. 한국 또한 수백 년 후에도 조선 시대를 멋지고 용맹했던 시절로 미화할 것이다.

역사에 대한 사람들의 사랑은 앞으로도 계속될 것이다. 시간이 흐름에 따라 낭만의 불꽃이 냉혹하고 힘들었던 팩트를 완전히 집어삼킬 수도 있다. 어쩌면 역사는 맹목적인 숭배를 위해 존재하는지도 모른다. 우리의 기억 또한 마찬가지일 것이다.

PART 3

영국인이 사랑하는
한국의 맛

─────── 영국인은 남이 음식을 먹는 모습에 약간의 혐오감을 느낀다. 그런 모습은 영국인에게 인류의 동물과도 같았던 과거를 떠올리게 하는 경향이 있다. 그래서 영국인은 남이 먹는 모습을 가까이서 보는 것을 마치 남이 배변을 하거나 오르가슴을 느끼는 모습을 보는 것처럼 불편해한다.

이런 이유로 경제적 여유가 있는 영국의 부부들은 크고 기다란 식탁을 사서 서로 반대쪽 끄트머리에 앉아 식사를 한다. 고급스럽고 격식을 갖춘 자리일수록 영국인들은 서로 거리를 두고 떨어져서 먹는다.

후루룩 쩝쩝 음식을 먹고 소리 나게 트림을 하는 사람 옆에서 등을 구부린 채 음식을 입안에 퍼 넣는 것은, 영국에서는 가난한 사람들 혹은 죄수들이나 어쩔 수 없이 하는 행동이다. 또한 가난한 사람들도 입안에 음식이 든 채로 말하는 것은 극도로 무례한 일이라고 생각한다. 영국에서 입 벌리고 음식을 씹는 것은 여왕에게 주먹을 날리는 것만큼 사회적으로 금기시된다.

하지만 한국인에게는 음식과 관련된 그런 콤플렉스가 없다. 한국의 TV 프로는 사람들이 입에 음식을 퍼 넣는 모습을 초밀착 클로즈업으로 보여주는 것을 좋아하고, 시청자들 역시 그런 장면을 즐긴다. 입을 벌리고 음식을 씹고 음식이 입안에 든 채로 말하고 한 그릇에 담긴 국물을 다 같이 떠먹는 것에 대다수 한국인은 거리낌이 없다.

이것은 영국인이 문명인이고 한국인은 야만인이라서가 아니다. 이런 태도의 차이는 역사와 문화의 차이에서 나온다. 우선 영국 음식은 개인별로 접시에 담아내기가 간편한 반면, 한식은 원래부터 함께 나눠 먹게끔 만들어졌다.

과거에 한국 주부들은 그날 저녁 식사를 몇 명이 하게 될지 미리 알 수 없는 경우가 많았다. 종종 예상치 못한 서너 명의 손님이 들이닥치기 때문이었다. 그래도 몇 주 혹은 몇 개월 전에 만든 소금에 절여 묵힌 반찬 덕분에 추가로 음식을 할 필요 없이 상에 숟가락과 밥공기만 더 놓으면 되었다. 이렇듯 한국에서는 미리 만들어 함께 나눠 먹을 수 있는 음식이 발전했고, 작은 좌식 밥상에 둘러앉아 북적대며 식사를 해온 역사 때문에 남이 먹는 모습을 봐도 비위가 약해지지 않는다.

하지만 영국에서 그런 일은 요즘은 물론 과거에도 불가능했다. 영국인은 언제나 높은 입식 테이블 앞에서 의자에 앉아 식사를 해왔다. 대개 집집마다 식구 수만큼의 의자를 제외하고는 여분으로 한두 개 정도의 의자만 가지고 있기에 손님의 숫자는 엄격히 제한된다. 끽해야 한두 명이다. 또한 예상치 못한 손님이 들이닥치면 주부는 추가로 요리를 하는 수고를 해야 해서, 손님이 가고 나면 남편에게는 엄청난 잔소리가 쏟아진다. 이런 이유로 낯선 사람이 먹는 모습을 가까이서 보게 되는 일은 영국 가정에선 거의 일어나지 않는다.

먹을 때 누가 쳐다보는 것을 견디지 못하는 영국인들도 있다. 굶주린 원시동물처럼 보이는 것은 도저히 견디기 힘든 일이기 때문이다.

하지만 영국 사람들의 음식에 대한 사랑은 끝이 없다. 한국인처럼 다른 나라 음식에도 호기심이 엄청나다. 중국의 발명품인 차에 대한 영국인의 사랑도 그런 호기심에서 비롯되었다. 영국인의 84퍼센트가 적어도 하루에 한 번은 차를 마신다. 그리고 인도 음식에 대한 영국인의 열렬한 사랑 덕분에 인도인은 영국인을 위해 커리라는 음식을 탄생시켰다. 영국에서 인도 식당들이 올리는 연간 매출은 7조 원이 넘는다.

호기심은 한국에 살게 된 영국인에게 한국 음식에 대한 탐구 정신을 불러일으켜, 다른 사람이 먹는 모습을 보는 것에 대한 두려움마저 극복하게 해준다.

찜질방 음식에는 과학이 숨어 있다

아무런 사전 지식 없이 한국을 방문한 서양인이라면 도착 후 적지 않은 충격을 받을 것이다. 아시아에 대한 얄팍한 지식만 갖고 있는 우리 서양인은, 한국을 이렇게 상상한다. 50미터 높이의 거대한 황금색 부처상과 뾰족한 지붕의 사원들이 곳곳에 세워져 있고, 커다란 원뿔 모양의 모자를 쓴 신선 같은 사람들이 평온한 미소를 지으며 논두렁 사이를 한가롭게 거닐며, 안개가 자욱한 산자락을 방랑하는 주황색 승복을 입은 승려들을 만날 수 있는 곳이라고.

부디 서양인의 이러한 무지를 용서해주시라. 동시에 한국이 얼마나 정신없이 바쁘고 시끄러운, 회색 콘크리트로 가득한 모던한 나라인지를 발견하는 순간 우리가 느끼는 실망감 또한 이해해주길 바란다. 사실 한국에서 50미터 높이의 황금 부처상을 찾아보기 힘들다는 것은 우리 서양인에게는 카메라를 꺼낼 일이 별로 없어진다는 것을 의미한다.

비록 한국에는 서양인이 동양에서 기대하는 수염이 듬성듬성한 스님과 에메랄드빛 논은 없지만, 그들을 홀딱 반하게 할 만한 특별한 것들이 있다. 나는 그중에서도 세 가지를 서양인들에게 추천하고 싶다. 한약재 시장에 가보기, 횟집에서 회 먹어보기, 그리고 찜질방 가보기다.

반만년의 역사 동안 한민족은 수많은 놀라운 발명품을 만들어냈다. 한글, 김치, 태권도, 거북선 등이 그것이다. 그러나, 이기적이고 개인적인 발상일 수 있겠지만 나에게 찜질방보다 더 감동스러운 발명품은 없다. 이 지구상에서 찜질방보다 쿨한 장소를 꼽아보라면 내 생각에는 그리 많지 않을 것 같다.

사우나 전의 음식물 섭취가 갑작스러운 죽음으로 이어질 수도 있다는 사실을 주문처럼 듣고 자라온 나와 같은 서양 사람에게는, 김이 모락모락 나는 무언가가 담긴 큰 대접에 마구 숟가락질을 해대던 사람들이 곧바로 뜨거운 방으로 들어가 땀을 흘리고 누워 있는 것은 보는 것은 다소 겁나는 일이다.

그러나 나는 이제 '찜질방 음식에는 과학이 숨어 있다'는 것을 안다. 찜질방에서 파는 음식은 대부분 위에 부담이 적은 가벼운 것이다. 많은 한국 사람이 말하듯, 찜질방에서 달걀을 먹어보지 않았다면 진정으로 찜질방을 경험했다고 할 수 없다. 사실 나로서는 찜질방에서 맥반석 달걀과 훈제 달걀을 너무 많이 먹지 않으려고 참는 것이 일종의 고문처럼 느껴진다. 맛은 말할 것도 없고 먹어도 더부룩하거나 부담스러운 느낌이 없어서다. 그래서 몇 개를 먹고 난 후에도 안심하고 뜨거운 방으로

직행할 수 있다.

또한 찜질방은 식혜와 수정과가 세상에서 제일 시원하고 맛있게 느껴지는 장소다. 내 생각에 땀을 뚝뚝 흘리며 뜨거운 방에서 나왔을 때 차가운 식혜보다 더 맛있는 것은 없을 듯하다.

미역국은 또 다른 찜질방 대표 음식 중 하나다. 미역국에는 땀을 흘린 후 우리에게 필요한 성분들이 풍부하게 담겨 있다. 우리의 몸속에서 땀구멍으로 빠져나온 수분과 미네랄이 그것이다.

한마디로 서양인들도 한국 찜질방 음식들이 구미에 맞는다는 것을 발견할 수 있을 것이다. 너무 맵거나 자극적이지도 않고 위에 부담도 없기에 먹는 재미가 쏠쏠하다.

물론 모든 것은 주관적이다. 불판 한가득 구워진 삽겹살과 갈비에서, 혹은 친구들과 탬버린을 흔들며 노는 노래방에서 한국만의 즐거움을 발견하는 이방인들도 있을 것이다. 그러나 나는 식혜를 홀짝거리고 친구의 머리에 계란을 깨어 먹을 수 있는 겨울의 찜질방에서 한국에서만 누릴 수 있는 즐거움을 만끽한다. 그것을 위해서라면 황금 불상과 뾰족지붕 사원도 기꺼이 포기하겠다.

안주를 영어로 뭐라고 해야 할까?

먼저 간단한 영어 퀴즈를 한 문제 풀어보자. 안주를 영어로 뭐라고 해야 할까?

자, 시간이 다 되었다. 그럼, 정답은……

사실 나도 마땅히 떠오르는 답이 없다.

안주를 제대로 설명할 수 있는 마땅한 영어 단어를 찾을 수 없다는 사실 자체가 서양의 음주 문화에 대해 많은 것을 시사한다. 쉽게 말하자면, 서양에는 안주라는 개념 자체가 존재하지 않는다는 것이다.

한국의 포장마차, 호프집, 식당에서라면 온갖 기교를 부려 썰어 놓은 과일 안주부터 보글대며 끓고 있는 번데기탕, 탁탁거리며 타오르는 철판 위에서 지글대며 익어가는 돼지껍데기까지 무궁무진한 안주 퍼레이드 중에 무엇을 선택해야 하는지 즐거운 고민을 해야 한다. 하지만 영국과 프랑스, 독일을 중심으로 한 서유럽권에서는 그저 맥주만 있을 뿐이다.

우리 옆집에 영국남자가 산다
영국인이 사랑하는 한국의 맛

런던의 펍에서는 알코올을 섭취하는 기쁨 외에 다른 즐거움은 찾기 힘들다. 천하를 호령하던 나폴레옹마저도 칼바람이 부는 전쟁터에서 프라이드치킨 한 접시 없이 한 잔의 코냑을 홀짝였다. 하지만 낡은 철의 장막을 건너 동유럽으로 옮겨 가면 안주의 파라다이스에 도착한다. 이것이 앞서 내가 서유럽이라고 한정 지어 말한 이유다. 사실 안주를 종교에 비유한다면, 러시아는 총본산인 바티칸시티쯤이 아닐까 싶다.

러시아 사람들에게 안주 없는 술자리는 상상도 할 수 없다. 아마도 러시아 사람들과 보드카를 마셔본 경험이 있다면 이해할 수 있을 것이다. 소주를 마시는 스타일로 보드카를 빈속에 마신다는 것은 건강에 결코 바람직하지 않다. 일반적으로 러시아 사람들이 불타오르는 보드카 한 잔의 쓴맛을 없애기 위해 가장 애용하는 방법은 비린내 나는 비트루트(검붉은 뿌리채소) 샐러드와 집에서 만든 오이피클을 입안 가득 넣고 씹는 것이다.

그러나 그 다양함으로 볼 때, 한국 또한 결코 러시아에 뒤지지 않는 안주 문화의 정신적인 고향 같은 곳이다. 고기 안주만 해도 그렇다. 오리불고기부터 삼겹살 그리고 중국 스타일의 양고기까지, 한마디로 토요일 밤 한국에서 바비큐가 되어 깻잎과 소주 한 잔과 함께 먹히는 것을 피해 갈 수 있는 동물은 그리 많지 않다.

또한 재미있는 점은 이 여러 가지 동물의 다양한 부위를 먹을 수 있다는 것이다. 비닐장갑을 끼고 닭발을 오도독거리며 씹어볼 수도, 쫄깃한

닭똥집을 깨물어볼 수도 있다. 돼지족발과 머리 고기가 질린다면 곱창이나 우설(소의 혀)을 한 접시 시도해볼 수도 있다.

온갖 종류의 희한한 해산물도 그릴 위에서 구워져 안주가 된다. 긴 다리들을 꿈틀대는 낙지, 살집이 통통히 오른 가리비와 그 외에도 쫄깃한 식감의 이름 모를 슈퍼 사이즈 조개들. 가위로 잘라 고추장에 찍어 먹을 수만 있다면 어떤 것도 소주의 동반자가 될 수 있다.

만약 고기나 해물 종류가 부담스럽다면, 김이 모락모락 나는 두부김치나 다양한 종류의 탕으로 속을 따뜻하게 데울 수 있다.

그럼 불쌍한 서양 사람들의 모습은 어떨까? 영국 사람이 술 마시는 모습을 돌이켜 생각해보면 참 딱하다. 금요일 저녁, 대개의 영국 사람은 시곗바늘이 6시를 향하는 순간 칼퇴근을 해서 곧장 펍으로 달려가 빈속을 맥주로 채우기 시작한다. 허기진 속을 달래느라 짜고 비싸기만 한 과자 부스러기를 먹기도 하지만 그 외에는 밤늦게까지 계속 맥주만 마셔댈 것이다.

펍이 문을 닫는 11시쯤이 되면 주인은 취객들을 가게에서 끌어내기 위해 한바탕 전쟁을 벌인다. 만취 상태에서 공복감을 없애기 위해 우리는 제일 가까운 곳에 위치한 기름진 음식을 파는 곳으로 향한다. 이 시간쯤 되면 이런 종류의 고객을 맞이하기 위해 무슨 종류의 고기인지 다소 수상쩍어 보이는 케밥 트럭들이 거리에 줄을 지어 서 있다. 패스트푸드점 또한 늦게까지 문을 열고 얼굴이 벌게진 고객들을 상대한다. 평소

에 웰빙이나 건강한 식습관에 관심을 갖던 우리는 이 순간만큼은 그런 고매한 생각은 잠시 접고 포만감을 위해 기름기 가득한 패스트푸드를 향해 돌진한다.

이곳, 한국에서 술잔치는 밤새도록 여러 곳에서 계속된다. 내가 한국에서 처음 살았던 동네는 밤이 되면 구운 고기와 소주 냄새로 가득했다. 그리고 이른 새벽까지 술잔을 부딪치는 소란스러운 아저씨들을 근처의 술집에서 언제나 찾아볼 수 있었다.

음식에 관해서는 일가견이 있다는 프랑스 사람들은 문화에 대해서 이렇게 말한다. "Vive la difference!"('다양성 만세'라는 말로 다양할수록 좋다는 뜻). 만약 내가 영국으로 돌아간다면, 프로메테우스가 인간 세상에 불을 전했듯이, 나의 모국에 '안주'라는 콘셉트의 횃불을 전하고 싶다. 아마도 의기양양한 개선장군처럼 김이 모락모락 나는 오리불고기 한 접시를 들고 가지 않을까 싶다.

짜장면 한 그릇도 배달이 되나요?

서울이 폭설로 하얗게 뒤덮였던 몇 년 전 1월의 어느 날이었다. 계속되는 회의로 밀린 업무도 많았고 골목마다 눈으로 뒤덮여 이래저래 점심을 먹으러 가기조차 힘든 상황이었다. 혹시나 하는 마음에 회사 근처 분식집에 배달이 가능한지 전화를 해보았다. 두껍게 쌓인 눈을 헤치고 과연 그 누가 배달을 해줄 수 있을까 걱정했지만 예상 밖으로 분식집의 대답은 "물론 해드려야죠"였다.

그로부터 30분가량이 지나자, 앞치마를 두른 분식집 아줌마가 눈 속을 헤치고 김밥 몇 줄과 오뎅 국물을 비닐봉투에 담아 사무실에 도착했다. 나는 미안한 마음이 들어 아줌마와 눈도 제대로 마주치지 못하고 계산을 했다. 툰드라의 펭귄처럼 추위에 떨고 있던 그 아줌마의 모습은, 나에게 한국 배달 음식 하면 동시에 떠오르는 이미지가 되었다.

한국만큼 배달 음식 문화가 발달된 나라는 이 지구상에 없을 것이다. 한국 생활 10년이 넘은 지금, 그 이유를 생각해볼 수 있다. 첫 번째 이

우리 옆집에 영국남자가 산다
영국인이 사랑하는 한국의 맛

유는 한국의 깜짝 놀랄 만한 서비스 수준이다. 만약 한국을 떠나서 생활해본 경험이 없다면 결코 한국 서비스의 위대함을 느낄 수 없을 것이다.

물론 이것은 외식 문화에도 적용된다. 한국에서 주문한 음식이 빨리 나오지 않으면 손님들은 대개 인상을 쓰며 종업원들을 재촉하며, 그래도 성에 차지 않으면 서비스 명목으로 다른 음식을 요구하기도 한다. 유럽의 식당에서 음식에 대해 불평하면, 운이 좋은 경우라면 웨이터의 찡그린 얼굴만 보게 되겠지만 최악의 경우 차마 글로 옮기기 힘든 테러가 음식에 행해질 수 있다.

한국의 서비스 정신은 배달 음식점에서도 예외가 아니다. "피자 갖다주실 때 피클 좀 많이 주세요." "너무 배가 고픈데 빨리 좀 가져다주세요." 이런 정도의 부탁은 한국에서는 전혀 지나치지 않은 일상적인 부탁이다. 하지만 서양에서라면 주문을 받는 상대방은 이러한 요구를 어처구니없어 하며 콧방귀를 뀔 것이다.

한국의 다른 것들과 마찬가지로, 배달에서 가장 중요한 것은 '스피드'다. 한국에서 음식을 배달하는 오토바이는 자동차 경주와도 같은 위험을 불사한다. 주문받은 음식을 빨리 배달하려고 빨간불을 지나치고, 인도를 침범하고, 4차선 도로쯤은 무단횡단하기 일쑤다.

물론 어느 나라를 막론하고 음식을 배달시켜 먹는 사람이라면 제일 중요한 것은 시간일 것이다. 서양에서도 아메리칸 스타일 레스토랑은 손님이 주문 후 30분 안에 음식을 받지 못할 경우 환불해주는 제도를 실시하는 곳이 많지만, 한국의 '빨리빨리' 문화는 퀵 서비스의 '퀵(quick)'에서 확인할 수 있듯이 타의 추종을 불허한다.

또 다른 이유로는 한국 사람들이 '먹는다'는 행위에 상당히 애착이 많다는 것이다. 항상 서양인들을 놀라게 하는 것 중 하나는 한국의 TV 프로그램 중 상당수가 음식이나 먹는 장면을 비추고 있다는 것이다. 또한 과반수의 대한민국 직장인은 오전 업무 시간 중 오늘은 어디에서 점심 식사를 해결할지를 고민하고 오후 시간에도 저녁을 어디에서 뭘로 먹을지 결정하는 데 꽤 시간을 사용하는 것 같다. 이처럼 한국 사람들의 음식에 대한 높은 관심이 배달 음식의 다양화에 한몫한 것 같다. 까다로운 한국 고객의 입맛을 사로잡고 주변 식당과의 경쟁에서 살아남으려면, 다양한 메뉴 개발이라는 전략을 써야 할 것이다.

사실 유럽에서는 배달 음식이라는 개념 자체가 제대로 발달되어 있지 않다. 대부분의 유럽 국가에서 배달 가능한 음식은 고작해야 아시안 푸드나 미국 음식 등이다. 인도 식당이나 중국 식당, 피자집이나 프라이드 치킨집 정도만 배달 서비스를 한다는 말이다.

하지만 한국에서는 주꾸미볶음에서부터 찜닭, 감자탕까지 육해공 다양한 음식을 배달시켜 먹을 수 있다. 유럽에서는 파에야, 스파게티 또는 피시앤드칩스를 배달하는 곳을 찾는 것은 거의 행운에 가깝다.

한국의 배달 음식은 경제적인 면에서도 아무런 부담이 없다. 서양의 경우는 5000원 정도의 추가 요금을 부담하거나 아니면 최소 2만 원 이상을

주문해야만 배달이 가능하다. 이렇듯 서양의 배달은 공짜가 아니다.

한국 배달 음식 문화의 또 다른 놀라운 점은 친환경적인 시스템을 가지고 있다는 것이다. 서구권 배달 음식 대부분은 썩지 않는 플라스틱 용기에 담겨 오지만, 한국의 배달 음식은 대부분 재사용할 수 있는 그릇에 담겨 와서 나중에 식당에서 이를 수거해 간다.

또한 배달을 하는 많은 한국 식당은 음식 온도 유지에 나름의 노하우가 있는 것 같다. 서양의 경우는 배달된 음식을 전자레인지나 오븐에 데워 먹어야 하기 일쑤다. 그러나 한국의 배달 음식은 때때로 너무나 뜨거워 식혀서 먹어야 할 정도다.

김이 모락모락 나는 돌솥에 담긴 찌개, 윤기가 도는 차진 밥, 플라스틱 접시에 놓인 여러 가지 반찬, 이렇듯 한국의 배달 음식은 식당에서의 상차림과 별반 차이가 없는 모습으로 쟁반에 담겨져 온다. 서양에서 대부분의 배달 음식은 알루미늄 코팅이 된 딱딱한 종이 용기에 담겨져 온다. 어떤 크기의 음식이건, 마른 음식이건 국물 음식이건, 뜨거운 음식이건 찬 음식이건 간에 같은 용기에 담겨 도착한다.

세계 어느 곳보다 외식 산업이 발달한 한국은 배달 음식에도 많은 노력과 정성을 쏟는 것 같다. 만약 내 말이 의심스럽다면, 폭설이 내리던 날 추위를 무릅쓰고 음식을 가져다주던 그 아줌마에게 물어보자. 한국의 배달 음식에 결코 "No!"란 없을 듯하다.

먹을수록 신기한 길거리 음식

몇 년 전 칠순이 다 되어가시는 아버지가 나를 보기 위해 영국에서 먼 걸음을 하셨다. 아버지에게는 아시아로의 첫 여정이자 최초의 장거리 비행이었다. 공항에서 뜨거운 해후를 하고 짐을 나의 집으로 옮긴 후, 아버지께 무엇을 하고 싶으신지 물어보았다.

아버지는 망설임 없이, 거리로 나가 길거리 음식을 먹어보고 싶다고 하셨다. 예상 외의 답변에 나는 조금 어리둥절했지만, 빗속을 뚫고 아버지를 집 근처 대학가의 먹자골목으로 모시고 가서 김말이를 먹었다. 빗방울이 떨어지는 포장마차의 비닐 지붕 아래에서 맛본 김말이가 아버지가 경험한 최초의 한국 음식이었으며, 또한 그곳이 아버지가 한국 사람과 교류한 첫 번째 장소였다.

그 후 나는 아버지가 한국의 길거리 음식을 먹기 위해 비가 쏟아지는 거리로 나가셨던 이유를 생각해보았다. 우리 집 쪽으로 오는 공항버스 안에서 아버지는 창밖으로 비 오는 서울의 거리를 놀란 눈으로 바라보

우리 옆집에 영국남자가 산다
영국인이 사랑하는 한국의 맛

앉을 것이다. 아버지 눈에는 여러 가지 색깔의 액체들이 김을 모락모락 내며 큰 솥에서 끓고 있는 주위로 한 무더기의 사람들이 모여 길고 가는 막대에 꽂힌 정체불명의 하얀 것이나 이쑤시개에 꽂힌 빨갛고 작은 덩어리를 먹고 있는 것이 흥미롭게 보였을 것이다.

나 역시 한국에 처음 왔을 때 한국의 길거리 음식 문화에 놀랐었다. 작은 가판대를 비집고 나와 있던 오징어인지 문어인지 모를 거대한 바다 생명체의 검붉은 다리들, 언제 어디라도 신속하게 이동할 수 있게 만들어진 가게들, 정교하게 좌우대칭을 이룬 기계들, 그것들을 이용해 바쁘게 무언가를 끊임없이 만들어내는 현란한 손길들이 무척이나 신기했다.

한국을 처음으로 방문한 서양인에게 한국의 길거리 음식은 신비롭기 그지없는 별세계처럼 느껴질 것이다. 그걸 바라만 봐도 이상한 나리의 앨리스가 된 기분이다. 비좁은 포장마차 안에서 서로 알지 못하는 한 무리의 사람들이 같은 간장 통에 오뎅을 찍어 먹는 모습은, 우리에게는 마치 한국 사람들끼리 나누는 무언의 의사소통처럼 보인다.

영국에서 길거리 음식은 땀에 젖은 터키 아저씨가 파는 케밥과 새벽녘의 취객을 위한 나이트클럽 주변의 프렌치프라이가 고작이다. 그보다 다양하고 진화된 길거리 음식은 서양인들로서는 상상하기 힘들다.

이것이 한국의 다양한 길거리 음식에 우리가 넋을 잃는 이유다. 우리 중 몇몇은 눈물 나게 매운 떡볶이, 여러 가지 종류의 튀김, 끓고 있는 오뎅 등에 도전해볼 만큼 용감하지만, 나머지 대부분은 배 속을 염려하여

감히 앨리스처럼 토끼굴로 들어갈 엄두를 못 낸다.

우리가 보기에 한국의 길거리 음식 문화는 놀랄 만큼 다양하게 발달해 있다. 호두과자나 붕어빵을 만드는 기계들은 얼핏 보면 구식 같지만 나름 복잡하고 과학적으로 설계되어 있다. 그냥 곁에 서서 그것들을 이용해 음식을 만들어내는 과정을 구경만 해도 내 눈은 즐겁다.

외국 음식에 관심이 많은 여행자라면 한국의 복잡한 거리를 거닐며 길거리 음식점들을 둘러보는 것이 박물관 관람보다 더 재미있을 것이다. 불과 몇 미터 지나지 않아 산더미처럼 쌓여 있는 튀김, 오뎅이 끓고 있는 커다란 솥, 떡볶이 팬의 온도를 조절하느라 바쁜 아줌마, 여러 종류의 꼬치를 굽고 있는 아저씨, 주문에 따라 척척 샌드위치를 만들어내는 아저씨 그리고 음식이 건네지면서 바로 돈이 오가는 분주한 모습 등 다양하고 활기찬 장면을 목격할 수 있다.

길거리 음식의 복잡성과 정교함, 장인 정신, 이 모든 것은 한국 사람들의 맛있는 음식을 향한 열망에서 시작된 듯하다. 한국 사람들은 놀라울 만큼 먹는 것을 중요하게 생각한다. 그래서 집에서건 식당에서건 비가 쏟아지는 거리에서건 항상 특별한 형태의 음식을 기대한다.

서양에서는 그 누구도 이렇게 다양하고 풍요로운 거리의 간식들을 상상할 수 없다. 귀를 기울이면, 서양에서 온 앨리스들이 길거리 호떡집 앞에서 "Curiouser and curiouser!(갈수록 신기해지네!)"라고 중얼대는 것을 들을 수 있을 것이다.

봄은 봄나물의 향기를 타고 온다

내가 한국을 처음 방문한 것은 2005년 5월이었다. 운이 좋게도 나는 초여름의 햇살이 눈부신 한강변을 거닐며 한국의 아름다운 5월을 만끽할 수 있었다.

한강변에는 신나게 뛰어다니는 아이들과 햇볕에 타지 않기 위해 복면처럼 생긴 마스크로 완전무장한, 조금은 무서워 보이는 사람들이 열심히 팔을 휘두르며 운동을 하고 있었다. 그리고 그들 사이로 중년쯤 되어 보이는 아주머니들이 삼삼오오 강둑에 모여 무슨 식물들을 열심히 뜯어 검정색 비닐봉지에 넣는 모습이 보였다. 나는 속으로 생각했다. '와, 한국 사람들은 아르바이트로 식물채집도 하는구나.'

그 후 한국인 지인의 설명을 듣고 그 아주머니들이 식물채집이 아니라 허브의 일종인 나물을 뜯고 있었음을 알게 되었다.

서양 사람들은 허브라는 단어를 들으면 즉시 향을 떠올린다. 그러나 이곳 한국 사람들은 한국의 허브인 나물 하면 우선 맛을 떠올린다. 한국

에서 수풀이 무성해지는 여름이면 더 이상 나물 캐는 아줌마들을 볼 수 없는 것은, 그때 캐는 풀들은 너무 질겨서 씹기가 힘들고 맛도 없어지기 때문이다. 그런데 서양에서는 허브를 씹어서 먹는다는 것 자체가 존재하지 않는 개념이다. 이유는 사실 매우 간단하다. 서양 요리에서 허브는 식감이나 영양과는 아무런 관계가 없고, 단지 단조로운 맛과 밋밋한 냄새에 새로운 풍미를 더하기 위해 넣는 재미 요소이기 때문이다.

서양 요리에서 흔하게 쓰이는 월계수 잎을 예로 들어보자. 요리에 관심 있는 서양 사람치고 주방 어디엔가 월계수 잎 한 통쯤 보관하고 있지 않는 사람은 없다.

스튜, 캐서롤, 스프, 파스타 등 거의 모든 서양 요리에 월계수 잎이 들어간다. 음식의 잡냄새를 없애고 풍미를 더하기 때문이다. 그런데 요리가 끝날 무렵 우리 서양인은 대개 월계수 잎을 건져서 버린다. 아마 그런 모습에 놀라는 한국인도 있을 것이다.

로즈마리 등 다른 허브들도 이러한 방법으로 사용된다. 기다란 로즈마리 가지는 종종 고기 요리나 구운 채소 등에 더해져 고유의 냄새를 남기고는 식탁에 오르기 전에 버려진다. 서양인에게 허브는 영양소의 근원이라기보다는 자극적인 향과 맛을 주는 요소이기에, 그것들이 우러나면 즉시 건져내는 것이다.

그러나 한국에서는 허브에 대한 접근 방식이 전혀 다르다. 한국 사람들에게 허브는 중요한 섬유소의 공급원이다. 그래서 쑥갓, 미나리, 깻

잎, 부추, 취나물, 돌나물 등이 반찬으로 만들어져 밥이 기본이 되는 식단에 포함된다.

많은 한국 사람은 코리앤더, 바질, 세이지, 타임 같은 서양 허브를 꺼린다. 지나치게 향이 강하게 느껴져서인가 보다. 그러나 유럽의 주방에서 이러한 허브는 소중한 자산이며 서양인들은 허브의 의학적인 효능도 믿고 있다. 카모마일은 숙면에 도움을 주고 민트는 소화를 돕는다고 생각한다. 서로마 제국의 황제였던 샤를마뉴 대제는 이렇게 말했다. "허브는 의사에게는 친한 친구이고, 요리사에게는 가장 소중한 존재다."

개인적으로 나는 서양 요리와 한국 요리에는 서로 공유하고 배울 점이 많다고 생각한다. 한국 사람들은 서양에서 사용되는 향이 강한 허브를 사용하여 뭔가 새로운 맛을 만들어내는 것에 도전해보면 좋을 것 같다. 반면 지나치게 허브를 낭비하는 서양인들은 한국 요리에서 힌트를 얻어 조리법을 바꿔보는 것이 필요하다.

막강 한국 아줌마들로 '허브 원정대'를 조직하여 유럽으로 탐사를 떠나보내는 건 어떨까? 언제나 놀라운 위력을 발휘하는 그녀들이 작은 삽과 검은 비닐봉지를 들고 템스 강변이나 센 강둑에서 한국인의 밥상에 새로운 풍미를 더할 새로운 허브를 발견할지도 모를 일이 아닌가.

접시의 크기로 보는 음식 문화

알려진 바와 같이 도자기 식기는 중국인 도예가에 의해 AD 600년경에 발명되었다. 그 후 이러한 식기류는 거의 온 세계 주방을 점령하다시피 하여 음식 문화의 가장 근본이 되는 중요한 도구가 되었다. 그런데 전 세계 식기들을 좀 더 면밀히 관찰해보면, 동서양 사람이 식사에 대해 갖고 있는 태도의 차이점이 은밀히 드러난다.

서양과 한국 식기들의 가장 큰 차이점은 먼저 평범한 가정의 주방에서 발견된다. 영국 런던 근교에 위치한 나의 부모님 댁 찬장을 떠올려보면 우선 샐러드와 메인 디시 등을 위한 지름 23센티미터 정도의 접시가 가장 많은 수를 차지한다. 그 외에 수프나 시리얼을 위한 볼 몇 개를 볼 수 있다. 대부분의 유럽과 북남미 가정의 찬장도 다르지 않다. 사실상 서양 가정의 식기류는 23센티미터 정도의 접시와 볼(안이 깊은 식기) 몇 개가 전부라는 말이다

접시는 서양 음식 문화의 근간을 이룬다. 접시가 없었더라면 서양 사

람도 인도 사람처럼 냄비째로 요리를 놓고 손을 사용하여 먹었을 것이 분명하다. 최상의 서비스를 제공하는 고급 레스토랑에서 나오는 음식이든, 텔레비전 앞에서 먹는 샌드위치든, 결국 서양 음식은 23센티미터짜리 접시에 담긴다고 할 수 있다.

그러나 내가 방문했던 대부분의 한국 가정에서 그러한 큰 사이즈의 접시는 별로 본 기억이 없다. 잡채나 전류 등 별미 요리가 나오는 명절이나 집들이 때만 그런 접시가 쓰이는 것 같다.

한국의 접시들은 적당한 양의 반찬이 담겨지기 알맞도록 대부분 자그마하다. 일반적인 한국의 가정들은 그런 자그마한 크기의 접시를 무궁무진하게 가지고 있는 것 같다. 떨어진 반찬을 재빨리 다시 상에 올릴 수 있도록.

이러한 사실은 동서양의 음식 문화와 식습관 차이를 반영한다. 한국에서는 혼자 식사를 하는 것이 그리 일반적인 일이 아니다. 사실 많은 한국 사람이 공공장소에서 혼자 식사를 하는 것을 어색해한다. 아마도 오랜 세월 동안 공동의 밥상에 길들여져왔기 때문일 것이다. 한국의 밥상을 처음 접했을 때 개인 위주로 세팅된 서양의 테이블과는 판이하게 달라서 무척이나 놀라웠다. 상 위에 가득히 놓인 반찬 수도 이색적이었지만, 밥과 국을 제외한 모든 것을 공유한다는 것이 내게는 더 놀랍게 다가왔다. 한국 밥상에서는 찌개나 갈비나 불고기 같은 주요리부터 김치와 밑반찬까지 식사를 함께하는 구성원 모두가 쉽게 먹을 수 있게 놓

우리 옆집에 영국남자가 산다
영국인이 사랑하는 한국의 맛

인다. '개인'이 아닌 '우리'를 위한 배치인 것이다.

반면 서양의 테이블은 지극히 개인적이다. 같은 식기에 담긴 요리를 나눠 먹는다는 것도, 내 몫의 접시에 누군가가 추가로 음식을 얹어주는 것도 상상할 수 없다.

처음 한국에 방문했을 때다. 한국 친구들과 함께 간 식당에서 옆 테이블 사람들을 보고 깜짝 놀라지 않을 수 없었다. 가족으로 보이는 그들은 서로의 접시에 열심히 반찬을 얹어주고 있었다. 식사를 하는 동안 다른 사람의 접시 위에 무언가를 얹어주는 것은 굉장한 무례함으로 간주되는 서구권에서 온 나에게는 정말 생소한 장면이었다. 그러나 이제 한국에서 산 지 10년이 넘은 나는 다른 사람의 접시에 음식을 얹어주는 행위를 배려와 친근함의 표시로 느낀다.

서양 사람은 먹는다는 것을 지극히 개인적인 일로 생각한다. 그들은 자신의 감정을 같이 식사를 하는 사람이 아닌 자기가 먹고 있는 음식과 나누기를 원한다. 하지만 동양 사람은 반찬과 찌개 등을 함께 먹으면서 음식 자체의 맛에서 느껴지는 기쁨보다 더 큰 기쁨을 누리고자 한다. 바로 음식을 함께 나누어 먹는 것을 통해 느껴지는, 모두가 하나가 된 듯한 기쁨이다.

신기한 배의 세계

내가 배를 처음 본 것은 런던의 차이나타운을 걸어가면서였다. 차이나타운은 영국에서 아시아 음식이나 식자재를 구할 수 있는 몇 안 되는 장소다. 커다랗고 삐죽삐죽한 두리안과 함께 진열된 어두운 베이지색을 띤 거대한 구형의 배가 무척이나 신기했었던 나는 과연 누가 저런 희한하게 생긴 것을 사서, 어떻게 먹을까 늘 궁금했었다.

그 후로도 한국에 오기 전까지는 배를 가까이서 접할 기회를 갖지 못했다. 그 당시 배에 관한 모든 것은 나에게 무척이나 낯설게 느껴졌다. 커다란 덩치, 과일치고는 칙칙한 색깔과 밋밋한 냄새, 그리고 잘랐을 때 보이는 사과보다 하얀 속살. 이 모든 것이 나를 어리둥절하게 만들었다.

이름 역시 나를 당황시켰다. 한국 사람들은 그것을 "배"라고 불렀다. 영어로 배를 의미하는 'pear'와 발음조차 무척이나 비슷했다. 이에 대한 나의 생각을 이야기하면, 한국인 지인들도 고개를 끄덕이며 이렇게 말했다. "그래 맞아, 이게 한국 '페어'야."

우리 옆집에 영국남자가 산다
영국인이 사랑하는 한국의 맛

그리고 드디어 내가 한국의 배를 처음 먹게 되었을 때, 그 맛은 나를 더욱 당혹케 했다. 배는 유럽의 '페어'와 발음만 비슷할 뿐, 맛은 전혀 달랐다. 지나치게 단 것이 아니라 적당히 달콤했다. 식감 또한 부드럽기만 한 '페어'와 달리 적당히 단단하고 아삭거렸다. 훌륭한 품질을 자랑하는 영국의 '페어'만큼 물이 많은 편도 아니었다. 그보다는 영어로는 도저히 번역될 수 없는 표현인 '시원하다'는 맛에 가까웠다.

그동안 내가 들어왔던 '코리언 페어'라는 표현에 대해 체 게바라의 베레모라도 쓰고 거리로 나가 항의를 해야 할 것만 같았다. 배와 '페어'는 머나먼 친척 정도는 될 수 있지만 결코 형제간은 될 수 없다. 배를 '페어'라고 부른다는 것은 마치 코알라를 원숭이라고 부르는 격이다.

서양인들은 한국 배를 먹어볼 기회가 별로 없기에 배 마니아가 될 기회도 적다. 하지만 한번 먹어보면 고춧가루를 많이 사용하여 입안이 얼얼하도록 매운 한국 음식에 배 한 쪽보다 궁합이 더 잘 맞는 후식이 없음을 알게 된다. 또한 속이 출출할 때 배보다 좋은 간식도 없다. 과일 까기에 능숙한 친구와 함께 나눠 먹는다면 금상첨화다.

언제나 나를 놀라게 하는 것은 변화를 꺼리는 보수적인 성향의 한국 사람들이 부엌에서만은 너무나 창의적이고 도전적으로 변한다는 것이다. 한국인을 제외한 그 어느 민족이 배숙이라는 놀랍도록 창의적인 디저트를 만들어낼 수 있을까? 생강과 배를 주재료로 하여 통후추를 하얀 배의 속살에 박아낸 배숙이야말로 요리계의 혁명이라고 해도 과언이 아니다.

　도전 정신을 가진 한국인들은 배를 김치 레시피에도 이용했다. 어떻게 김치라는 발효 음식의 맵고 신 맛을 부드럽고 단 맛의 과일인 배가 중화시킬 수 있다는 생각을 했을까?

　배를 갈아서 갈비나 불고기 같은 육류 요리의 양념장에 사용한다는 것도 나에겐 무척이나 놀라웠다. 과일을 사용한 양념장은 아프리카나 동남아 음식 같은 화려한 맛에나 어울릴 법하다. 그러나 풍부하면서도 깊은 맛을 가진 한국의 고기 요리에 배가 들어간 양념이 어우러지면, 전체적인 맛의 균형을 잡아주면서 풍미를 더한다.

　그러나 나에게는 순수한 배 자체를 능가할 만한 것은 없는 것 같다. 껍질을 벗긴 후 썰어서 커다란 조각을 바로 한 입 베어 물어 시원하고 아삭아삭한 배의 맛을 느끼는 것은, 나의 일생에 변하지 않을 즐거움이 될 것이다. 너무 달거나 끈적이지 않고 지나치게 물이 흐르지도 않는 중후한 그 맛을 음미할 때면, 배가 남자를 위한 디저트라는 생각이 든다. 배야말로 아리스토텔레스의 중용의 미덕을 닮은 과일 같다.

몸 살리는 이열치열 보양식

찌는 듯이 더운 한국의 여름에는 때로 소파에서 침대로 가는 일조차 힘들게 느껴진다. 축 늘어진 나에게 한국 사람들은 "가서 삼계탕이라도 먹고 기운 좀 차려"라면서 나의 원기 부족을 단백질 부족 탓으로 돌린다. 그런데 대부분의 서양인은 단백질 음식 하면 찢어진 티셔츠를 입고 목에 힘줄을 세우며 역기와 아령을 벗 삼아 헬스클럽에서 살다시피 하는 사람들을 떠올린다. 한국인에게는 좀 놀랍게 들리겠지만 말이다.

귀에 익숙한 영화 주제곡 〈호랑이의 눈(The Eye of the Tiger)〉이 울려 퍼지며 한 잔 가득한 날달걀을 꿀꺽 마신 록키가 펀치볼을 쳐대고 장작을 쪼개는 장면, 바로 거기 유럽인이 생각하는 단백질 식품의 이미지가 잘 담겨 있다.

서양에서 단백질 음식은 대개 특별한 시간을 위해 준비된다. 스테이크는 로스트치킨, 그레이비소스, 구운 감자, 야채 등과 곁들여져 가족들이 모두 모이는 일요일, '잉글리시 선데이 로스트'로 등장한다.

우리의 에너지 푸드는 대체로 탄수화물 음식이다. 바람이 거세고 비가 많은 북쪽 스코틀랜드인들 대부분은 가장 천천히 소비되는 에너지원인 탄수화물이 풍부한 오트밀 죽으로 하루를 시작한다. 스포츠 스타의 식단 또한 감자와 파스타는 피해 갈 수 없다. 땀 흘리며 훈련하는 군인들이나 피곤한 도시 직장인들은 달달한 간식거리로 에너지를 얻는다.

보글대는 추어탕이 단백질을 많이 함유하고 있기에 무더위에 지친 체력을 상승시킨다는 생각은 우리 서양인에게 너무 낯설다. 뜨거운 날 뜨거운 음식을 먹는다는 것 자체가 외계에서나 통할 이야기로 들린다.

몇 해 무자비한 한국의 여름을 겪고 나니 이제는 여름을 이기는 데 나름 베테랑이 되었다. 음식으로 더위를 이기는 한국인의 슬기가 큰 도움이 되었다. 추어탕, 삼계탕 그리고 양념이 먹음직스럽게 발라져 있는 장어구이 같은 보양식은 실제로 효과가 있었다. 무더위에 지치거나 병으로 몸이 허약해졌을 때 갈비탕, 도가니탕 같은 고단백질 음식을 먹으면 몸의 배터리가 급속히 충전되는 기분이다.

또 다른 놀라운 점은, 한국 보양식이 성적 스태미나에도 도움이 된다는 믿음이다. 솔직히 효능은 확신할 수 없다. 한 가지 분명한 것은, 이러한 민간요법을 듣게 된다면 유럽 남성지 기자들이 한국을 취재하러 구름같이 몰려올 것이라는 점이다. 누가 알겠나. 언젠가 〈GQ〉 표지를 김이 모락모락 나는 삼계탕이 장식하게 될는지.

우주 비행선
식재료 하나만 고르라면

찜통 같은 더위가 찾아오는 여름이면 한국의 거의 모든 식당에는 '콩국수' 광고가 나붙기 시작한다. 이번 여름 처음으로 한국을 방문해 식당이 즐비한 골목을 지나가는 여행자라면 식당마다 붙어 있는 '콩국수'를 '영업 중'이란 뜻으로 착각할 법도 하다. 날씨가 뜨거워지면 한국 사람들은 얼음 동동 띄워진 차가운 콩국수 한 그릇에 열광하므로 중국집, 고깃집, 생선구이집, 샤브샤브집, 해장국집 등 한국의 모든 식당은 콩국수 비즈니스에 뛰어든다. 심지어 우리 집 근처에 있는 기사식당 골목도 여름이면 마치 콩국수 공장으로 변하는 듯하다. 콩 요리나 국수를 전문으로 하는 집이 아님에도 불구하고 찌는 듯이 더운 날씨를 미끼 삼아 잠깐 동안이라도 흐르는 땀을 식혀주겠다는 약속으로 손님들을 유혹하는 것이다.

그런데 콩 전문 식당만 뛰어난 콩국수를 만든다는 법은 없는 듯하다. 여름에 콩국수를 파는 대부분의 식당은 콩 전문 식당이 아니지만, 그들의 노력은 성과를 거두기도 한다. 사실 내게 가장 맛있었던 콩국수도 경상도의 한 오리구이집에서 먹은 것이다.

어쨌든 콩 요리 전문가인 한국 사람들은 무척 단순해 보이는 재료인 콩(soy bean)을 사용하여 콩국수뿐 아니라 무궁무진한 것들을 만들어낸다. 우선 콩은 깊고 풍부한 맛의 된장, 풍미가 가득한 간장, 칼칼하게 매콤한 고추장 등과 같은 환상적인 소스의 기본 재료다. 그리고 두부 형태로 가공되어 단백질 공급원이 되기도 하며, 콩나물로 길러진 후 삶거나 볶아져 섬유질이 풍부한 반찬이 되기도 한다. 또한 신선한 두유와 고소한 콩기름으로도 이용된다.

콩 요리만 봐도 이 작은 나라에 사는 한국 사람들이 얼마나 다양한 것을 만들어낼 수 있는지 놀라게 된다. 사실 나의 고향인 영국에서 콩은 콩나물의 형태로 익히지 않은 채 샐러드에 넣든가 다른 재료들과 함께 큰 팬에 던져져 볶음 요리가 되는 것이 전부다.

유럽에서는 동그란 콩보다는 껍질째 찌거나 삶아 먹는 깍지콩(green bean)이 더 흔하다. 이 깍지콩은 섬유소의 공급원으로서 감자와 함께 주로 고기 요리에 곁들여진다.

동그랗고 작은 콩은 서양인들에게는 호기심의 대상이다. 우리는 종종 큰 자루에 담긴 콩이 아시아 식당으로 배달되어 들어가는 것을 본다. 그러나 우리는 그 주방 안에서 콩과 함께 무슨 일이 벌어지는지 짐작조차 할 수 없다.

만약 유럽 사람들이 이 조그만 노란 콩이 갈려져 두부가 되고, 발효되

어 장이 되고, 우유의 대용품은 물론 기름으로도 쓰인다는 것을 알게 된다면 아마도 적지 않은 충격을 받을 것이다.

나에게 한국 음식은 언제나 예측 불허이듯이 콩 요리도 예외는 아니었다. 처음 지인의 추천으로 순두부 정식을 시켰을 때 조금 충격을 받았다. 정체불명의 하얀 덩어리가 물에 떠다니는 것을 처음 본 순간 솔직히 6000원을 버렸다는 생각이 먼저 떠올랐다. 하지만 그 맛은 나의 실망감을 단번에 누그러뜨렸다. 별로 유쾌하지 않은 겉모습에 비하여, 미묘하고 담백하면서도 고소한 맛이 일품이었다. 그 후 나는 다른 서양인들에게 순두부를 열심히 추천하고 있다.

만약 먼 미래에 인류가 태양계 정복을 위한 우주 탐사를 계획한다면, 나는 우주 비행선에 한국 아줌마들 몇 명과 함께 콩을 실으라고 하고 싶다. 그러면 우주 비행사들이 그 차갑고 어두운 우주를 비행하는 기나긴 시간 동안 식욕을 잃을 일은 없을 것 같다.

알록달록 아름다운 떡의 세계

한국에 살면서 내가 배운 것 중 하나는 슈퍼모델과 같이 외모가 출중한 부류의 여자와 결혼하여 산다는 것이 어떤 느낌일지 알게 된 것이다.

자, 당신은 눈부신 그녀가 당신의 프러포즈를 수락한 것에 놀라 기뻐하며, 누군가가 그녀를 낚아챌지도 모른다는 불안감에 서둘러 그녀와 결혼했다. 그러나 결혼 생활을 시작한 후로 조금씩 무언가가 달라지는 기분이다. 그녀는 여전히 눈부시게 아름답지만 무언가 설명할 수 없는 것이 빠진 느낌이다.

얼마 지나지 않아 당신은 다른 것은 전혀 고려하지 않고 단지 그녀의 외모에 끌려 결혼했다는 사실을 깨닫는다. 그녀는 여전히 눈부시지만, 당신이 꿈꿔왔던 사람이 아닌 것이다.

이런 결혼 생활이 바로 떡에 대한 나의 느낌이다. 한국 음식은 지구상 어느 나라의 음식과 견주어도 맛에서 결코 뒤지지 않지만 미학적인 측면에서는 다소 심심했다. 한 장의 그림엽서가 되어도 손색이 없는, 이웃 동

우리 옆집에 영국남자가 산다
영국인이 사랑하는 한국의 맛

남아의 시각을 자극하는 음식과는 달리 검붉은 고추장, 멋없는 갈색 된장, 허옇고 단조로워 보이는 두부 등이 일반적인 한국 음식의 모습이다.

하지만 떡은 예외였다. 떡은 한국 음식계의 조지 클루니라고 할 만하다. 곱고 다양한 빛깔과 아름다운 모양, 섬세하면서도 고급스러운 장식으로 테이블 위를 화려하게 수놓는다. 한국 사람들은 어떨지 몰라도 나는 떡집 앞을 그냥 지나칠 수 없다. 화려하고 예쁜 색상, 끈적해 보이는 것부터 포슬포슬한 가루가 묻은 것까지 다양한 식감, 각종 꽃 모양 틀로 가지런히 찍어낸 단아한 생김새, 이런 아름다운 음식에 저항할 수 없이 끌리는 나 자신을 발견하고는 한다. 마치 란제리 숍 앞을 지나가는 기분이라고나 할까.

하지만 떡의 맛은 나에게 적지 않은 실망을 안겨주었다. 처음 먹어본 떡은 콩찰떡이었다. 이 독특한 창작품의 모양을 봤을 때 나는 달콤한 과일 같은 풍부한 맛을 기대했었다. 그러나 한입 베어 문 순간, 너무나도 놀라고 말았다. 건포도 같은 마른 과일일 거라 생각했던, 위에 있는 까맣고 둥근 모양의 재료는 밋밋한 맛의 콩이었다.

떡은 동서양인을 막론하고 아름답게 느껴지는 음식이다. 이것만은 부인할 수 없는 사실이다. 이 아름다운 떡을 만드는 사람들은 진정한 예술가다. 내 말이 의심스럽다면 서울의 명동으로 가보라. 떡 카페에서 사진 찍기에 여념이 없는 수많은 일본 소녀를 볼 수 있을 것이다.

떡의 수많은 종류도 나를 놀라게 했다. 한국 사람들이 어떻게 그 수많은 종류의 떡 이름을 기억하는지 신기할 따름이다. 쌀로 할 수 있는 것이란 고작 솥에다 넣고 물을 부어 끓이는 것이 전부라고 생각하는 우리 서양 사람에게는, 그 모든 떡의 이름을 외우려면 최소한 몇 년은 할애해야 할 것으로 보인다.

서양인들에게 떡의 생김새는 감동스럽지만 맛은 매우 낯설다. 특히나 절편, 찰떡, 백설기 등은 먹을수록 깊은 맛이 느껴진다지만 우리 서양인은 그런 맛을 감지할 수 없다. 그래서 서양인은 비교적 강하고 독특한 맛을 가진 약식, 바람떡, 증편 등을 선호한다. 나도 마찬가지다.

우리 서양 사람에게 떡을 먹는 느낌은 날렵하고 화려한 페라리인 줄 알고 승차했더니 튼튼하고 실용적인 볼보를 탄 기분과 같다. 서양 사람들은 벌 떼와 같아서 밝고 고운 빛깔에 쉽게 현혹되며 겉모양새가 특별한 음식에서는 깊이 있고 은은한 맛보다는 쉽게 혀를 현혹시킬 만한 자극적인 맛을 기대한다.

현재 많은 떡 생산자가 한반도를 넘어 비즈니스의 새로운 가능성을 엿보고 있다. 대부분은 가까운 이웃 나라인 아시아로 수출할 계획을 하고 있지만 좀 더 도전 정신을 가진 사람들은 라이스 케이크 형태로 서양 진출을 모색하고 있다. 후자의 경우라면 독특해 보이는 겉모습만큼 풍부하고 이국적인 맛을 기대하는 서양 사람의 입맛을 반드시 기억해야 할 것이다.

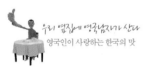

영국에 맥주가 있다면
한국에는 물김치가 있다

난생처음 맥주란 것을 마셔봤을 때, 크나큰 기대와는 달리 아무런 감흥을 느낄 수 없었다. 어린 시절, 나는 남자 어른들이 한 잔에 만 원이나하는 이 거품 나는 술 때문에 그들의 부인과 실랑이를 벌이는 모습을 종종 보며 자랐다. 그러나 막상 내가 어른이 되어 드디어 아버지가 권하는 맥주 맛을 보게 됐을 때, 그 맛에 크게 실망했다.

아버지는 내가 실망한 것을 짐작하시고 이렇게 말씀하셨다. "아마 지금은 느끼지 못하겠지만 뜨거운 여름날 하루 종일 밖에서 땀 흘리고 들어왔을 때, 맥주의 참맛을 알게 될 거다."

물론 나는 이제 데드라인과 상사의 잔소리에 고통받은 후 마시는 한 모금의 맥주가 보물 같은 존재라는 것을 안다. 집안일과 아이들에 시달리는 주부들도 스트레스 가득했던 한 주를 주말의 맥주로 달랠 것이다. 그런데 나는 몇 년 전 그런 맥주와 같은 보물이 또 하나 있음을 발견했다. 바로 물김치다.

나의 아버지가 어린 나에게 맥주의 참맛을 알기 위해서는 언제 마시느냐가 중요하다는 설명을 해주었듯이, 물김치 또한 처음 접해보는 사람에게는 적당한 설명이 필요할 것 같다. 그러지 않으면 물김치의 진가를 느끼지 못할 수도 있다.

첫 번째로, 조미료로 맛을 낸 얕은맛의 물김치가 아니라 진짜 제대로 담근 물김치를 만나야 한다. 초보자가 시작하기에는 동치미가 적당할 것 같다. 밖에다 땅을 파고 묻어놓은 독에서 갓 떠 온 동치미라면 더할 나위 없을 것이다. 하지만 불행히도 농부와 소, 한복의 전성기였던 낭만적인 조선 시대 삶의 방식은 현대 한국에는 더 이상 존재하지 않는다. 일단 김칫독을 묻고 싶어도 묻을 만한 땅을 가진 사람 자체가 드물다. 그래서 김치냉장고라는 차선책이 생겨나기도 했다.

두 번째로, 가급적이면 물김치의 윗부분에 살얼음이 살짝 끼는 차가운 날씨에 먹으면 좋다. 그리고 메인 요리는 맵고 자극적이거나 탄수화물이 풍부해서 갈증을 유발하는 종류의 것이어야 한다. 입안이 얼얼할 정도로 매운 음식을 먹어 우리의 본능이 물잔으로 손을 내밀라는 신호를 보내기 시작할 때가 바로 물김치를 찾아야 하는 시점이다. 장담하건대 바로 그 순간 물김치와 사랑에 빠지게 될 것이다.

노련한 물김치 팬이라면 대수롭지 않은 사실인지 몰라도, 나는 물김치에게 문화의 장벽을 뛰어넘는 놀라운 힘이 있다는 새로운 사실을 발견했다. 내가 아는 한국에 거주하는 서양인들에게 공통분모가 있다면

그들 모두가 물김치에 열광한다는 것이다. 한국 음식에 모험심을 가지고 도전하는 타입의 서양인으로부터 한국 음식이 부담스러워 곁에 가고 싶어 하지 않는 서양인까지 모두가 물김치의 매력에 흠뻑 빠져 있다.

몇 달 전 밥을 먹으러 갔던 한식당은 물김치가 정말 맛있었다. 한 그릇을 단숨에 해치운 나는 리필을 부탁했다. 그러나 그걸로도 만족할 수 없었던 나는 한 번 더 "저기요"를 외쳤다. 점심시간이라 바빠 보이는 식당 아주머니는 한 번 더 물김치를 가져다주었고 나는 또다시 단번에 국물을 쭉 들이켜고 무를 우적우적 씹어 그릇을 비웠다. 그래도 만족할 수 없었던 나는 용기를 내어 다시 한 번 아주머니를 불렀다. 이번에는 아주머니가 내 쪽을 바라다보지도 않은 채 부엌으로 향했다. 얼마 지나지 않아서 그녀는 물김치가 가득 담긴 커다란 사발을 들고 나타났다. 약간은 짜증난 듯한 그녀의 표정이 나에게 이렇게 말하는 것 같았다. '한 대 얻어맞고 싶지 않으면 다시는 나를 부를 생각조차 말아라.'

언젠가 미국인 동료에게 이 이야기를 했더니, 깔깔대며 본인도 똑같은 경험이 있음을 고백했다. 내가 아는 바로는 한국에 있는 절반가량의 서양인들이 이와 비슷한 경험을 했다.

한국 음식을 경험해본 적 없는 서양인들에게 물김치가 무엇인지 설명한다면, 그들은 아마도 콧방귀를 뀔 것이다. 마늘, 생강 등과 함께 무를 소금물에 절여서 만드는 물김치라는 음식이 그들에게는 싸구려 중국 음식점 뒷문에 버려지는 별 볼 일 없는 음식처럼 여겨질 것이기에.

대부분의 한국 음식이 그렇듯이, 물김치도 상황과 순서에 맞게 먹어야 한다. 어떤 사람도 물김치만 따로 먹지는 않을 것이다. 물김치는 교향악을 빛내주는 관현악 솔로, 피아노 협주곡 중의 기교 넘치는 바이올린 독주와도 같이 한국인의 밥상에 풍미를 더하는 'tour de force(걸작)'이다. 한국의 밥상은 이렇듯 조화와 어우러짐이 중요하다. 적절하지 못한 순간에 물김치를 먹는다면 아무런 감흥 없이 그저 배만 채우게 되겠지만 매운 반찬과 포만감을 주는 밥을 먹은 후 물김치를 한입 가득 들이켜면, 바람 한 점 없는 하늘을 날아다니는 눈송이를 보는 듯한 황홀감을 경험하게 될 것이다.

한국에서 무언가가 썩어가고 있다

청국장과 함께라면 그 어떠한 비밀도 존재할 수 없다. 당신이 외간남자와 함께 식당에서 청국장을 먹는다면, 이웃 누군가에게 발각될 위험이 높다. 그 이웃이 당신의 남편에게 전화라도 한다면 당신이 급조한 알리바이는 결코 통하지 않을 것이다. 당신 옷에서 청국장 냄새가 가시기도 전에 분노한 남편은 이미 이혼 서류 준비를 마쳤을 것이다.

아무도 눈치채지 못할 거라 생각하면서 집에서 몰래 청국장찌개를 끓이는 것도 불가능하다. 온 건물 전체가 다 알게 된다는 건 너무나도 뻔한 사실이다. 몹시 추운 어느 겨울날 저녁, 퇴근을 하여 집 부근의 골목을 걷고 있을 때였다. 살을 에는 바람 때문에 모든 집의 창문과 현관문이 굳게 닫혀 있었지만, 어느 집에서 청국장을 끓이는 냄새가 골목 안을 진동했다. 그날 저녁 나는 아무리 대문을 꼭 닫고 창문까지 꼭꼭 닫아도 청국장 냄새의 강력함을 막을 수는 없음을 새삼 깨달았다.

어떤 한국 사람들은 나에게 청국장 냄새가 벗어놓은 양말 같지 않냐고 물어본다. 사실 내 생각으론 그보다 한 등급 위인, 마라톤 선수들의 양말을 모아 큰 솥 단지에 넣고 은근한 불로 찌는 듯한 냄새 정도 되지 않을까 싶다. 그러나 많은 한국 사람이 이 촌스럽고 투박한 청국장 뚝배기가 몸에 좋고 입에 맞는, 만족도 높은 최고의 음식이라는 사실을 인정하고 있다. 실제로 어떤 사람들은 청국장 광이다. 그리고 사실 그렇게 되기는 그리 어려울 것 같지 않다.

청국장은 아주 특이하고, 매우 토속적인 범주의 음식이다. 또한 누구는 아주 좋아하고 누구는 아주 싫어하는, 기호가 뚜렷하게 갈리는 음식인데 한국 음식 중에는 놀랍게도 이런 것이 꽤 많다. 홍어, 번데기, 추어탕, 과메기 등이다. 또한 희한한 것은 이런 종류의 음식에 무관심한 사람도 찾기 어렵다는 것이다.

어떤 사람들은 사랑에 빠진 푸시킨처럼 달콤한 찬사를 보내지만, 어떤 사람들에게는 폭탄주 레이스를 벌인 다음 날 아침처럼 구토를 유발시키는 청국장에는, 어쨌든 특별한 힘이 있는 듯하다.

나와 같은 영국인의 입장에서, 청국장은 한국 음식에 대한 단순한 호기심을 뛰어넘어 일종의 맹신을 요구한다. 된장 같은 진하고 걸쭉한 맛의 음식이 없는 나라에서 청국장은 단지 냄새가 고약한 음식 정도가 아니라 도저히 먹을 수 없는 음식 취급을 받을 것이다.

그러나 한국 음식 냄새에 대해 너무 방어적일 필요는 없다. 세계를 통틀어 냄새가 고약한 음식들로 유명한 나라는 대개 음식에 대한 명성도

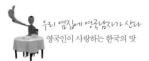

함께 가지고 있다.

어떤 프랑스 치즈는 너무나 냄새가 심해 집에 보관하기가 힘들 정도다. 발코니에 잠깐이라도 그 치즈를 둔다면 이웃들이 당장 몰려와 불평을 할 것이다. 동남아에도 두리안이라는 토사물과 아주 흡사한 냄새를 가진 과일이 있다. 하지만 맛을 본 후에는 누구라도 '과일의 왕'이라고 칭송해 마지않는다. 진하고 깊은 맛을 사랑하는 전 세계 미식가들에게 청국장과 같은 냄새를 가진 음식은 곧 깊은 맛의 단백질이 풍부한 음식을 의미한다.

청국장은 현명한 남자가 선택하는 기품 있게 나이 든 여인과도 같은 음식이다. 미니스커트나 싸구려 빨간 립스틱처럼 말초신경을 자극하는 듯한 제육볶음이나 삼겹살의 얕은맛과는 차원이 다른 맛이다.

이처럼 일반적인 한국 음식과 달리 자극적이지 않은 청국장은 손이 많이 가는 음식이라 시간과 정성이 두 배로 든다. 그러나 청국장을 좋아하는 사람이면 그럴 만한 가치가 있다고 생각한다.

『햄릿』의 1막은 "무언가가 덴마크에서 썩어가고 있다(Something is rotten in the state of Denmark)"라는 말로 끝난다. 셰익스피어가 『햄릿』을 집필하기 전에 한 번이라도 한국의 청국장 맛을 봤더라면, 덴마크는 아마도 코리아로 바뀌었을 것이다. 또한 냄새는 고약하지만 맛과 영양 면에서 우리에게 큰 기쁨을 주는 청국장을 위한 멋진 시 한 편을 남겼을 것이라고 확신한다.

영혼의 음식, 마늘과 감자

알리오올리오를 먹어본 적이 있는가? 아직 못 먹어본 독자들을 위해 간단한 설명을 곁들인다면, 올리브오일과 고추 그리고 마늘을 넣어 만든 아주 간단한 파스타 요리다. 나는 한국에서 먹는 이태리 음식을 그다지 좋아하지 않는 편이지만, 알리오올리오만은 반드시 한국에서 먹어볼 것을 추천한다.

한국에서 먹는 알리오올리오에는 대개 면만큼이나 많은 양의 마늘이 들어 있다. 그러나 이태리에서 이 음식을 주문하면 다르다. 일반적으로 이태리 사람들은 4~6인분의 파스타를 만드는 데 고작 두 쪽 정도의 마늘을 사용한다. 그렇다면 한 접시당 많아야 마늘 반쪽이 들어가는 셈이다. 마늘이 듬뿍 들어간 한국식 알리오올리오에 익숙해져 있는 사람이라면, 이러한 이태리식 요리 방식에 충격을 받을지도 모른다.

대부분의 이태리 사람이 파스타를 만드는 방법을 잠깐 살펴보자. 먼저 마늘 한 쪽을 3분 정도 기름에 볶은 후 프라이팬에서 제거한다. 그

후 그들은 절대로 추가로 마늘을 넣거나 하지 않는다. 이걸로 끝이다. 이태리 사람들은 은은한 마늘 향이 풍기는 기름에 파스타를 요리한다. 솔직히 파스타에 마늘이 들어갔는지는 전혀 알아챌 수 없다.

한국은 지구상에서 1인당 마늘 소비량이 가장 많은 나라다. 또한 면적이 그리 크지 않은 나라임에도 불구하고, 유엔 식량농업기구에 따르면 인도와 중국을 제외하고 전 세계에서 마늘을 가장 많이 생산하는 나라다.

나는 입에서 마늘 냄새가 나는 것을 두려워하는 사람들이 살고 있는 나라, 영국 출신이다. 영국 사람은 가능하면 마늘이 들어간 음식을 피하고 싶어 한다. 나의 유년 시절, 치과의사인 나의 아버지는 평일에는 마늘이 들어간 음식을 꺼리셨다. 자신의 입에서 나는 마늘 냄새가 환자들을 불쾌하게 만들까 걱정하셨기 때문이다. 데이트를 하는 커플들도 데이트 하루 전날에는 절대 마늘을 먹지 않는다. 직장인들도 중요한 미팅 전날에는 마늘을 피한다.

영국 사람들은 프랑스 사람들을 '마늘 중독자'라고 부르며 그들에게 마늘 냄새가 난다고 불평한다. 실은 이태리 사람들이 쓰는 양만큼의 마늘만 사용하는데도 말이다. 또한 프랑스 사람들은 요리하기 전에 대개 마늘의 강한 맛을 줄이려고 마늘 안의 녹색 줄기를 제거한다. 생마늘이 통째로 들어가는 프랑스 요리는 별로 많지 않다.

그러니 마늘의 메카는 의심할 여지 없이 한국이다. 사실 처음에는 한국 사람들이 요리할 때 넣는 마늘의 양을 보고 큰 충격을 받았다. 런던에서 한국 친구들이 닭볶음탕을 만드는 것을 구경할 때였다. 그중 나이가 어려 보이는 친구가 마늘 까는 임무를 부여받고 마늘을 까기 시작했다. 하나, 둘, 셋, 결국에는 마늘 한 통이 다섯 사람이 먹을 분량에 들어갔다. 이것은 영국 사람에게는 결코 상상할 수 없는 일이다. 영국 사람이 마늘 한 통을 먹어치우는 데는 아마 몇 달이 걸릴 것이다. 하지만 한국에서는 마늘 한 통으로 한 끼 식사를 만들기도 부족할 때가 종종 있다.

사실 한국 음식이 맛있는 이유 중의 하나는 마늘이 듬뿍 들어가기 때문이다. 그리고 한국에서는 마늘 냄새에 신경을 곤두세우지 않아도 된다. 한국에서 10여 년을 살고 나니, 나 또한 여느 한국 사람들과 마찬가지로 마늘에 집착하게 되었다.

나는 개인적으로 큼직하게 저민 알싸한 맛의 생마늘을 쌈장에 찍어 깻잎에 싸 먹는 것을 좋아한다. 아마 영국에서라면 이런 음식을 먹은 후 밖에 나가도 되는지를 걱정했을 것이다. 그러나 한국에서 마늘을 먹고 있노라면, 내가 먹고 있는 마늘에서 들려오는 조용한 속삭임을 느낄 수 있다. '먹고 싶은 만큼 마음껏 드세요. 이곳에 마늘 냄새를 싫어하는 사람은 없답니다. 자, 이들과 하나가 되어, 어서 마늘을 먹어요!'

대부분의 영국인은 마늘에 대한 한국인의 깊고 오랜 애정을 이해할 수 없지만, 영국 사람 또한 나름대로 집착하는 음식이 있으니 그것은 감자다. 영국을 방문해본 한국 사람들은 대개 나에게 이렇게 말한다. "영

우리 옆집에 영국남자가 산다
영국인이 사랑하는 한국의 맛

국 대표 음식인 피시앤드칩스를 먹어봤지만 그다지 특별하게 느껴지지 않았어." 이 말은 언제나 나를 서글프게 만든다.

맞다. 그들은 영국에서 칩스, 즉 감자튀김을 맛보았을 것이다. 아마도 도심지를 관광한 여행객들로 붐비는 런던의 어느 펍에서였을 것이다. 그러나 내가 청소년 시절 피시앤드칩스 전문점에서 즐겼던, 입천장이 델 정도로 뜨거운 감자튀김을 먹었다면 이야기는 달라졌을 것이다. 피시앤드칩스가 단일 메뉴인 이런 식당에서는 대개 감자튀김에 소금과 식초를 뿌린 후 신문지에 둘둘 말아 준다. 쌀쌀한 일요일, 축축하게 젖은 공원에서 친구들과 세 시간 연속 공을 찬 후 빨갛게 된 코에서 콧물이 떨어질 때 맛보는 뜨거운 감자튀김은 이 세상에서 유일하게 따뜻하게 느껴지는 존재다. 식초의 시큼함이 느껴지는 포슬포슬한 감자의 온기는 목구멍을 타고 들어가 온몸을 훈훈히 덥혀준다. 만약 이런 감자튀김을 먹어본 적이 없다면, 아쉽지만 진정한 영국의 감자튀김을 맛보았다고 할 수 없다.

영국 사람들은 매끼 감자를 먹어야 한다. 따뜻한 감자는 우리 영국인에게 마음의 안정과 평화를 가져다준다. 감자를 삶아 으깨거나, 튀기거나, 오븐에 익히거나, 솔직히 요리 방법은 그다지 중요한 문제가 아니다. 감자 한 포대가 부엌에 있기만 하면, 영국인의 삶은 그런대로 흘러간다. 히틀러는 2차 대전 중 독일 해군들로 영국을 포위해 영국으로 들어가는 식량을 차단해 영국인들을 굶주리게 만들고자 했다. 그러나 그의 계획은 실패로 돌아갔다. 영국인들은 감자를 기를 수 있었기 때문이다. 감자가 있는 한 영국인들에게 생존은 문제가 되지 않았다. 그리고 전쟁도 승리로 이끌 수 있었다. 이태리의 빨갛게 익은 토마토, 프랑스의 섬세한 치즈를 영국인들에게서 빼앗아 간다 해도 큰 문제는 아니다. 감자만 있다면, 브렉시트를 강행하든 말든 영국은 결코 망하지 않을 것이다.

혼밥이 어때서?

화장실에 가고 싶어서 패스트푸드점에 들어간 적이 있다. 화장실만 이용하고 나올 정도로 대범한 성격은 아니라 음료수를 한 잔 샀다. 그러고는 곧 내 쓸데없는 죄책감 탓에 불필요한 구매를 한 게 억울해 그 가게에 주저앉아 음료수를 마시기 시작했다.

그러다가 주위를 관찰하면서 새로운 사실 하나를 깨달았다. 나는 패스트푸드점 같은 곳은 소란스러운 10대로 가득 차 있을 거라고 생각했다. 학교를 빼먹고 어디 공원 같은 곳에서 쭈그리고 앉아 담배를 피우다가 온 10대 말이다. 하지만 패스트푸드점에는 그런 10대 대신 노인들로 가득했다. 그들 대부분은 혼자 자리에 앉아 트리플베이컨버거나 쿼드러플치즈버거 같은 음식에 특대 콜라를 곁들여 즐거운 얼굴로 먹고 마시고 있었다.

그 후에 보니 요즘 한국 노인들은 점점 더 '식당은 다른 사람과 함께 밥 먹으러 가는 곳'이란 관념에서 벗어나고 있는 듯하다. 생선구이집이

든 추어탕집이든, 가는 식당마다 혼자 밥을 먹는 노인들을 목격한다. 그들은 밥을 먹으며 신문이나 TV를 보는데 개중에는 마치 수능 시험을 끝내고 나온 고등학생처럼 행복한 표정을 짓는 분도 있다.

노인들뿐 아니라 한국 사람 대다수가 혼자 밥 먹는 두려움을 어느 정도 극복한 것처럼 보인다. 한번은 아주 예쁜 여성이 혼자 뷔페에 와서 밥을 먹는 모습을 본 적도 있다.

가장 최근에 나와 함께 밥을 먹은 사람은 식사 내내 스마트폰에서 눈을 떼지 않았다. 그는 아주 능숙하게 밥을 입으로 집어넣으면서 스마트폰 게임으로 좀비 외계인들을 소탕했다. 우린 15분 만에 식사를 마치고 일어났다. 함께한 식사 자리였지만 마치 '혼밥'을 먹은 것 같았다.

한국의 쿡방과 먹방엔 뭔가 특별한 게 있다

최근 서양에서 한식의 인기가 높아지면서, 한국의 음식 관련 프로그램도 서양 언론의 주목을 받고 있다. 실제로 지난 몇 년 동안 서구권의 언론 매체는 한국의 쿡방과 먹방을 자세히 다루어왔다.

BBC, CNN, 프랑스의 TF1과 같은 방송사들은 남성 셰프들이 중심이 된 쿡방들 덕분에 얼마나 많은 한국 남자가 앞치마를 두르고 칼을 잡게 되었는지를 보도하려고 많은 방송 인력을 한국에 파견했다. 그 외의 영국, 스페인, 독일, 미국의 TV와 라디오, 신문, 잡지 등은 아프리카TV와 유튜브를 통해 전파된 한국의 '먹방'이라는 경이로운 현상을 다루었다.

이러한 사실은 조만간 영국이나 미국, 프랑스 방송에서도 한국인이 좋아하는 쿡방이나 먹방과 흡사한 프로그램을 볼 수 있을 거라는 기대를 하게 만들지만, 그런 바람이 이루어지기까지는 오랜 시간이 걸릴 것 같다. 거기서도 이미 음식 프로그램들이 포화 상태이며, 또한 그 스타일은 한국 사람들이 즐겨 시청하는 것과는 완전히 다르기 때문이다.

우선 한국의 먹방은 서양인들이 시청하기에 매우 곤혹스럽다. 그들에게 다른 사람들이 먹는 장면을 지켜보는 것은 꽤나 비위가 상하는 일이다. 그래서 영국 TV의 푸드쇼 마지막에 잠깐 등장하는 시식 장면은, 상반신이 포함될 정도로 좀 거리를 두고 촬영한다. 그러나 한국 요리 프로그램에서는 카메라를 출연자들의 얼굴에 바짝 들이대서 그들이 음식을 입안으로 밀어 넣고 씹는 모습을 커다랗게 보여준다.

사실 대부분의 한국 음식 프로그램에서 포인트는 음식이 입속으로 들어가는 순간 같다. 나의 미국인 친구 한 명은, 한국에 처음 왔을 때(사실 그때는 한국에서 먹방, 쿡방이 대세가 되기 훨씬 전이었다) 이런 말을 했다. "한국에서는 TV를 켤 때마다 사람들 먹는 모습이 클로즈업된 장면이 나와."

한국에서 꽤 오랫동안 음식 관련 글 쓰는 일을 해온 나는, 한국 디자이너들에게 내 글에 사람들이 음식 먹는 사진을 삽입하지 말라고 말린 게 한두 번이 아니었다. 그들은 본능적으로 그런 장면이 담긴 사진을 고르는 것 같았다. 그러나 서양 독자들에게는 사람들이 음식을 쳐다보는 장면이나 음식을 만드는 장면은 전혀 문제가 되지 않지만, 사람들이 국수를 후루룩 먹거나 두꺼운 스테이크 조각을 우물우물 씹는 장면은 매우 불편하게 느껴진다.

한국 사람들에게는 아마도 영국의 쿠킹쇼가 너무나 지루하게 느껴질 것이다. 영국 사람들은 집에서 써먹을 수 있는, 가끔 손님을 초대해서 마치 자신이 개발한 레시피인 양 선보여도 무방한 요리를 알려주는 아주 실용적인 프로그램을 선호한다.

사실 이런 프로그램은 요리책의 TV 버전이라고 할 수 있다. 여기에는 어떤 농담도, 어떤 화려한 의상도, 어떤 편집 효과도 그리고 어떤 걸그룹 멤버도 등장하지 않는다. 진행 속도도 매우 느리다. 많은 시청자가 집에서 펜으로 레시피를 받아 적기 때문이다. 그래도 가끔씩 방송국에 전화를 해서 진행 속도가 너무 빠르다고 불평하는 사람들이 있다. 한국 쿡방의 열렬한 팬이라면, 아마도 영국의 쿠킹쇼는 (물리학자들에게는 죄송하지만) 금요일 밤에 물리학 강의를 듣는 것만큼 따분하게 느껴질 것이다.

반면 영국 사람들에게 한국의 쿡방은 너무 빠르고 너무 많은 것이 담겨 있어 산만하게 느껴진다. 영국과 한국의 요리 프로그램은, 프랭크 시나트라의 〈마이 웨이〉와 김건모의 〈잘못된 만남〉만큼이나 거리가 멀다. 영국 요리 프로그램은 주로 다큐멘터리 같은 포맷이지만, 한국의 쿡방은 서양에는 존재하지 않는 예능 포맷으로 제작된다.

서양과 한국의 요리 프로그램은 서로에게 배울 점이 많다. 요리를 즐기는 나로서는, 개인적으로 한국 요리 프로그램이 속도를 조금 늦추고 요리 테크닉이나 레시피 등 좀 더 실용적인 면을 부각시켰으면 하는 바람이다. 요리는 서커스 공연이 아니다. 이와 반대로, 서양인들 또한 한국의 쿡방을 통해 요리도 충분히 재미있을 수 있다는 것, 심각하게 접근할 필요가 없다는 것을 깨달았으면 한다.

대부분의 서양 미디어는 다른 사람들이 어마어마한 양의 음식을 먹

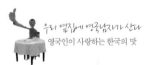

우리 옆집에 영국남자가 산다
영국인이 사랑하는 한국의 맛

는 것을 지켜보는 먹방이 그로테스크하다는 데 초점을 맞추어왔다. 물론 이런 먹방을 보는 것에 대한 윤리적인 문제를 배제할 수는 없겠지만 (나는 얼마 전 한 남자 BJ가 편의점에서 구입한 15만 원어치 상당의 간식을 앉은 자리에서 해치우는 것을 보았다), 서양 언론은 먹방의 긍정적인 면은 간과한 채 "푸드 포르노"라거나 "다른 사람들이 먹는 모습을 돈 내고 시청하는 것"이라는 둥 부정적 측면만 강조해왔다.

그러나 PD나 전문 셰프들에 의해 메뉴가 결정되고 MC들이 허공에 대고 떠드는 서양의 요리 프로그램과 달리, 먹방에는 시청자들과의 소통이 존재한다. BJ라고 불리는 비전문 호스트들은 먹방이 진행되는 내내 채팅방에 올라오는 시청자들의 댓글에 실시간으로 일일이 응답을 해준다.

이것은 음식 프로그램에 대한 새로운 접근 방식이다. 종종 식탐과 폭식을 부르기도 하지만, 먹방 BJ들은 돈 많은 방송국 상아탑에 살고 있는 PD나 국장으로부터 힘을 빼앗아 와서 대중들에게 나누어주었다. 그들이야말로 음식 방송계에 새롭게 등장한 홍길동이다. 영국에도 같은 일을 해낼 수 있는 로빈 후드가 필요할지도 모른다.

값싼 고기 파티를 끝낼 시간

지난주 어느 날, 점심시간이 다가오자 같이 근무하는 동료 한 명이 혼잣말로 중얼거렸다. "어제 점심에는 돼지고기를 먹었으니, 오늘은 소고기를 먹어볼까?" 옆자리에 앉은 내가 끼어들었다. "어제는 돼지고기, 오늘은 소고기, 그럼 내일은 무슨 고기를 먹을 건데?" 내 질문을 들은 사무실 안의 모든 동료가 이구동성으로 외쳤다. "닭고기!"

나는 이 상황이 재미있기도 했지만, 조금 염려스럽기도 했다. 내가 한국에 거주해온 10년 동안, 한국인의 고기 소비는 급격히 증가했다.

OECD에 따르면, 1973년 한국인의 1인당 연평균 소고기 소비량은 1.3킬로그램에 불과했다. 다른 나라들에 비하면 미미한 숫자였다. 그러나 이제 한국은 전 세계에서 1인당 소고기 소비량이 22번째로 많은 국가다.

1980년대에 한국인은 OECD의 1인당 평균치보다 15킬로그램이나 적은 돼지고기를 소비했다(연간 1인당 돼지고기 소비량 5.5~8.7킬로그램).

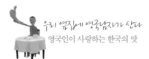

우리 옆집에 영국남자가 산다
영국인이 사랑하는 한국의 맛

하지만 최근에는 OECD 평균을 3킬로그램 정도 웃도는 25.11킬로그램을 기록하고 있다.

닭고기의 소비량 또한 엄청나게 증가했다. 2004년 한국 사람들은 연평균 8킬로그램의 닭고기를 소비했다. 그로부터 11년 후, 그 숫자는 2배가 되었다. 이러한 추세라면 2020년경에는 한국 사람들이 연간 18킬로그램의 닭고기를 먹게 될 것이라고 OECD는 전망했다.

나이 지긋한 한국 사람들은 이러한 변화를 매우 긍정적으로 받아들이는 듯하다. 그들은 이제 한국이 부자 나라가 되어 고기를 많이 먹을 수 있게 된 것이라고 생각한다. 그분들의 어린 시절에는 추석이나 설날 등 명절 때나 겨우 고기를 맛볼 수 있었다는 이야기를 나는 자주 들어왔다.

이제 한국에서는 매일매일 고기 축제가 벌어진다. 내가 사는 동네 길가에는 삼겹살집들이 즐비하다. 사실 한국 어디에나 프라이드치킨집 등 고깃집이 가득하다. 고깃집이 아닌 식당을 찾는 게 더 어려울 정도다. 비가 오나 눈이 오나, 이런 고깃집에는 언제나 사람들이 가득하다.

그러나 값싼 고기가 한국에서 심각한 건강 문제를 일으키고 있다. 한국 성인 비만율은 아직까지는 상대적으로 낮은 편이다. 그러나 OECD 조사에 따르면, 한국 아동 비만율은 36개국 중 12위를 차지한다. 또한 한국 의사들은 1983년부터 2003년까지 한국에서 동맥경화증을 포함한 관상동맥 질환이 거의 6배나 증가했다고 밝혔다. 그 기간은 한국의 고기 소비량이 급격히 증가했던 시기와 맞물린다.

나는 채식을 권유하는 사람도, 의사도 아니다. 고기는 단백질뿐 아니라 아연과 철분의 훌륭한 공급원이기도 하다. 그러나 과도한 양의 고기는 건강에 좋지 않다. 가공되거나 대량으로 사육된 고기는 더욱 그러하다.

영국의 건강관리부는 날마다 70그램 이상의 고기를 먹는 것은 대장 암의 위험을 높일 수 있다고 발표했다. 프린스턴 대학 또한 대량 사육을 위해 항생제가 과도하게 사용된 동물의 고기를 섭취하는 것은 인체 내 항생물질에 대한 내성균을 증가시킬 수 있다고 보고했다. 이제 이런 종류의 통계 자료는 끝없이 찾아볼 수 있다.

영국인은 평균적으로 일주일에 696그램의 고기를 소비한다. 그 결과는 상당히 비참하다. 2014년에는 67퍼센트의 영국 남성과 57퍼센트의 영국 여성이 과체중이거나 비만이라는 사실이 보고되었다. 현재 영국의 남성 5명 중 1명이 관상동맥 질환으로 사망하고 있다.

영국과는 달리, 한국은 건강식의 풍부한 역사와 전통을 가지고 있다. 콩을 발효한 음식과 녹색 채소를 위주로 해 적당량의 생선을 곁들인 한국의 전통 밥상보다 더 건강한 식단은 세계 어디서도 찾아볼 수 없다.

전통적인 방법으로 한식을 만들어 먹는 것이 바쁜 현대 사회에서 쉽지 않음을 나도 잘 알고 있다. 그러나 한국의 전통 식단이야말로 건강의 지름길이다. 원한다면 일주일에 한두 번쯤 적은 양의 고기를 곁들이면 된다. 영국과 같은 상황이 되지 않도록, 한국인은 더 늦기 전에 한국의 전통 식단으로 돌아가야 할 것이다.

PART 4

팀 알퍼 씨,
오늘 저녁 회식 어때요?

━━━━━━━━━━ 내가 어렸을 적 아버지는 틈만 나면 나를 앞에 두고 은퇴에 대해 이야기하셨다. 60세가 되자마자 바로 은퇴할 것이라고, 어서 빨리 은퇴 생활을 즐기고 싶다고 하셨다. 나는 그런 아버지가 안쓰럽게 느껴져서 얼른 60세가 되어 진정으로 삶을 즐기면서 사시길 바랐다. 정말로 아버지는 60세가 되자마자 35년간 일했던 치과의사 생활에서 은퇴했다.

마침내 일에서 자유로워진 아버지는 정원 가꾸기와 사이클링 등 다양한 활동으로 시간을 보냈다. 인생을 즐기는 것처럼 보였다. 그런데 6개월 후에 갑자기 다시 일을 하겠다고 선언했다.

어안이 벙벙해진 내가 물었다.

"그게 도대체 무슨 말씀이세요? 기껏 은퇴하셨는데 왜요?"

아버지는 이렇게 대답했다.

"나는 35년간 치과의사 존 알퍼였는데 지금은 그냥 존 알퍼야. 그게 마음에 안 들어."

영국의 19세기 관념론 철학자들은 직업만이 인간에게 사회 안에서 그의 자리와 존재 이유를 준다고 믿었다. 그들의 이론이 다소 암울하게 들릴 수도 있겠지만, 사실 직업에는 긍정적인 면이 많다.

사회는 고용 상태의 사람에게 일련의 도덕 법칙을 부과한다. 정해진 시간에 출근하고 최선을 다해 맡은 일을 처리해야 할 의무다. 월급으로 가족을 부양하고, 가난한 이들을 지원하고 도로를 고치는 데 사용될 세금을 낼 의무도 있다. 직업은 사회가 잘 돌아가도록 해주고 사회의 윤리적 가치를 지속시켜준다.

일이 고되고 따분하게 느껴질지라도 우리의 몸과 머리는 한가한 상태를 원하지 않는다. 복권에 당첨되어 다니던 직장을 사버릴 정도로 돈이 많아져도 재미없는 직장에 계속 다니는 경우가 많은 것도 그 때문이다. 일은 신나지 않을 수도 있지만 일이 없으면 인간의 기능을 제대로 수행할 수 없다.

예전에 서울 강남에서 일한 적이 있다. 이른 아침 출근길에 (6시 30분부터 근무였다) 어제는 반질반질했을 구두를 대충 차서 벗어버리고 역시 어제는 말끔했을 바지가 구겨진 채로 술 취해 문가에 널브러져 잠든 직장인을 넘어가야 하는 때가 가끔 있었다.

경동시장 근처에서 일한 적도 있다. 그곳에서는 할머니들이 나무껍질과 진한 붉은색 열매를 팔고 있어 창밖에서 가끔씩 이 세상 것이 아닌 듯한 냄새가 풍겨 왔다. 명동에서 일할 때는 중국 관광객들 때문에 발 디딜 틈이 없는 거리를 걷기도 했다.

청담동에서도 일했다. 사무실 창문 밖으로 명품 매장밖에 보이지 않았는데 너무 고급스러워 보여서 그런지 그런 매장에 들어가는 사람은 아무도 없었다. 동국대학교 옆에서 일할 때는 멋진 사찰과 은행나무가 줄지어 선 조용한 길을 볼 수 있었다.

한국 자본주의 동력의 심장부인 을지로에서도 일했다. 하늘에 닿을 듯이 우뚝 솟아 있는 빌딩들로 즐비한 그곳 사무실까지 엘리베이터를 타고 올라갈 때면 귀가 먹먹해졌다. 거기에서 일하게 된 첫 주에는 내내 멋진 전망에 감탄했다. 남산타워 꼭대기에서 보는 전망보다 좋았다. 미세먼지가 없는 날이면 북한

산, 인왕산, 도봉산도 또렷이 보였다.

　예전 직장에서 무슨 일을 했는지는 잘 기억나지 않지만 창문 밖으로 내다보이던 풍경과 출퇴근길의 냄새와 소리만은 생생히 기억한다.

　직장을 그만두면 거기에서 했던 일은 머지않아 완전히 기억나지 않는 꿈처럼 되어버린다. 오랜 시간 동안 했던 업무도, 의미 없는 야근도 모두 기억에서 희미해진다. 내가 싫어했고 나를 싫어했던 상사도 더 이상 예전만큼 치 떨리는 존재가 아니게 된다. 곤드레만드레 취할 때까지 함께 술을 마셨던 동료의 얼굴도 희미해진다.

　하지만 예전 직장을 상기시키는 소소한 것들은 어디에나 있다. 만나면 여전히 "과장님"이라고 부르는 후배, 회사 비품실에서 슬쩍 해왔지만 한 번도 쓰지 않은 스테이플러 등.

　우리 삶에서 그 무엇도 일만큼 인간적일 수는 없다. 내게 그 무엇보다 한국에 대해 많이 가르쳐준 것 또한 일이다.

빨리빨리 중독증

한국에 온 외국인이 가장 먼저 배우는 한국어가 '빨리빨리'라는 건 오래된 농담이다. 사실 이건 농담이 아니라 사실에 가깝다. 한국 어디에서 누굴 만나든 "빨리 주세요", "빨리 와", "빨리 해" 같은 말을 쉽게 들을 수 있다. 한국 사람들이 누군가를 '조금 느린 스타일'이라고 평한다면 그건 대체로 그이를 욕하는 것이라고 보면 된다.

이 '빨리빨리' 문화에는 묘한 중독성이 있다. 예전에는 동료가 내게 일을 맡기면서 "최대한 빨리 해달라"고 하면 굉장히 스트레스를 받았다. 하지만 요즘엔 나도 그 "최대한 빨리"라는 말을 자주 쓴다. 상대에게 "천천히 해도 돼요"라고 말하는 사람을 보면 싫어진다.

한국에 정착하기 전 스페인에서 1년 정도 산 적이 있다. 한국과는 반대로 아주 느긋한 국민성으로 유명한 나라다. 그 나라에선 '빨리빨리'라는 말 대신 '마냐나(mañana, '내일'이라는 뜻)'라는 말을 자주 쓴다. 실은 이 말을 쓰는 사람들의 진심은 내일이 아니라 다음 주나 다음 달을 가리킬 때가 많다. 심지어는 '절대로 하지 않겠다'는 의사 표시이기도 하다.

한국의 '빨리빨리' 문화와 마찬가지로, 스페인의 '마냐나' 문화도 중독성이 있었다. 스페인에 살 때는 보통 지각을 했고, 해변에 나가 노느라 아예 일을 팽개친 적도 많았다. 스트레스라는 단어 자체를 잊고 살았다. 대신 거기서 뭔가 생산적인 일을 한 기억은 없다.

한국에 살면서 항상 '빨리빨리'라는 말에 시달리며 스트레스를 받았지만, 그 결과 내가 해낸 일의 성과에 놀랄 때가 많다. 이젠 사람들이 '혹시 언제쯤 끝날 수 있을 것 같아요?'라고 묻기도 전에 폭풍 같은 속도로 일을 마치는 법도 배웠다.

부작용도 있다. 스페인에서 살 때와 달리 너무 조급한 사람이 되고 말았다. '빨리빨리' 문화와는 거리가 먼 나의 모국 영국에 가도 변함이 없다. 가게에 가면 계산대 점원의 속도가 너무 느려서 고통스러울 지경이다. '좀 빨리하면 안 돼요?'라고 소리 지르고 싶어진다. 한국이 날 망친 걸까. 그래도 난 남은 생을 이 나라에서 살 것이니 괜찮을 것 같다.

유행대로 한국인, 내 멋대로 유럽인

왜 한국은 이제껏 톨스토이나 뭉크 같은 독창적인 예술가를 배출해내지 못했을까? 한편으로 유럽에서는 왜 엑소나 트와이스처럼 완벽한 안무를 보여주는 그룹이 탄생하지 못했을까? 한국 사람과 유럽 사람의 패션에 대한 너무나도 다른 접근 방식이 이 질문의 실마리가 될지도 모르겠다.

이번 가을 인천공항에서 런던 히드로 공항으로 이동할 계획이 있는 사람이라면, 아마 평생 동안 잊지 못할 패션에 관한 혼란스러운 경험을 하게 될 것이다.

인천공항에 있는 대부분의 사람은 아마 카키색 외투, 청바지, 긴 팔 티셔츠 등을 입고 있을 것이다. 하지만 런던에 도착하는 순간 어리둥절한 장면을 보게 될 것이다. 가령 이런 식이다. 앞에 지나가는 여성은 두꺼운 겨울 외투에 스카프를 두르고 털 달린 부츠까지 신고 있다. 그런데 그 뒤를 지나는 한 쌍의 커플 중 남자는 두꺼운 니트 스웨터만 입고 있고, 여자는 심지어 손바닥만 한 탱크톱에 발에는 플립플랍을 신고 있다.

이렇듯 두꺼운 겨울 외투와 비치웨어가 혼재되어 있는 영국 공항에서는, 사람들의 옷차림을 통해서 바깥 날씨를 짐작하기란 불가능하다.

공항을 벗어나도 상황은 크게 다르지 않다. 영국 사람들의 옷차림은 1년 내내 당신을 혼란스럽게 만들 것이다. 구름이 가득해 밤처럼 어두컴컴한 하늘 아래서도 선글라스를 쓰고 있는 사람들을 지나치게 될 것이며, 뜨거운 햇살이 내리쬐는 날에도 검은 긴 코트와 두꺼운 블랙진 그리고 군화로 무장한 10대들을 마주칠 것이다.

서양에서는, 특히 유럽의 경우에는, 어떤 옷을 입느냐가 나에 대한 다른 사람들의 판단에 큰 영향을 미친다. 만약 다른 사람들에게 인정받거나 좋은 인상을 주기를 원하는 사람이라면 옷을 고르는 데 신경을 많이 쓸 필요가 있다.

내가 영국에서 회사를 다닐 때의 일화다. 동료 한 명이 언제나, 심지어 추운 겨울에도 반바지만 고집했다. 그것이 그의 '스타일'이었다. 어느 추운 겨울날 그는 아무도 자신을 보고 있지 않다고 생각했는지, 종아리에 열심히 손을 문질러서 언 다리를 녹이고 있었다. 그러나 절대 긴바지를 입는 일이 없었고, 춥다는 사실도 결코 인정하지 않았다. 만약 누군가가 그에게 춥지 않느냐고 물었다면, 그는 눈을 반짝이며 자랑스러운 미소를 띠고 이렇게 대답했을 것이다. '전혀요. 오늘 같은 날씨가 반바지를 입기 딱 좋죠.'

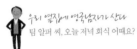
우리 옆집에 영국남자가 산다
팀 알퍼 씨, 오늘 저녁 회식 어때요?

그러나 한국은 매우 다르다. 만약 겨울에 누군가가 짧은 여름옷을 입고 다닌다면, 사람들은 '오, 독특한 스타일인데'라고 생각하는 것이 아니라 뭔가 잘못된 사람임이 분명하다고 여길 것이다.

어떤 패션 아이템이 인기를 얻게 되면, 한국의 모든 패션 브랜드는 앞다투어 그 상품을 카피하여 출시한다. 눈에 띄고 남들과 달라 보이는 것이 목표가 아니라 다른 사람들이 입고 있는 것을 따라잡는 것이 목표다. 대부분의 한국 사람은 개성 있는 스타일로 트렌드 리더가 되기보다는 최근 트렌드에 뒤처지지 않는 주류에 속하고 싶어 한다.

한국인과 유럽인, 이 두 집단은 각각 패션에 매우 다른 방법으로 접근한다. 한국 사람들은 새로운 패션 아이템이 유행하기 시작하면 그것을 자신의 스타일에 어떻게 접목시킬까를 고민하는 반면, 유럽인들은 본능적으로 그것을 거부할 방법을 찾는다.

패션에 대한 접근 방식이 서로 왜 이렇게 다른 걸까? 나는 그것이 조직 중심의 한국 사회와 개인 중심의 서양 사회라는 차이에서 비롯되었다고 생각한다.

한국 사람들은 조직을 만들어 일하는 성향이 강하다. 실제로 한국인들은 팀워크 발휘에 탁월하다. 세계적인 성공을 거둔 수많은 한국 보이밴드와 걸그룹이 바로 그 예다. 소위 '칼군무'라고 불리는 일사불란한 춤 동작은 서양의 팝그룹들은 도저히 흉내 낼 수 없다. 유럽인이 K팝의 열렬한 팬이 되는 가장 중요한 이유는, 자신의 나라에는 방탄소년단이

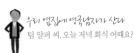

나 여자친구 같은 팀워크를 보여주는 그룹이 없기 때문이다.

이것은 사무실에서도 마찬가지다. 한국 회사의 부서들은 (과거 한국 경제를 일으켰던 협력적인 작은 마을 공동체를 연상시키는) 소그룹을 만들어 업무를 매끄럽게 진행해나간다. 반면 유럽의 경우 사무실에서 소그룹을 만들어 업무를 진행했다가는 끊임없이 언쟁을 벌이다가 결국에는 아무런 결과도 얻지 못할 것이다. 한국 건설 현장의 인부들도 팀워크를 보여주는 좋은 예다. 그 어떤 서양의 건설 현장 인부들도 서로의 마음을 읽는 듯 손발이 척척 맞는 한국의 인부들처럼 건물을 빨리 세워 올리지 못할 것이다.

유럽인은 개인 작업에서 두각을 나타낸다. 니체는 삶의 대부분을 은둔자로 살았다. 그는 심지어 자신을 '실스마리아의 은자'라고 묘사하며 스위스의 깊은 산속 외딴 오두막집에 홀로 틀어박혀 자기 저서의 대부분을 집필했다. 독창적인 팝 뮤지션 데이비드 보위, 소설가 톨스토이와 마르셀 프루스트 그리고 화가 뭉크도 은둔형 인간이었다.

한국은 아직 니체나 데이비드 보위, 뭉크 등을 배출해내지 못했다. 아마 앞으로도 배출하지 못할 것 같다. 한국인이 창의적이지 못해서가 아니라, 유럽인과 달리 혼자만의 고독을 잘 이겨내지 못하기 때문이다. 베토벤이나 반 고흐와 같이 광기 넘치는 고독한 천재들은 유럽인의 전형이다.

독특한 개인주의자가 된다는 것은 때때로 내가 남들과 다르다는 점을 인정하고 남들이 걷지 않은 길을 외롭게 찾아가야 한다는 것을 의미한다. 한국 사람들에게는 혼자서 작업하는 것은 불합리하고 달갑지 않은 일이다. 함께했을 때 더 많은 것을 성취할 수 있다는 것을 한국인들은 잘 알고 있다.

한국 사람들이 비슷한 옷을 입는 것도 조직의 일원이 되고픈 잠재의식 때문인 듯하다. 반면 유럽인들은 서로 다르게 옷을 입어 서로에 대한 거리를 유지하고 무리에서 분리되려 한다.

패션이야말로 유럽인들의 개인주의적 사고와 한국인들의 집단주의적 사고를 가장 명확하게 드러내는 것 같다.

지리가 기술 발달에 끼친 영향

지난번 영국을 방문했을 때 옥스퍼드에 있는 펍에 갔는데 바텐더가 근처에 사느냐고 물었다.

"아뇨. 한국에 살아요."

바텐더가 물었다.

"아, 그럼 한국에서 큰 기술 기업에 다니겠네요?"

그가 북한의 핵미사일이나 김정은, 개고기에 대해 묻지 않았다는 사실이 매우 인상적이었다. 영국 사람들은 한국에 산다고 하면 대부분 저런 것들만 물으니까.

하지만 그 바텐더는 교육 수준이 대단히 높은 사람인 듯했다. 나이로나 악센트로 보건대 케임브리지와 더불어 영국의 최고 명문대인 옥스퍼드 대학교 학생인 것 같았다.

많은 영국인이 삼성이나 LG 제품을 사용하지만 그 브랜드가 어느 나라 것인지는 잘 모른다. 생산지를 다양화하는 대부분의 다국적 대기업처럼, 한국의 삼성과 LG도 상품의 생산지는 물론 브랜드의 국적도 크게 드러내지 않는 경향이 있기 때문이다. 그것이 바로 그들이 국제적인 이미지를 유지하는 비결이기도 하다.

그래서 그 영국 바텐더의 질문이 더욱 인상적이었다. 드디어 영국의 엘리트들이 핵폭탄이나 개고기 말고 한국에 대한 무언가를 알게 되었구나 싶었다.

반대로 영국인인 내가 한국에 왔을 때 가장 많이 받았던 질문은, 한때 세계 최고의 기술력을 바탕으로 굵직한 성과를 내던 영국이 왜 더 이상 과학기술 분야에서 실질적인 성과를 못 내거나 새로운 제품을 개발하지 않는가였다. 그런 질문을 받을 만했다. 증기 기관, 철교, 백신, 전구, 일반 등급 품질의 철강재, 신호등, 전화기 등 영국은 한때 모든 기술 분야의 개발과 생산에서 최첨단을 달렸다. 그 기술력을 바탕으로 영국은 제조 부문을 산업화한 최초의 국가였고, 가장 전통적인 분야인 농업의 자동화를 이룬 최초의 국가이기도 했다. 오늘날 가장 대중적인 교통수단인 철도 시스템이 최초로 일반화된 도시도 런던이다. 영국의 발명품이 실로 근대를 창조했다고 해도 과언이 아니다.

그런데 과거에 그런 업적을 창출한 것이 과연 영국인들의 뛰어난 창의성이나 높은 IQ 덕분이기만 할까? 나는 다른 결정적인 요소가 있다고 생각한다.

영국은 대륙에 속한 나라가 아니라 섬나라이기 때문에 다른 유럽 나

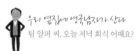

라들과 무역이나 전쟁을 하려면 배가 필요했다. 특히 8~9세기에 계속된 바이킹들의 침략을 통해 뼈저리게 깨달은 사실이었다. 바이킹들은 많은 사람을 태우고도 신속한 항해가 가능한 장선(long boat)을 발명해 영국 서해안의 도시들을 약탈하고 떠나버렸다.

그 패배를 통해 영국의 통치자들은 강대국들을 상대할 수 있는 작고 빠른 배의 필요성을 느꼈다. 그래서 그런 배를 개발해 강력한 해군을 형성하여 자국 방어는 물론 새로운 땅을 탐험해 식민지 개척에도 성공했다. 또한 그런 배를 이용해 1588년에는 엄청나게 큰 갤리선으로 침공을 시도한 스페인 무적함대까지 막아냈다. (지금도 영국 해군은 자그마한 영토 크기에는 어울리지 않는, 전 세계에서 미국과 중국, 러시아 다음의 해군력을 갖췄다.)

영국은 그런 막강한 해군력 덕분에 개척한 식민지에서 올리는 수익을 산업혁명 시대의 발명가들에게 투자해, 과학기술 분야에서 선진국에 올랐다. 마치 현대의 한국 정부가 수출을 통해 얻은 수익을 IT 연구자들에게 지원하듯이.

한편으로 섬나라 영국은 좋은 운송수단 체계를 유지하는 것에 절대로 소홀한 법이 없었기에 교통과 통신 분야의 혁신에 자원을 아낌없이 쏟아부었다. 제임스 와트가 1712년에 증기기관을 발명하고 얼마 안 있어 영국에서 세계 최초의 전국 철도 시스템이 완비된 것은 바로 그 때문이다. 비행기가 발명되고 나서 세계 최고의 공군을 설립한 나라도 바로 영국이다.

불리한 영국의 지리적 위치는 무역과 금융 분야의 남다른 발전에도 기여했다. 국제 외환 거래의 41퍼센트가 이루어지는 런던은, 국제금융센터가 발표한 자료에 따르면 일본과 미국을 능가하는 세계 최고의 금융 중심지다. 런던증권거래소도 유럽 최대, 세계 4위의 규모를 자랑한다. 교역에 능한 사람들이 영국에 많아서가 아니다. 영국은 섬나라지만 아메리카, 유럽, 아시아 대륙의 한가운데에 위치해 있어서 금융 거래의 중심지가 될 수 있었다.

한국 또한 불리한 지리적인 여건 덕분에 여러 산업을 발달시킬 수 있었다. 그 대표적인 산업이 건축업이다. 국토가 좁고 평지도 많지 않기에 한국인은 건물을 높이 올리는 법을 발달시켰고, 바로 그 고층 건물 건축술을 토대로 이제는 선 세계의 고층 건물 공사를 따내고 있다.

한국의 지형은 다른 면에서도 도움을 주었다. 유난히 산이 많은 나라에서 사는 한국인들은 국토를 가로지르는 고속도로를 닦기 위해 다이너마이트로 산을 폭파해 터널을 만드는 방법을 연마했고, 도시의 급속한 팽창으로 그 방법이 불가능해지자 굴착기를 이용해 지하 터널을 만드는 기술까지 개발했다. 그리고 바로 그 기술을 바탕으로 해외 여러 곳의 지하 터널 공사를 따내고 있다.

한국의 어부들은 장어와 게, 낙지 등을 일본 같은 나라에 많이 수출한다. 그런 수산물은 다른 나라에도 있지만, 한국의 어부들은 특히 서해안의 진흙 가득한 갯벌 속에서 그것들을 효율적으로 잡는 방법을 발달시

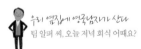

켰으며 양식법도 개발했다.

사실 장어는 내 모국인 영국 전역에서도 서식하는 수산물이지만 영국인 중에 장어를 제대로 잡는 법을 아는 사람은 드물다. 일반적으로 영국 장어는 너무 살이 없어 별로 가치가 없기도 하다. 실제 영국에서 장어는 진흙이 가득해서 장어가 포동하게 살이 오르기 좋은 템스 강 동쪽 하구 지역에서만 즐겨 먹는다. 그래서인지 이스트 런던의 특산물은 장어 젤리다.

한국인은 갯벌과 해안 지역을 이용한 어업을 발달시켰을 뿐 아니라 그 지형에 적합한 다양한 건축법을 발전시켰다. 그 결과 한국 해안 지역 간척지의 총규모는 1550평방킬로미터에 달한다. 중국과 네덜란드를 제외하고 세계 최고 수준이다.

인천공항에 도착한 방문객들에게 가장 먼저 눈에 들어오는 풍경 중 하나인 인천대교는 세계에서 일곱 번째로 긴 사장교로 한국의 탁월한 해안 개발 능력을 보여주는 또 다른 사례다. 한국 기업들은 이런 해안 개발 노하우를 이용해 영국 리버풀 인근의 머지 게이트웨이 교량 공사를 비롯해 해외의 여러 공사를 따내고 있다.

미국의 아카마이 테크놀로지스(Akamai Technologies)가 발표한 인터넷 현황 보고서에 따르면, 한국의 인터넷 속도는 그 어느 국가보다 22퍼센트나 빠른 세계 최고 수준이다.

이 역시 한국의 지리적 요소 때문이다. 미국이나 러시아, 캐나다 같은 나라는 너무 넓어서 외딴 지역에까지 케이블을 다 설치할 수가 없다. 그러나 한국은 땅덩어리가 작아 모든 지역에 케이블을 설치할 수 있었고 그래서 인터넷 속도가 전국 어디서나 빠른 것이다.

영국이나 한국처럼 작은 나라는 나라 전체를 무언가로 연결하가 쉽다. 영국은 오래전에 기차로 그 사실을 발견했고, 한국은 인터넷 케이블로 그 사실을 발견했다. 초고속 인터넷 선을 설치해 인구 밀도가 높은 지역에 사는 사람들을 무선인터넷으로 서로 연결시키는 기술력에 있어서 이제 한국은 초고수가 되었다.

세상에서 가장 빠른 인터넷 속도를 자랑하는 한국이 IT 기술 분야에서 세계를 선도하는 것은 그리 놀랍지 않은 현상이며, 영국의 한 바텐더까지 그 사실을 알고 있는 것도 어찌 보면 당연하다.

직함이 넘치는 사회

나 같은 유럽인에게 한국 직장의 직급 체계와 위계 문화를 이해하려는 노력은 헛수고나 마찬가지다. 노력하면 할수록 점점 더 미궁에 빠지는 기분이다. 한국에서 10년 넘게 일했건만 아직도 주임과 대리 중에 어떤 직급이 더 높은지 헷갈릴 때가 많다.

예전 직장에서는 이런 일도 있었다. 중년의 남자 직원 하나가 오더니 "영어 명함을 만들어야 하는데 인사 차장을 영어로 뭐라고 써야 하나요?"라고 물었다. 나는 "HR 매니저(Human Resource Manager)라고 쓰면 됩니다"라고 친절하게 답해줬다. 두어 시간 뒤 그 남자 직원보다 약간 더 나이 들어 보이는 여자 직원 하나가 오더니 "영어로 인사 실장을 뭐라고 하나요?"라고 물었다. 역시나 HR 매니저라고 답하려다가 그 여성의 직급이 더 높아 보여서 HR 디렉터라고 말해줬다. 한 시간 뒤 앞선 두 사람보다 더 높아 보이는 사람이 와서 물었다. "인사 부장은 영어로 어떻게 쓰는 거요?" 그때 나는 인사부로 뛰어가 이렇게 외치고 싶었다.

'전부 다 매니저라고 하면 돼요! 당신들 직급이 뭐든 간에 영국에선 전부 매니저라고 부른다고요!'

영국을 비롯한 유럽 회사에서는 각 부서 책임자와 CEO 외의 직원은 별다른 직급이 없는 경우가 대부분이다. 한국 기업은 사뭇 다르다. 모든 직원에게 각각의 직함을 부여하는 걸 좋아한다. 직원 다섯 명짜리 회사에서도 각각의 직급이 위계별로 정해져 있다. 직원 두 명짜리 회사에서 한 명은 사장이고 다른 한 명은 이사라고 말하고 다니는 걸 본 적도 있다. 조기 축구회만 가도 회장이 있고 그 밑에 부회장, 고문, 총무 등이 위계 순으로 도열한다.

한국에서 10년 넘게 일한 덕분인지 나도 '과장님'이나 '팀장님' 소리를 듣고 싶을 때가 있다. 하지만 곰곰이 생각해보면 그런 직함에 집착하는 게 얼마나 공허한 일인지 깨닫게 된다. 중요한 건 실질이다. 과장이든 팀장이든 그 과나 팀에 속한 직원이 하나도 없다면 무슨 소용이겠는가. 국민 한 명 없는 나라의 왕으로 군림할 바에는 수많은 동료와 부대끼며 일하는 게 좋다.

안 받으면 섭섭한 명절 선물

매년 명절 때면 내 무릎은 수난을 겪는다. 지하철이나 길거리에서 사람들이 들고 다니는 큼지막한 선물 보따리에 부대끼는 탓이다. 특히 추석 땐 여전히 날씨가 더워서 반바지를 입을 때도 있는데, 그때마다 후회하곤 한다.

명절이라는 개념은 유럽이나 미국에도 있지만, 직장에서 주는 명절 선물은 없다. 서양에선 보통 명절 보너스를 받는다. 요즘엔 그것마저 계좌로 입금돼, 실질적으로 손에 쥐는 건 없는 셈이다. 한국에선 그 반대다. 명절 때면 사람들이 샴푸나 치약, 견과류, 식용유 같은 것이 잔뜩 든 선물 세트를 두세 개씩 들고 다닌다. 백화점도 연휴 전날이면 동네 구멍가게라도 된 것처럼 이런 상품을 묶어서 팔아댄다.

그런 선물 세트를 들고 다니는 사람들 표정은 정말 행복해 보인다. 내겐 마치 그 표정이 '우리 회사는 명절 때 이런 선물 세트를 사원들에게 줄 정도로 넉넉하답니다'라고 말하는 것처럼 보인다.

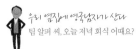

우리 옆집에 영국남자가 산다
팀 알퍼 씨, 오늘 저녁 회식 어때요?

딱 한 번, 명절 때 선물 세트를 받아본 적 있다. 처음 보는 브랜드의 치약과 비누가 들어 있는 세트였는데, 사실 형편없었다. 내 인생에서 받아본 선물 중 최악에 속했다. 하지만 그걸 들고 집에 들어가던 때의 그 정체 모를 흐뭇한 기분은 아직도 기억난다. 버스 안에서 나도 모르게 그걸 흔들다가 옆 사람 무릎을 치기도 했다. 그 사람에게 "미안합니다" 하면서도 속으로는 '이거 회사에서 받은 거예요'라고 자랑하고 싶었다.

명절 선물 세트의 신비한 점은 받아서 집에 가져올 때는 그렇게 멋져 보이던 물건들이 명절이 끝난 뒤엔 갑자기 초라하게 보인다는 것이다. 주위에는 몇 달이 지나도록 선물 세트를 개봉조차 하지 않았다고 하는 사람도 꽤 있다. 그래도 회사가 선물 세트를 돌리는 것은, 선물 자체가 아니라 명절 기분을 내는 게 중요하기 때문이 아닐까.

내가 다니는 회사에서는 올해 선물 세트를 주지 않았다. 대신 상품권이 들어 있는 봉투를 줬다. 백화점에서 파는 선물 세트보단 훨씬 유용할 것이다. 그래도 집에 갈 때 손이 허전한 기분만은 달랠 길이 없었다.

직장인의 점심시간

날마다 점심시간이 되면 나는 서울에서 놀라운 광경을 목격한다. 유니폼처럼 똑같이 갖춰 입은 반소매 셔츠를 바지 안으로 집어넣은 수많은 남자들과, 장마철 핫 아이템인 레인부츠를 신은 수많은 여자들이 점심을 해결하고자 사무실에서 물밀듯이 쏟아져 나온다. 11시 30분쯤, 이때부터 식당 종업원들의 신경은 경기를 앞두고 있는 스프린터들처럼 날카로워지기 시작하며 동시에 한국 특유의 점심시간 풍경이 펼쳐진다.

서양에서도 커피 브레이크 타임과 가벼운 산책 혹은 낮잠까지 포함하는 60분 동안의 점심시간이 있던 시절이 있었다. 그러나 1980년대로 들어서면서 모든 것은 변했다. 1987년에 개봉한 영화 〈월 스트리트〉의 주인공 고든 게코(마이클 더글러스 분)는 이 변화를 상징하는 잊을 수 없는 말을 내뱉었다.

"Lunch is for Wimps(점심은 무기력한 사람들을 위해 있는 거야)."

고든 게코라는 캐릭터가 지나치게 현실적이었는지 아니면 사람들이

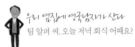
우리 옆집에 영국남자가 산다
팀 알퍼 씨, 오늘 저녁 회식 어때요?

그의 충고를 너무 심각하게 받아들였는지, 런던과 뉴욕의 직장인들은 점심시간에 컴퓨터 앞에 등을 구부리고 앉아 손바닥보다도 작은 샌드위치를 먹는 대열에 합류하기 시작했다.

때맞춰 불어닥친 경제 위기는 유럽을 우울하게 만들었고, 그런 분위기에서도 가벼운 발걸음으로 종종거리고 나가 여유롭게 식당에서 점심을 먹다가 직장 상사에게 발각되면, 두뇌가 콩만 하게 줄어든 생각 없는 사람으로 찍혔다.

이제 대부분의 서양 오피스 워커는 입에 쉽고 빨리 집어넣을 수 있는 간단한 빵 종류나 바나나, 초콜릿 바 등을 점심거리로 준비해 온다. 가장 중요한 것은 윗사람에게 매 순간 능률적으로 보여야 한다는 것이다. 그래서 먹기 복잡한 음식들은 무조건 'No!'다.

여기까지 읽고 서양 사람들의 먹는 속도도 빨라졌을 거라 예상할 수도 있겠지만, 그건 아니다. 먹는 속도 면에서 한국인은 타의 추종을 불허한다. '직장인 빨리 먹기 대회'라도 한다면 늘 힘없어 보이는 비쩍 마른 한국의 차장님들이 단연코 다크호스일 것이다. 그들은 사실상 사무실에서는 졸음으로 일관하지만, 밥상 앞에서만큼은 용맹한 기세로 달려들어 혀가 데일 정도로 뜨거운 밥과 국을 쇼트트랙 선수보다 빠른 속도로 먹어치운다.

그래서 한국 사람들은 나와 함께 점심을 먹는 것을 별로 달가워하지 않는다. 내가 두 번째 밥숟가락을 뜰 때 그들의 밥공기는 바닥을 드러내기 시작하기 때문이다.

그러나 한국의 점심시간 풍경에서 드러나는 서양과의 가장 놀랄 만한 차이는, 직장 내의 사회상이다. 한국 직장인은 왕따라도, 웬만하면 동료와 섞여서 점심을 먹을 수 있다. 직장 동료 외의 사람과 점심 약속이 따로 잡혀 있는 한국 직장인도 많다. 서양에서는 점심 약속이 따로 있는 사람은 인기인임이 분명하다.

서구권 국가에서 일하면 꿀맛 같은 6시 칼퇴근을 즐길 수 있을 것이다. 그러나 여유로운 점심시간은 포기해야 한다. 책상에서 눅눅하고 맛없는 샌드위치를 먹을 준비를 해야 한다. 게다가 팀장에게 미운털이 박히지 않으려면 키보드에 빵 부스러기를 떨어뜨려서는 안 된다.

극과 극의 휴가 문화

햇볕에 델 정도로 타서 따끔거리는 어깨, 흉하게 허물이 벗겨진 등, 옷에는 모래가 가득 묻은 채로 미지근하고 김빠진 맥주를 마시는 우리의 모습을 만약 외계인이 본다면, 우리가 스스로를 고문하고 있다고 생각할지도 모른다. 그러나 그것은 우리가 지칠 줄 모르고 일하다가 1년에 딱 1주일 여름휴가를 얻어서 즐기는 장면이다.

우리는 1년의 대부분을 비좁고 우울한 책상 앞에 앉아서, 여름휴가에 대한 상상의 나래를 편다. 유럽의 근로자들은 근로계약서의 휴가 기간에 관해서는 한 치의 물러남이 없이 당당하게 요구하는 반면, 한국의 근로자들은 휴가에 대해 올리버 트위스트가 고아원에서 먹을 것을 달라고 애걸하듯이 비굴 모드로 팀장에게 접근하는 것 같다.

3주 정도의 휴가가 일반적인 유럽과 마찬가지로, 한국 대부분의 회사도 1년에 14~21일의 휴가를 가질 수 있도록 규정하고 있다. 그러나 아시아권의 조직 사회에서 이 기간을 한 번에 다 휴가로 쓰겠다고 하면,

팀장은 어이없다는 듯 빵 웃음을 터뜨리거나 분노로 얼굴이 울그락불그락해질 것이다.

한국에서 휴가를 보낼 때마다 나의 고향 영국의 여름휴가와 비교하면 '극과 극'을 체험하는 기분이라 신기했다. 첫 번째로 눈에 띄게 달랐던 점은 태양을 향한 자세다.

늘 비가 내리는 침침한 영국에서는 햇빛을 거의 볼 수 없다. 그래서 비와 어둠 사이에 단 몇 시간 동안이라도 햇빛을 볼 수 있게 되면, 한국 사람 눈에 보기엔 19금 영화와 비슷한 장면이 펼쳐진다. 일단 남자들이 상의를 벗고 뻔뻔스럽게 거리를 활보한다. 벽돌이라도 튕겨낼 것 같은 식스팩과 가슴 근육을 가진 '몸짱' 스타일은 여성들을 즐겁게 하겠지만, 햇볕에 익은 불룩한 배를 자랑하듯 내밀고 다니는 남자도 있다.

런던 전역의 공원에서는 여성들도 조금이라도 더 햇살을 받고자 (아마 한국에서는 감옥에 갈 수도 있는 일이겠지만) 브래지어와 아래 속옷만 남기고 옷을 벗는다. 태양은 우리를 랍스터처럼 빨갛게 만들겠지만, 우리는 그런 피부가 우리의 창백한 피부보다는 낫다고 생각한다. 좀 극단적인 영국 사람들은 해가 중천에 떠 있을 때 식용유 한 병을 챙겨 들고 옥상으로 올라가 오븐에 구워질 준비가 된 치킨처럼 온몸을 기름에 절인다. 만약 여러분이 태양이 무서워 머리에서부터 발끝까지 꽁꽁 싸매고 양산 아래서 어깨를 움츠리고 런던 거리를 걷는다면, 런더너들은 당신을 다른 별에서 온 사람이라고 생각할지도 모른다.

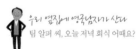

한국 사람들이 태양 아래 누워 있고 싶은 영국인인 나의 열망을 잘 이해할 수 없듯이, 나 또한 한국인들의 태양에 대한 크나큰 두려움을 잘 이해할 수 없다.

이번 달, 나는 부산으로 여행을 다녀왔다. 부산으로 향하는 동안 나는 수영복 차림으로 파도 속에서 장난스럽게 물방울을 튀기며 뛰노는 해변가의 아프로디테와 아도니스를 기대하며 내심 흐뭇했다. 그러나 부산에 도착하자 막상 내 눈에 들어온 것은 얼굴이 하얗게 되도록 선크림을 바르고 옷을 잔뜩 입고 떼 지어 걷는 사람들이었다. 게다가 그들은 파파라치를 피하려는 연예인들처럼 선바이저를 눌러쓰고 엄청나게 큰 선글라스까지 쓰고 있었다. 마치 〈오페라의 유령〉의 주연을 따내기 위해 오디션을 보러 온 사람들 같았다. 많은 사람이 몰려든 바다에 달랑 수영복 하나만 입고 들어간 사람은 나 혼자밖에 없었고, 내가 상어에게 큰 환영을 받을 것 같다는 생각마저 들었다.

잠시 후, 나는 아직 희망은 남아 있다고 생각했다. 아름다운 여성이 고가의 신상임이 분명한, 멋진 빨간색 비키니를 입고 탈의실에서 나왔다. '바야흐로 여름이 시작되는구나'라고 생각했다. 그러나 몇 초 후, 그녀는 해변의 자기 자리로 돌아가 인도의 길거리 아이들에게 뺏어 온 듯한 후줄근한 티셔츠와 반바지를 껴입기 시작했다. 남자 인생의 몇 안 되는 즐거움 중 하나는 비키니를 입은 수많은 여인이 있는 해변가에 한번 누워보는 것이 아닐까. 나의 즐거움은 눈 깜짝할 사이에 사라지고 말았다.

알바는 영어로 뭐라고 해야 할까?

'알바'를 영어로 뭐라고 번역해야 가장 정확할지 고민한 적이 한두 번이 아니다. 알바가 독일어 '아르바이트(arbeit)'에서 유래했다는 것은 나도 안다. 하지만 주로 막노동 같은 육체노동을 가리키는 독일어 아르바이트에 비해, 한국의 알바는 훨씬 미묘한 뜻을 함축하고 있으며 일 자체는 물론 그런 일을 하는 사람도 가리킨다.

어쨌든 알바를 영어로 뭐라고 해야 할까? '파트타임 잡(part-time job)'이라는 답이 가장 많이 나오겠지만 내 생각은 다르다. 파트타임 잡에는 알바의 의미 중 한 가지 측면밖에 포함되어 있지 않다. 한국의 알바 중에는 카페나 편의점에서 낮은 직급으로 단기간 일하는 일반적인 의미의 파트타임 잡도 있으나 풀타임 잡 형태도 있으며, 외국의 파트타임 잡보다 보수가 많고 전문적인 지식을 요하는 일도 포함되어 있기 때문이다.

한국인이 아닌 나로서는 한국인이 태어나 처음으로 하게 되는 돈벌이 중 하나가 '과외'라는 사실이 너무도 놀라웠다. 20대 초중반의 대학생

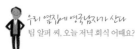

들이 그보다 약간 어린 초중고 학생들에게 수학이나 영어, 국어 같은 과목을 가르치는 일 말이다. 서양에서 개인 교습은 경험 많은 학교 교사들만 하는 위신 높은 일이니 놀랄 수밖에 없었다.

당연히 영국에서는 과외비가 매우 비싸다. 학교 교사가 정규 근무시간 이외에 학생을 가르치려면 금전적으로 강력한 동기가 필요하니까. 그렇다 보니 대부분의 서양 아이들은 과외를 받아본 경험이 없다.

그런데 한국에서는 길거리만 나가면 전봇대 하나 걸러마다 개인 과외를 구하는 광고지가 잔뜩 붙어 있다. 특정 과목에 우수했던 학생들이 비교적 저렴한 가격으로 과외 지도를 제공한다.

한국에서 과외 알바를 한다는 것은 따로 자랑할 필요가 없는 대수롭지 않은 일이지만, 영국에서 학생의 시험 준비를 도와주는 일을 한다는 것은 만나는 사람마다 붙잡고 자랑할 만한 일이다. 자신이 매우 높은 지적 수준을 갖췄음을 나타내는 징표이기 때문이다. 그래서 영국 출신인 나는 전문적 지식을 요하는 개인 지도가 한국에서는 '알바'라는 다소 보잘것없는 일로 불린다는 사실이 여전히 놀랍기만 하다.

물론 한국 학생들은 소매 업종에서도 알바로 많이 일하는데, 영국 학생들도 마찬가지다. 영국 학생들은 여름방학이 시작되는 7월 초부터 9월(대학생의 경우 10월)까지 슈퍼마켓에서 제품 진열 일을 많이 한다.

젊은 영국인에게 특히 펍은 그야말로 꿈같은 일자리다. 영국인은 대부분 평소에는 수줍음 많고 말수도 적지만 술이 몇 잔 들어가면 지킬 박사와 하이드 수준의 변화를 보여준다. 특히 소도시나 시골일수록 펍은 사교의 중심지 역할을 한다. 정중하고 예의 바른 영국인도 술이 몇 잔 들어가면 사교적으로 변하고 (밤 9시 이후로 술 취하지 않은 유일한 사람인) 바텐더는 모든 사람의 관심을 한 몸에 받는다. 기분 좋아지는 술을 계속 마실 수 있게 해주는 사람인 만큼 모두가 바텐더에게 친절하다.

나도 20대 초반에 작은 시골에 있는 펍에서 일한 적이 있는데, 그때를 생각하면 아직도 흐뭇해진다. 빈 술잔을 씻어야 하고 영업시간이 끝나도 버티는 취객 때문에 귀찮을 때도 있었으며 페이도 높지 않았지만 말이다. 남자 손님들은 바텐더인 나를 친절하고 유쾌하게 대했으며, 살짝 취한 여자 손님들은 가끔 작업을 걸어오기도 해서 록스타가 된 기분이었다.

하지만 한국의 호프집에서 일하는 것은 별로 재미있지 않을 것 같다. 영국 펍에서는 고객이 직접 카운터에 가서 술을 주문해야 하는데, 한국의 호프집은 알바가 손님 테이블까지 가서 주문을 받고 술도 가져다줘야 한다. 또한 한국 호프집 대부분은 음식도 판매하므로 알바가 더 고될 수밖에 없다. 또 한국인은 식당에서 불평하는 것을 좋아하는데 알바들은 그런 손님도 정중하게 대해야만 한다. 영국에서는 바텐더한테 소리치면 술집에서 쫓겨날뿐더러 다시는 거기 출입 못 할 각오를 해야 한다.

한국은 많은 사람이 도시에 살지만 영국은 시골이나 준시골 지역에 사는 사람이 많아서 소매 업종 이외의 일거리도 흔하다. 나는 열여섯 살

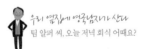

여름방학에 동네 골프장에서 벙커 모래 고르기와 생울타리 가지치기를 했다(둘 다 등골이 빠지게 고된 일이었다). 동네 골프장이라고는 하지만 집에서 자전거로 한 시간 거리여서 일이 시작되는 새벽 6시까지 가려면 적어도 새벽 5시에는 집에서 나가야 했다.

동틀 무렵의 영국 시골길은 차가 하나도 없는 토끼들의 놀이터다. 자전거를 전혀 두려워하지 않는 토끼들 때문에 출근할 때마다 회색 털로 가득한 미로를 요리조리 헤쳐 나가는 기분이었다. 아침 6시부터 오후 2시까지 여름의 강렬한 태양 아래에서 일하다 자전거로 집에 돌아왔다. 땀을 뻘뻘 흘리며 일한 대가는 고작 시급 2파운드였다(당시 가치로 환산하면 2000원도 안 된다).

한국 사람들한테 이 이야기를 들려주면 일단 내가 완전 시골 촌뜨기 출신인 줄로 알고, 대도시에서 경험했던 자신들의 알바에 비하면 내 알바는 구소련 작가인 솔제니친 소설에나 나오는 강제노동처럼 여기는 것을 느낄 수 있다.

한국에 와서 내가 하게 된 알바는 그야말로 약간의 현금을 받고 하는 일회성 일이다. 이를테면 자녀가 쓴 영어 에세이를 감수해달라거나 웹사이트를 번역해달라는 부탁을 받고 하는 일이다. (국세청 관계자 여러분, 물론 저는 이런 알바를 통해 버는 돈도 꼭 국세청에 신고합니다!)

어쨌거나 한국에서 쓰이는 '알바'라는 말은 영어로 번역하기가 쉽지 않다. 한국의 독특한 상황이 많이 반영되어 있는 말이기 때문이다.

한국인의 슬리퍼 사랑

내가 가본 지구상 그 어떤 나라보다 한국에서 사랑받는 물건이 있다. 바로 플라스틱 재질의 슬리퍼다. 지금 이 글을 쓰고 있는 내가 일하는 사무실에도 정확히 6명의 직원이 그런 슬리퍼를 신고 있다. 사실상 나를 제외한 모든 직원이 신고 있다. 한국 어느 회사에서 일하든 아마 반경 500미터 안에서 플라스틱 슬리퍼를 신은 사람을 찾을 수 있을 것이다.

직장이나 학교에서 격식 있는 옷차림을 강조하는 한국이지만, 플라스틱 슬리퍼는 예외다. 단정하게 교복을 입은 아이도 슬리퍼를 신고 다니고, 말끔한 와이셔츠를 입은 회사원도 회사에서 슬리퍼를 끌고 다니며, 곱게 화장한 커리어우먼도 슬리퍼를 신고 일한다.

한국의 슬리퍼 문화를 비웃는 건 전혀 아니다. 그저 낯선 문화라고 생각할 뿐이다. 영국이나 다른 외국에서 살 때 플라스틱 슬리퍼는 대개 해변에 놀러 갈 때나 신는 물건이었다. 해변이 아닌 다른 곳에서 그런 슬리퍼를 신는 사람은 '패션 테러리스트' 취급을 받았다.

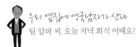

우리 옆집에 영국남자가 산다
팀 알퍼 씨, 오늘 저녁 회식 어때요?

처음엔 나도 말쑥한 양복 차림으로 출근한 사람이 자리에 앉자마자 낡고 볼품없는 슬리퍼로 갈아 신는 모습이 좀 우스꽝스럽게 보였다. 하지만 여기서 10년쯤 살다 보니 '그러면 안 될 건 또 뭔가'라는 생각이 든다. 일할 때 불편한 하이힐 같은 걸 굳이 계속 신고 있을 필요는 없지 않은가? 게다가 한국처럼 덥고 습한 나라에서 여름철에 하루 종일 신발을 신고 일하는 건 고역이다. 가죽 재질로 된 신발은 사실 발을 가두는 일종의 감옥이다. 슬리퍼는 잠깐이나마 그 감옥에서 탈옥시켜주는 고마운 존재 아닐까. 나 역시 이제 네 켤레의 슬리퍼를 구비해두고 있다. 하나는 사무실용, 하나는 목욕탕용, 다른 하나는 오래 신어 낡은 것으로 주로 쓰레기를 버리러 갈 때 신는다. 그리고 최근 거금 만 원을 주고 산 새 슬리퍼는 아끼며 특별한 경우에만 신는다.

슬리퍼에 관한 재미있는 사실 하나 더. 당신이 신입사원이라면 아마 슬리퍼를 신더라도 본인의 책상에 앉아 일할 때만 조심스럽게 신을 것이다. 하루 종일 자유롭게 슬리퍼를 착용한 채 사무실을 활보할 수 있다면, 추측건대 당신은 최소한 부장 이상 직급일 것이다.

야근이 즐거울 수 있을까?

"혹시 한국 회사 문화를 좀 아시나요?" 한국에 온 후 면접을 볼 때마다 받은 질문이다. 한국에서 사무직에 지원하는 서양인이라면 누구나 똑같은 질문을 받으리라고 확신한다.

완곡어법을 사용한 이 질문은 사실 '문화'와 아무런 상관이 없다. 동료들과 같이 혹은 혼자 점심을 먹을 것인지, 회사의 계층 구조를 존중할 것인지, 회식에 참석할 것인지, 직책 높은 사람들을 보고 인사를 할 것인지를 묻는 질문이 아니다. 사실 그런 것들은 아무도 신경 쓰지 않는다. 이 질문에 담긴 진짜 의미는 바로 '야근을 하겠습니까?'다.

그래서 반대로 서양인들은 한국에서 면접을 볼 때 반드시 이 질문을 한다. "여기는 혹시 야근 많이 해요?"

내가 이 질문을 할 때마다 모든 면접관이 시선을 은근슬쩍 피하면서 약간 멋쩍은 표정으로 대답했다. "별로 안 해요. 가끔 바쁠 때만 하죠." 회사가 '바쁠 때'가 얼마나 자주 있을까? 합격해서 일해보면 곧 알게 된다.

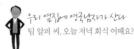

영국에는 사실상 야근이 없지만 한국의 사무직 직장인이라면 대부분 절대로 피할 수 없는 것이 바로 야근이다. OECD에 따르면 세계에서 한국보다 근무시간이 긴 나라는 딱 두 곳 뿐이다(놀랍게도 코스타리카와 멕시코). 한국인이 직장에서 보내는 시간은 영국인보다 연평균 무려 447시간이나 많다.

한국 회사에 처음 취직했을 때 그곳에서 일한 지 꽤 되는 미국인 동료가 말했다. "여기는 하루 중 언제든, 무슨 요일이든 회사에 와보면 언제나 일하고 있는 사람이 있어. 주말이든 새벽 3시든 항상 누군가 있지."

그 말은 사실이었다. 사무실이 완전히 텅 비는 때는 절대 없었다. 한국 사무실 건물은 영국의 그것처럼 완전히 폐쇄되는 때가 없다. 사람들이 언제고 일을 할 수 있어야 해서다. 한국에 경비직이 많고 전기 사용량이 엄청난 것도 그래서다.

강남이나 을지로, 여의도에 있는 큰 사무실 빌딩을 보라. 언제 어느 때건 적어도 한두 층에는 불이 켜져 있다. 그 안을 들여다보면 책상 사이를 분주히 오가는 사람들의 모습이 보인다.

런던의 새로운 금융 중심지 도크랜즈(Docklands)와 비교해보자. 그곳에 있는 빌딩들 내부는 평일 아침 8시부터 저녁 7시까지는 사람들이 벌떼처럼 바글거린다. 하지만 저녁 8시가 넘으면 그 빌딩들은 조용한 콘크리트 기둥으로 변한다. 주말에 가보면 꼭 유령 도시 같다.

영국인은 야근을 하지 않는다. 게을러서가 아니다. 영국의 노동법이 세계에서 손꼽을 정도로 엄격하기 때문이다. 원래부터 그렇지는 않았다. 영국도 한때는 세계에서 가장 길고 악랄한 노동시간을 가지고 있었다.

특히나 산업혁명 시절에는 아이들마저 제대로 먹지도 않고 수면 시간까지 줄이며 하루 19시간을 내내 일했다. 그러니 공장에서 사고가 빈번하게 일어날 수밖에 없었다. 잠이 부족한 노동자들의 손가락이나 팔다리가 기계에 휘말려 들어가 끔찍한 사고로 이어졌다. 사무직 사람들도 새벽 6시에 출근해서 무급 초과 근무까지 하는 경우가 횡행했다.

1847년에 이르러서는 노예 노동처럼 끔찍한 지경에까지 처했다. 결국 의회는 여성과 어린이가 일주일에 60시간 이상 일하는 것을 금지하는 법을 통과시켰다. 영국의 극단적인 노동 문화가 끝나게 된 시초였다.

근무시간에 대한 정부의 태도가 유연해진 것을 감지한 영국의 노동조합들은 1일 8시간 근무 운동을 끈질기게 벌이기 시작했고, 1800년대 말에 이르러 근대의 9~5시 근무가 탄생했다.

오늘날 영국의 법정근로시간은 이 8시간제로 정착되었다. 점심시간 한 시간은 제외한다는 이유로 6시까지 연장하는 회사도 있지만 말이다.

영국에서는 한국 같은 무급 야근은 상상도 할 수 없다. 직원들에게 야근을 시키려면 시급의 1.5~2배의 수당을 지급해야 한다. 대부분의 영국 회사는 꼭 필요한 경우가 아니라면 야근을 시킬 엄두조차 못 낸다.

반면 한국에서는 야근을 피한다는 것이 엄두조차 못 낼 일이다. 운 좋게 어제 야근을 안 했더라도 오늘 아침 일찍 출근해보면 다른 사람들이

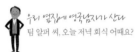

야근한 흔적을 보게 된다. 텅 빈 피자 상자와 치킨 상자가 그것이다. 그 상자들을 피해서 내 자리에 앉으면, 어제와 똑같은 옷을 입고 자기 의자나 회의실 구석에 쓰러져 자고 있는 사람을 보게 된다.

저녁 6시 15분에 사무실 막내가 내 책상으로 터덜터덜 걸어와 펜과 메모지를 내밀면 가슴이 쿵 내려앉는다. 저녁으로 뭘 먹을지 주문을 받으러 왔다는 것은 야근 명령이 떨어졌다는 뜻이기 때문이다.

예전에 근무한 어느 직장에서는 배달 가능한 근처 식당의 메뉴 전단지를 모아 만든 파일까지 있었다. 저녁 8시에 시켜 먹을 수 있는 메뉴가 수 페이지에 달했다. 하지만 가끔 피자를 시켜 먹는 때를 빼면 대부분은 중식으로 결정되었고, 그러니 회의실은 늘 기름 냄새를 풍겼다.

회의실에 모여 저녁을 먹는다니 암울하게만 들리겠지만 그래도 직원들과 함께 힘없이 터덜터덜 식당으로 향하는 것보다는 낫다. 식당에 도착하면 뭘 주문할지 정하느라 한참 걸리고 또 음식이 나오기까지 한참 걸린다. 사람들이 다 먹을 때까지 또 한참 기다려야 한다.

회사로 돌아오기까지도 한참 걸린다. 두어 명은 커피를 사러 가고, 근처 편의점에 들르는 사람도 있고, 또 다른 두어 명은 신속하게 한잔하러 가고, 몇 명은 담배를 피우러 사라진다.

드디어 사무실에 돌아오면 개인 전화를 걸고 양치질을 하고 화장을 고치느라 바쁘다. 그런 시간까지 모두 포함하면 저녁 식사 시간은 최소한 두세 시간이다.

상사가 워커홀릭이라서 퇴근 시간이 점점 늦어지면, 사무실 안에 타타닥 하는 키보드 소리가 울려 퍼지기 시작한다. 그룹 채팅방에서 상사만 빼고 나누는 대화가 시작됐다는 신호다.

"이제 할 일 없는데. 가도 되려나?"

"저도 할 일 없어요. 모르겠어요. 밤 새려나봐요. ㅜㅜ 정말 ㅁㅊㄴ. 선배님 먼저 가세요……."

"진짜 사이코 놈이야. 어제는 내가 먼저 갔으니까 오늘은 네가 먼저 일어나……."

상사가 없는 야근은 또 다르다. 직원들은 삐딱한 복수 게임을 시작한다. 바로 '법인카드 최대한 많이 긁기' 게임이다.

누군가가 크게 외친다. "나가서 뭐 사 먹자!"

"뭐 먹지?" 다른 이가 묻는다.

"비싼 거, 맛있는 거!"

대부분의 회사는 1인당 저녁 식대를 7000~9000원 선으로 제한하므로, '비싼 거, 맛있는 거!'를 먹으려면 그날 야근하지 않은 동료까지 야근 명단에 포함시킨다. 어느 날 나는 어제 저녁 6시에 칼퇴근한 내가, 어제 야근한 사람 명단에 포함되어 있는 것을 발견했다. 심지어 어제 나는 서로 3킬로미터는 떨어져 있는 일식집, 중국집, 백반집에서 같은 시간에 저녁을 먹은 걸로 영수증상에 나타나 있었다. 내가 손오공도 아닌데 말이다.

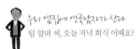

야근이 일상다반사인 한국에서는 진정으로 야근을 즐기는 사람도 있는 듯하다.

"과장님, 밤새 일하셨어요? 대단하다!"

이런 부하 직원의 칭찬을 듣고 마치 따뜻한 햇살에 푹 빠져 일광욕을 즐기는 표정이 되는 사람도 있는 것이다.

송년회에서 (반은 장난으로) 1년간 야근을 가장 많이 한 사람에게 상을 주는 회사도 있다. 이런 상을 받는 사람 중에는 처음에는 덤덤한 척하지만 끝내 자부심에 들뜬 표정을 감추지 못하는 사람도 있다. 자신이 얼마나 열심히 일하는지 회사 전체가 다 알아봐줬다는 뿌듯함 때문이리라.

나도 한국에 살면서 이런 뿌듯함을 이해할 수 있게 되었다. 야근 명령은 회사가 나를 필요로 한다는 사인이기도 하기 때문이다.

또 야근은 사람들과 함께 밤늦게 커피를 마시고 옥상에서 담배를 피운다는 뜻이다. 즉 엄청난 동지애를 느끼게 해준다. 악마 같은 상사와 회사에 대한 분노가 사람들을 하나로 단결하게 해주고 평생 이어지는 유대감을 만들어준다. 나만 해도 그렇게 같이 야근을 하다가 가장 친한 친구가 된 전 직장 동료가 몇 있다. 바로 그래서 드물지만 야근에 중독되는 한국인들도 생기는 것일 테다.

그렇다고 야근을 좋아하는 척하지는 않겠다. 나 역시 대부분의 한국인처럼 야근 없는 세상을 원한다. 다만 야근이 꼭 나쁜 것만은 아니라는 말을 하고 싶었다. 특히 법인카드 긁기 게임을 즐길 수 있다면 말이다.

남자 없이도 잘 사는 한국 여성

대부분의 사람은 걸그룹 미쓰에이가 2012년에 히트시켰던 〈남자 없이 잘 살아〉라는 곡을 귀에 쏙쏙 들어오지만 한때 유행하다 잊힐 가요로 생각할 것이다. 나 또한 2주 전까지는 그렇게 생각했다. 그러다 한 식당에서 전 직장 동료들과 식사를 한 후 생각을 바꿨다. 그들은 전부 30~40대 여성들이었다. 그중 한 명이 최근 오피스텔을 구입했다는 말을 꺼냈고, 그 얘기를 듣고 있다가 문득 지금 내가 아이를 낳아 기르는 것에 전혀 관심이 없는 부류의 여성들에 둘러싸여 있음을 깨달았다.

이제 한국 사회에서 이런 부류의 여성은 별로 유별난 존재가 아니다. 미디어, PR 그리고 IT 등 내가 한국에서 몸담았던 업계에는 독신 여성이 무수히 많다. 그 외의 다양한 분야에서 일하거나 심지어 취업하지 못한 미혼 여성 중에서도 인생을 혼자 보내는 것을 아무렇지 않게 생각하는 경우가 부지기수다.

2주 전 그날, 나는 〈남자 없이 잘 살아〉가 언젠가는 잊힐 유행가지만

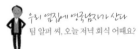

그 노래에 담긴 시대정신만큼은 이어질 것임을 깨달았다. 50년 전, 아니 불과 10년 전만 해도 미쓰에이처럼 젊고 매력적인 한국 여성들이 남자 없이도 잘 살 수 있다는 내용의 노래를 부르지는 않았을 것이다. 그러나 지금의 한국 여성 중에는 〈남자 없이 잘 살아〉를 잠재의식 속에서 자신의 주제가로 삼은 사람이 많아 보인다.

내가 알고 있는 대부분의 한국 미혼 여성은 나름대로의 매력이 있으며, 성격에도 큰 결함이 없다. 따라서 마음만 먹으면 결혼이 가능할 것처럼 보인다. 그러나 그녀들은 어느 정도의 자기희생과 포기를 감수해야 하는 결혼이라는 라이프스타일 자체에 별 관심이 없는 듯하다.

유럽에도 가정을 꾸리는 데 전혀 관심이 없는 여성이 많다. 내 여동생을 포함해서 말이다. 남편과 아이들 뒤치다꺼리하다가 자기 인생을 포기해야 할지도 모르기 때문이다. 물론 한국이나 서양 여성이 어떤 라이프스타일을 선택하든, 내가 그에 대해 왈가왈부할 권한은 없다. 또한 한국 여성이 자신의 삶을 선택할 자유를 갖게 된 것은 한국 사회가 이룬 가장 큰 혁명 중 하나이며, 그것이 대한민국에 여러모로 좋은 영향을 주었다는 것은 의심할 여지가 없다.

그러나 내가 지금 이야기하는 여성들이 기자, 방송 PD, 잡지 편집장, 교사, IT 전문가라는 사실이 나를 걱정시킨다. 요컨대, 그들은 한국의 여성 지식인층이다. 한국의 출생률은 이제 OECD 국가 중 가장 낮다 (1970년 한국의 출생률은 3위였다). 이미 출생률이 바닥을 치고 있는 현 시점에서, 만약 이 나라의 여성 지식인층 대부분이 출산과 육아의 길을 거부하는 선택을 한다면, 대한민국의 미래에 어떤 영향을 끼치게 될까?

다른 나라의 좋은 사례들을 통해 해결책을 모색해볼 수 있으면 좋겠지만, 아쉽게도 이런 문제를 잘 극복해낸 나라는 아직 없는 것 같다. 아마도 정부의 특단의 조치가 필요할지도 모르겠다. 이제까지 젊은 부부들을 경제적으로 지원하는 데 초점을 맞추었던 정부의 출산 장려책은 크게 실패했다. 이제는 다른 방향으로 눈을 돌려봐야 할 때인 듯하다.

여전히 한국 사회는 결혼이 늦어져 아이를 늦게 갖게 된 여성들을 탐탁지 않게 바라보고 있다. 간혹 지하철에서 어린 아기와 함께 승차한 나이가 좀 들어 보이는 엄마들을 볼 때마다, 그녀들 주변으로 곱지 않은 시선이 몰리는 것을 느낄 수 있다. 싱글맘 또한 한국에서는 아직도 매우 금기시되고 있다. 한국 사회가 이러한 태도를 바꾼다면 한국 여성 지식인들은 결혼이라는 제도적 틀에서 벗어나 아이를 갖는 시도를 용기 있게 해볼 수 있을 것이다. 독립적으로 사고하는 여성들은 자립을 소중히 여긴다. 사회적 자유가 늘어나면 이 여성들의 자립을 위협하지 않으면서 이들에게 더 많은 가능성을 제공할 수 있을 것이다.

그렇다. 아마도 한국의 여성 지식인들은 남자 없이도 아주 잘 살 수 있을 것이다. 그러나 출산율 바닥이라는 현실을 어떻게든 바꾸지 못한다면, 한국은 그들의 선택에 대한 큰 대가를 치러야 할지도 모른다.

은은한 촛불이 그립네

"저렇게 작은 촛불이 어쩌면 이토록 멀리까지 빛을 비출까!"

셰익스피어가 쓴 『베니스의 상인』에 나오는 유명한 대사다. 이 대사를 보면 셰익스피어가 확실히 영국 사람이란 걸 알 수 있다. 영국에 가본 한국 사람이라면 알 것이다. 한국에 비하면 영국은 암흑천지다. 거리도 어둡고 실내조명도 그리 밝지 않다. 그래서 촛불이 그렇게 멀리까지 빛을 비출 수 있는 것이다.

영국에선 저녁이 되면 거리가 어둠에 잠겨 맞은편에서 걸어오는 행인도 잘 안 보일 정도다. 한국의 저녁은 휘황찬란하다. 가로등은 물론, 형형색색의 네온사인 간판이 거리를 환하게 밝혀준다. 처음 한국의 저녁 풍경을 본 나는 SF 영화 〈블레이드 러너〉에 나오는 미래 도시에 온 기분이었다. 거기다 한국의 가로등이나 실내등은 모두 엄청나게 밝은 LED 등을 쓴다. 영국에서 그만큼 밝은 조명을 쓰는 곳은 병원 수술실 정도일 것이다. 우리 집에도 LED 등이 있지만 나 혼자 있을 땐 잘 켜지 않는다.

너무 밝기 때문이다. 대신 셰익스피어의 촛불 정도 밝기인 램프를 켠다. 그게 내 눈엔 편하다.

사무실의 내 책상 한쪽에는 LED 등이 들어간 탁상등이 있다. 이 탁상등 조명도 내 눈엔 너무 밝았다. 다행히 몇 달째 전구가 고장 나 있는데 지나가는 직원들이 꺼진 탁상등을 보고 "고장 났나봐. 고쳐야 하지 않아?"라고 묻곤 한다. 그럴 때마다 난 "괜찮다"며 손을 내젓는다. 언젠가 그들이 내 탁상등을 고쳐버릴까봐 불안할 지경이다.

사무실에 사람이 없을 때면 형광등을 한두 개쯤 꺼버린다. 그 정도 밝기가 딱 적당하다고 생각하기 때문이다. 하지만 누군가 사무실에 들어오면 어김없이 이렇게 말한다. "왜 이렇게 어두워?" 그러고는 이내 사무실의 모든 형광등에 불이 들어온다. 사무실은 공항 활주로처럼 밝아진다. 그렇게까지 밝아야만 할까 하는 의문은 여기서는 소용이 없다. 셰익스피어의 촛불이 그리워진다.

공짜 선물을 조심하라

서양에는 이런 속담이 있다. '선물을 들고 온 그리스인을 조심하라.' 이유 없는 호의를 베푸는 이를 경계하란 뜻이다. 목마로 트로이를 함락한 그리스군을 빗댄 이야기다. 이 속담을 한국 버전으로 바꾸면 '세탁용 세제를 들고 온 손님을 조심하라' 정도가 될 것 같다. 이웃이 세탁용 세제나 두루마리 휴지를 괜히 선물한다면, 십중팔구 그것은 인테리어 공사나 건물 개축이나 증축에 따르는 소음을 참아달라는 뜻의 뇌물이다. 숙취로 맥 못 추는 토요일 아침 7시, 귀를 뚫는 드릴 소리에 눈을 뜨고서야 그 뇌물을 받은 것이 후회된다. 쉬는 날 잠을 제대로 못 자겠는데 공짜 세제가 다 무슨 소용인가.

그러고 보면 한국과 내 고향 영국의 건물 공사 문화는 판이하다. 한국에서 몇 달이면 끝날 일이 영국에서는 서너 해가 걸린다. 한국에서는 그날로 '훌리건'을 연상케 하는 인부들이 나타나 건물 내부를 박살 낸다. 유리와 타일을 부수는 소리는 '로마 대약탈'을 연상케 할 정도다. 오후에는 중장비를 몰고 와 건물 외벽을 부스러기로 만든다. 현장은 곧바로 담장과 천으로 가려진다. 내부에서 어떤 일이 벌어지는지는 알 수 없다. 귀가 먹을 것 같은 소음이 한 달가량 이어질 뿐이다. 소음이 사라지면 '짜잔' 하고 새 빌라가 나타난다.

영국은 정반대다. 관료주의에 빠진 공무원이 건축 허가를 안 내준다. 1년이 지나 어찌어찌 허가를 받아도 이웃 주민이 "새 건물이 햇볕을 가린다"며 신축에 반대한다. 이웃을 설득하다 한 해가 흐른다. 첫 삽을 뜨는 데까지 걸리는 시간만 여차하면 2년이다. 영국도 한국의 선물 작전을 도입하는 걸 고려해볼 필요가 있다는 생각이 드는 대목이다. 설득이 조금이나마 쉬워질 텐데.

여하튼 언젠가는 공사가 시작된다. 한국의 소음이 지옥문을 두드리는 성난 악마를 연상시킨다면 영국의 공사 현장 소리는 고장 난 수도꼭지에서 물이 새 나올 때 나는 "또옥 또옥" 소리와 닮았다. 일정한 박자로 들릴락 말락 한 소리가 끊임없이 2년 정도 들려온다.

세제 한 통을 받고 한 달의 지옥을 견딜지, 희미한 소음에 2년 동안 스트레스를 받을지 선택하기란 어렵다. 하지만 이 대목에서 두 나라의 국민성이 확연히 나뉜다는 사실만큼은 분명하다.

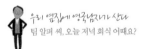

한파 속 기상 캐스터

한국 대표 TV 뉴스 채널 PD님들께.

매일 아침 출근 준비를 하면서 꼭 TV 일기예보를 봅니다. 오늘 눈이 내릴지 비가 내릴지를 모르면 바깥에 나갔다가 곤란한 상황이 닥칠 수도 있으니까요.

한국에서는 때때로 기상 캐스터가 외부에서 생중계로 날씨 예보를 하더군요. 봄에는 그래도 좋죠. 기상 캐스터가 아침 햇살에 반짝이는 벚꽃을 가리키며 환하게 웃는 걸 보면 시청자인 저도 절로 기분이 좋아지니까요. 그렇지만 요즘처럼 추운 겨울날 밖에서 떠는 기상 캐스터의 모습을 볼 때면 마치 공포영화를 볼 때처럼 온몸에 소름이 돋습니다.

지난겨울에는 여성 기상 캐스터가 영하 15도의 서울역 앞에서 일기예보를 하더군요. 신호등의 빨간불처럼 새빨개진 코와 턱이 딱딱 부딪히는 소리가 들릴 정도로 덜덜 떠는 모습에 예보 내용을 제대로 듣기조차 어려웠습니다. 다음 날 그 기상 캐스터는 인적 드문 공원에 서 있었는데, 그때는 코가 빨갛다 못해 새파랗더군요.

그날 밤 잠자리에 들기 전에 PD님 생각이 났습니다. 전화를 걸어 '저 안쓰러운 기상 캐스터를 사흘 연속으로 밖에 내보내지는 마세요'라고 말하고 싶었습니다. 다음 날 오전 6시에 TV를 켜자 그 기상 캐스터는 얼어붙은 한강 앞에 서 있었습니다. 비명처럼 울어대는 바람 소리가 마이크를 통해 들렸습니다. 불구대천의 원수라도 그런 처지에 놓고 싶지는 않을 정도로 눈 뜨고는 못 볼 광경이었습니다.

최근 제 고향 영국에서 영하 14도 날씨에 밖에서 생중계를 하던 기상 캐스터가 추위를 견디다 못해 욕설을 했다는 보도가 큰 화제가 되었습니다. 해당 보도는 소위 '낚시'라고 불리는 인터넷 허위 보도로 밝혀졌지만 조회 수는 엄청났습니다. 공분을 불러일으킬 만한 내용이었으니까요. 제가 본 그 기상 캐스터도 3일째에는 머릿속에서 수많은 욕설을 떠올렸을 겁니다. 그녀가 혹여 생방송에서 부적절한 언사를 하지는 않을까 걱정됩니다. PD님, 제발 그 불쌍한 기상 캐스터에게 자비를 베풀어주시길 부탁드립니다.

감사와 존경을 담아
팀 알퍼 드림.

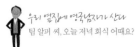

PART 5

시청역에서
사랑을 기다리는 영국남자

─────── 소크라테스는 재판에서 "성찰하지 않는 삶은 살 가치가 없다"라고 말했다. 물론 그가 현자라는 것은 인정하지만 이 말만은 완전한 헛소리다. 꼭 성찰을 해야만 살 가치가 있는 삶인 것은 아니다. 하지만 사랑이 없으면 어떻게 될까? 사랑이 없는 삶이야말로 살 가치가 없다. 짝사랑이나 혹은 고통과 괴로움으로 끝나는 최악의 사랑이라도 사랑하는 사람 덕분에 구름 속을 걷는 느낌이 들고 내쉬는 숨결마다 따스함이 느껴진 순간이 있을 것이다.

또한 나는 나이가 들수록 사람이나 사물에 대한 로맨틱한 사랑이 자신이 하고 있는 일을 사랑하는 방식과 다르다는 사실을 깨닫고 있다. 하고 있는 일에 사랑을 쏟지 않으면 일에서 절대로 자부심을 느낄 수 없다.

생계를 위해 거리에서 청소를 하는 사람일지라도 자신의 일에 사랑을 더할 수 있다. 자신이 깨끗이 청소해서 쓰레기가 없어진 거리를 사람들이 편하게 오가는 모습을 보면 행복이 샘솟을 수 있다. 은행업에 종사하는 간부들이 숫자나 그래프로는 절대로 느낄 수 없는 사랑이다. 요리할 때나 음식을 먹을 때, 혹은 말할 때, 소중한 사람을 대할 때도 약간의 사랑을 더한다면 언제까지나 사랑을 주고 행복을 받는 삶을 살 수 있다.

한국인은 사랑 가득한 세상에서 산다. 나처럼 한국에 끌리는 서양인이 많은 이유도 그래서다. 한국은 어디에서나 사랑을 찾아볼 수 있다. 영원한 사랑에 대한 맹세가 구구절절 담겨 있는 감상적인 대중가요에도, 커플들이 휴가 때 맞춰 입는 커플 티에도 사랑이 넘쳐난다. 심지어 김홍도의 그림 〈씨름〉에도 씨름을 찬미하는 사랑이 담겨 있다.

영국인들도 열정만큼은 뒤지지 않지만 그들은 자신들의 사랑을 숨기려고 한다. 일부 영국 연인들은 잭 밸런타인이라는 가명을 이용해서 선물을 교환한다. 사랑하는 사람의 집 앞에 "잭으로부터"라고 쓴 선물을 놓고 문을 두드리고 도망간다.

내 아버지는 여전히 밸런타인데이마다 (자신의 필체를 숨기기 위해) 왼손으로 카드를 쓴다. 보내는 사람을 쓰는 자리에는 '?'라고 표시해서 어머니에게 슬그머니 전달한다. 영국인은 오명과 당혹감, 수치심으로부터 자유로운 익명의 사랑이 더 활활 타오를 수 있다고 믿는다.

어느 나라에 살든 "사랑해"라고 말할 수 있는 방법은 수천 가지이고 사랑을 표현할 수 있는 방법은 수만 가지다. 여기 그중 몇 가지 방법을 담았다.

한국 연애는 보수적이기만 할까?

런던을 떠나 한국으로 오기 전에 한국인 친구가 조언을 하나 해주었다. "한국 사람들은 무척 보수적이야. 특히 연애에 관해서는." 한국에서 산 지 10여 년이 된 지금도 이 말이 맞는 말인지 틀린 말인지 잘 모르겠다.

나는 유럽에서도 가장 자유분방한 곳이라는 자부심이 자리하는 서유럽 출신이다. 영국 최고의 쇼핑 거리로 손꼽히는 런던 옥스퍼드 거리에 가보면 가장 눈에 띄는 규모를 자랑하는 매장이 바로 섹스 용품점들이다. 레이스 란제리는 물론이고 혐오와 환호를 동시에 자아내며 두 눈이 튀어나오게 만드는 섹스 토이가 천장에 닿을 듯 쌓여 있고, 다양한 연령대의 손님들로 발 디딜 틈이 없다. 옥스퍼드 거리 바로 뒤에는 유럽 게이들의 본거지라고 할 수 있는 소호가 자리한다. 그곳에서는 근육질의 남자들이 아무런 거리낌 없이 손을 잡거나 팔짱을 끼고 걸어 다닌다.

서유럽의 자유분방함은 북미 사람들까지도 놀라게 할 정도다. 캐나다의 싱어송라이터 조니 미첼은 1975년에 발표한 〈프랑스에서는 큰 길가

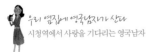

우리 옆집에 영국남자가 산다
시청역에서 사랑을 기다리는 영국남자

에서 키스하네(In France They Kiss on Main Street)〉라는 노래에서 파리를 방문했을 때의 놀라움을 다음과 같이 표현했다. "젊은 연인들이 다리 아래에서 차 안에서 카페에서 키스하네. 큰 길을 걷다 보면 특별한 날에 걸린 화려한 깃발처럼 사방이 키스하는 연인들이지."

2010년 나는 중년의 한국인 동료 네 명을 대동하고 유럽 출장을 다녀오라는 지시를 받았다. 비행기에서 내린 지 얼마 되지도 않아 나는 조니 미첼이 그랬던 것처럼, 대로변에서 키스하는 사람들을 넋 놓고 쳐다보는 동료들을 발견할 수 있었다. 호텔로 향하다가 술집의 바깥 자리에 앉아 혀까지 사용해가며 열정적으로 키스하는 젊은 남녀를 보았을 때 그들은 모두 아예 자리에 멈춰 설 정도였다.

그런데 놀랍게도 노골적으로 쳐다보는 그들의 행동이 나에게는 전혀 변태스럽게 느껴지지 않았다. 단순히 평생 처음 보는 광경이라 그런 것이었다. 조니 미첼이 수십 년 전에 묘사했듯이 밖에서 대놓고 애정을 표현하는 연인의 모습은 내 일행에게 특별한 날을 맞이해 사방에 내걸린 화려한 깃발 같았던 것이다.

순간 나는 어릴 때부터 흔하게 봤던 그런 장면이 한국 사람들에게는 매우 낯설 것이라는 깨달음이 스쳤다. 불법적인 홍등가나 영화 속에서라면 모를까, 사람들이 북적거리는 공공장소에서 그런 장면을 보는 것은 한국인들에게는 매우 드문 경험일 것이라고.

이틀 후 비에 흠뻑 젖은 런던의 버스 정류장에서 거칠게 서로를 디듬

으며 열정적으로 키스하는 두 남자를 봤을 때 나와 동행한 한국 아저씨들이 얼마나 큰 충격을 받았을지 상상해보라.

공개적인 애정 표현에 있어서 한국은 확실히 보수적이다. 손잡는 것 이상은 한국에서 실례로 여겨진다. 하지만 그것만 가지고 한국을 보수적인 나라라고 하기는 어렵다. 비록 공공장소에서 대놓고 스킨십은 하지 않을지라도 한국에는 여관이나 모텔, 노래방, DVD방 등 데이트 상대와 신체를 접촉할 수 있는 은밀한 장소가 무척 다양하다. 거의 모든 한국 도시의 뒷골목마다 그런 장소가 마련되어 있다는 사실은 한국인이 유럽인 못지않게 '전혀 보수적이지 않은' 재미를 추구한다는 것을 보여준다. 물론 신체적인 접촉이 연애의 전부는 아니다. 한국에서든 영국에서든 교제는 길고도 복잡한 과정이다.

틴더(Tinder) 같은 온라인 데이팅 앱을 사용하면 교제 과정을 아예 건너뛸 수 있지 않느냐고 반문할지도 모르겠다. 하지만 아무리 기술이 발달한 세상이라도 진짜 로맨스가 피어나려면 실제 만남이 이루어져야 한다. 아무리 밀레니얼 세대라도 온라인상의 사랑은 지나치게 추상적이다. 그리고 오프라인 세계에서는 당신이 살고 있는 나라의 문화적 기준을 완전히 생략하고 연애를 할 수 있도록 도와주는 앱 따위는 없다.

종교를 보면 연애가 보인다

과학자들은 우리 몸에서 분비되는 옥시토신이라는 화학물질이 사랑은 물론이고 종교적 영성까지도 지배한다고 말한다. 신경학에서도 연인의 사랑에 사용되는 심장정맥이 종교적 사랑에도 사용된다는 사실이 증명 되었다. 따라서 영국인과 한국인의 사랑 방식의 차이를 제대로 알려면 사람들이 진실한 감정을 쉽게 숨길 수 있는 영화관이나 레스토랑, 침실 같은 곳이 아니라 교회나 유대교 회당, 이슬람 사원 그리고 절을 살펴봐 야 한다.

영국인의 예배 방법은 이러하다. 3개월에 한 번 교회를 찾아가 고막 이 찢어질 듯이 큰 소리로 찬송가를 부르고 기도를 하며 주체 못 할 정 도의 성스러운 열정을 뿜어낸다. 『다빈치 코드』에서 종교에 대한 열정 으로 자신을 맹렬히 채찍으로 때리던 맹신자 사일러스를 떠올리게 할 정도로. 하지만 그런 영국인도 예배가 끝나면 종교 따위는 다 잊어버리 고 친구들과 술을 마시러 간다.

하지만 한국의 절에 가보면 분위기가 완전히 다르다. 절에서는 언제든지 한 무리의 아줌마를 볼 수 있다. 그들은 신발을 벗고 조용히 안으로 들어간다. 그러고는 소음을 방지해주는 방석 위에서 경건하게 108배를 올린 다음 조용히 절을 빠져나간다. 그들이 절하는 내내 스님은 천천히 목탁을 두드리며 낮고 단조로운 목소리로 쉬지 않고 불경을 읊는다. "나무아비타불⋯⋯." 똑똑똑⋯⋯.

한국인의 사랑 방식도 똑같다. 너무 빠르지도 않고 너무 느리지도 않게 졸졸 흐르는 시냇물과 비슷하다.

한국과 영국의 연인들이 연락을 주고받는 모습에서도 이런 차이가 보인다. 한국 연인들은 주로 하루 종일 끊임없이 오고가는 문자메시지를 통해 서로에 대한 관심을 표현한다. 그래서 한국에서는 남자 친구에게 잠은 잘 잤는지, 아침은 뭘 먹었는지, 오늘 출근할 때 뭘 입을 것인지 물어보는 것이 지극히 정상이다. 남자 친구가 아침에 집을 나서기도 전에 그 모든 질문에 답장을 보내는 것도 충분히 기대할 수 있는 일이다. 대부분은 일상적이고 단조로운 이야기가 오간다. 대화 자체에 포인트가 있다기보다는 끊임없이 연락을 주고받는 것이 목적이다. 카카오톡이 작은 스타트업 기업에서 대기업으로 성장할 수 있었던 것도, 한국인은 연애에 있어서도 지구상에서 가장 빠른 인터넷 속도를 필요로 하기 때문인지도 모른다.

반면 서양의 연인들에게 이러한 수준의 연락은 너무 과해 보인다. 상

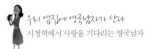

대가 그렇게 자주 문자메시지를 보내면 과도하게 집착한다면서 따분해하거나 성가셔할 것이다. 그들은 불규칙적이면서도 폭발적인 패턴의 연락을 선호한다. 며칠 동안 아무런 연락도 없다가 갑자기 연인에게 달콤한 칭찬을 늘어놓고 사랑의 시를 쓰고 셰익스피어의 소네트에 나오는 구절을 비롯한 끈적대는 말이 넘쳐나는 손 편지를 공들여 쓴다. 그렇게 열정적으로 사랑을 고백하고 누드 사진이 포함된 선정적인 문자까지 잔뜩 주고받다가, 며칠 동안 또 잠잠해진다.

종교 예배는 한국인과 서양인의 서로 다른 사랑 방식을 보여주는 통찰로 가득하다. 한국인은 일상적으로 절이나 교회를 찾는다. 깊은 신앙심을 보여주고 싶다면 일요일 예배뿐만 아니라 화요일 저녁 성경 공부까지 다 참석해 신앙생활을 일상으로 만들면 된다.

한국의 연인들에게는 기념일이 넘쳐난다. 매달 14일도 기념일이며 만난 지 50일, 100일, 200일 등이 되는 날도 모두 기념일이다. 한국에서 자신이 얼마나 헌신적인 연인인지를 보여주고 싶다면, 이 기념일과 다른 특별한 날도 전부 챙기는 것을 일상으로 만들면 된다.

한국의 연인들이 1월 14일을 '다이어리 데이'로 기념하는 것은 많은 것을 말해준다. 그들은 바로 그날 카페에서 만나 서로의 다이어리를 교환하면서 기념일을 서로 잘못 계산하지 않았나 확인해보고 서로의 1년 일정도 확인하면서 오후 시간을 보낸다. 그만큼 서로의 일상을 공유하고 싶어 하는 것이다.

한국에서 연애를 하고 있다면 조언을 하나 해주겠다. 축하 카드와 예쁘게 포장된 선물을 항상 준비해놓아라. 언제 중요한 날을 까먹고도 까먹지 않은 척해야 할 일이 발생할지 모르니까.

서양에서는 아무리 신앙심이 깊은 사람이라도 대부분 매주 예배에 참석하지는 않는다. 하지만 크리스천은 부활절만큼은 꼭 교회에 가고, 유대인과 이슬람교인도 대속죄일과 라마단일만큼은 각각 유대교 회당과 이슬람교 사원을 찾을뿐더러 금식도 지킨다.

마찬가지로 영국의 연인들은 다른 기념일은 안 챙겨도 밸런타인데이만큼은 꼭 챙기며 그날엔 로맨틱한 행동을 마구 퍼붓는다. 여자 친구의 직장으로 장미 스물네 송이(영국에서는 연인에게 열두 송이를 보내는 것이 일반적이나 이날만큼은 그 두 배를 보낸다)를 보내고, 몰래 바이올린을 배워 여자 친구 집 창문 아래에서 연주하기도 하며, 간신히 돈을 모아 다이아몬드 반지를 선물하기도 한다.

종교 단체가 연인을 만나기에 가장 이상적인 장소라고 생각하는 한국인이 많은 것도 우연이 아닐지도 모른다. 신앙심이 얄팍한 영국인들조차 교회 결혼식을 고집하는 이유도 이와 마찬가지다. 한국인과 영국인의 서로 다른 사랑 방식을 알려면 절이나 교회를 먼저 살펴보기 시작하는 것이 좋을 것이다.

비를 향한 한국인과 영국인의 사랑

내 할아버지는 걷는 것을 무척이나 좋아하셨다. 내가 걸음마를 떼기 시작한 직후부터 숲으로 골목길로 긴 산책길에 나를 데리고 다니셨다. 집을 나서기 전 하늘에 회색빛 구름이 몰려오기 시작하면, 나는 할아버지에게 물어봤다. "할아버지, 비가 오면 어떻게 해요?" 그러면 할아버지는 항상 이렇게 대답하셨다. "그러면 빗방울 사이를 걸어보자꾸나!"

이런 내 할아버지의 대답에서, 영국인과 한국인의 차이점을 발견할 수 있다. 한국에서는 근무시간 중 비가 내리면 사무실 전체가 공포감으로 술렁거린다. "어머, 나 우산 없는데!"라고 외치는 소리가 여기저기서 들리고, 어떤 이들은 동료에게 간절히 애원하기도 한다. "혹시 나한테 빌려줄 우산 있어?" 이런 상황을 보고 있으면 이곳 사람들은 모두 설탕으로 만들어진 건가 의심이 들 정도다.

영국인은 맑은 날 갑작스럽게 지붕을 뚫을 기세로 쏟아지는 비, 며칠간고 계속되는 이슬비 등 여러 종류의 비에 익숙하다. EPL 축구 경기를 본 적이 있는 사람이라면, 영국의 날씨가 어떤지 대강 짐작할 수 있을 것이다. 선수들은 대개 빗물에 쩍 들러붙은 유니폼을 입은 채 물에 빠진 생쥐 꼴을 하고 있다.

영국은 이렇게 끊임없이 비가 오는 나라임에도 불구하고, 대부분의 영국 사람은 우산을 가지고 다니지 않는다. 내가 한국 사람들에게 이런 이야기하면, 그들은 슈트에 중절모를 쓰고 서류가방과 검은 장우산을 들고 다니는, 자신들이 생각하는 영국 신사에 대한 이미지를 늘어놓곤 한다.

불과 몇 십 년 전만 해도 실제로 런던에서 그런 차림의 신사를 많이 볼 수 있었다. 그러나 한국인들이 그 멋진 신사들에 대해 잘 모르고 있는 한 가지가 있다. 그들에게 우산은 사실상 액세서리에 불과했다는 점이다. 그 신사들은 우산을 펼친다면 슈트에 중절모까지 갖춘 자신의 실루엣이 망가질 것이라고 생각했다. 그래서 비가 와도 웬만하면 우산을 펴지 않고 거리를 활보했다. 우산을 잘 안 가지고 다니는 영국인의 관습은 바로 그들에게서 비롯되었는지도 모른다.

그렇다면 비가 쏟아질 때 영국 사람은 어떻게 대처할까? 대답은 '그냥 흠뻑 젖는다'이다. 영국 사람들에게 왜 우산을 안 가지고 다니냐고 물어본다면 그들은 이렇게 대답할 것이다. '비는 그저 물일 뿐인데, 젖는다고 해서 무슨 일이 있겠습니까? 그냥 말리면 되죠.'

10여 년 전 처음 한국을 방문했을 때, 나는 큰 충격을 받았다. 비를 그

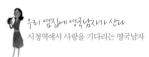
우리 옆집에 영국남자가 산다
시청역에서 사랑을 기다리는 영국남자

렇게 무서워하는 사람들은 그 어디에서도 본 적이 없었기 때문이다. 한국에서 비 오는 날 우산 없이 걸어 다녔다가는, 자칫 머리가 두 개 달린 괴물 취급을 받을 수도 있다.

비가 오는 날 한국 사람들은 우산이 없다면 신문으로라도 머리를 가린다. 사실 나에게는 참 어처구니없이 느껴지는 상황이다. 신문은 훌륭한 창작물이지만, 아쉽게도 방수 기능은 없기 때문이다. 손바닥을 펴서 머리의 아주 작은 부분이라도 젖지 않게 하려는 노력도 별 효과가 없기는 마찬가지다.

한국 사람들은 종종 나에게 이런 이야기를 한다. "한국에는 산성비가 많이 내려서, 그걸 맞으면 대머리가 될지도 몰라." 내 생각에 이 말은 사실이 아니다. 나는 한국에 온 이후로 비 오는 날 자주 달리기를 해서 머리까지 흠뻑 젖은 적이 셀 수 없이 많지만, 아직 탈모를 경험해본 적이 없다.

이렇게 비를 대하는 한국인과 영국인의 태도는 양쪽 모두 터무니없을 정도로 극단적이다.

모국인 영국을 떠나 한국 생활을 오래하면서 깨달은 것은, 나를 포함한 영국 사람들은 자신들이 절대 우산을 쓰지 않는다는 사실을 다른 나라 사람들에게 떠벌리기를 즐긴다는 것이다. 영국의 국가는 '나는 우산이 없다. 그리고 나는 그런 내가 자랑스럽다'가 되어 마땅하다.

영국 축구 팬들은 브라질이나 스페인 등 덥고 건조한 나라 출신의 재

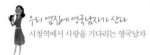

능 있는 축구 선수를 볼 때면 그들을 무시하듯 이렇게 말한다. "저 선수는 스토크(영국 최북단에 위치한 도시)의 야간 경기에서라면 절대로 저런 플레이를 보여줄 수 없어."

미국인 작가 모린 존슨은 이런 글을 남겼다. "영국인들은 어떤 날씨에도 하키를 한다. 천둥 번개가 쳐도, 비가 와도 하키를 하는 그들을 막을 수는 없다. 나쁜 날씨를 빌미로 하키에게 덤벼들지 마라. 어차피 하키가 이길 테니까." 그러나 사실 그녀는 틀렸다. 이것은 하키의 승리가 아니라 비의 승리인 것이다. 영국 사람들은 사실 하키를 비롯해 어떤 스포츠건 쏟아지는 빗속에서 벌어지는 경기를 선호한다. 비가 내리면, 영국 사람들은 공원으로 몰려가서 축구공을 차며 흥분한 오리들처럼 진흙탕에서 슬라이드를 해댄다. 그렇다, 우리는 비에 중독된 사람들이다.

박지성이라면 아마도 동의하겠지만, 맨체스터는 영국에서 가장 비가 많이 내리는 도시 중 하나다. 맨체스터에는 이런 민요가 전해져 내려온다. "비가 오는 날 맨체스터로 나를 데려가오. 앨버트 광장에서 나의 발을 씻고 싶소. 나는 자욱한 안개가 너무나 그립소. 나는 비가 쏟아질 때만 진정으로 행복을 느낀다오."

한국에서 비는 언제나 나쁜 소식이다. 그러나 모든 사람이 은밀하게 기다리는 소식이기도 하다. 한국 여성들은 유행을 타지 않는 패션 아이템인 장화를 무척 좋아한다. 또한 한국 사람들은 일반적으로 우산 구입에 많은 돈을 들이며 우산을 무척이나 소중히 여기는 듯하다. 수많은 한국의 패셔니스타가 센스 있게 매치한 자신의 우산과 장화를 자랑하기 위해 비가 오기만을 간절히 바라고 있지는 않을까.

한국에서 비가 많이 내리는 날이면 야구 경기, 야외 콘서트, 간혹 친구들과의 약속까지 모든 일정이 취소된다. 그러나 나는 사실 많은 한국 사람이 비 오는 날 집에서 홀로 고독에 잠기는 것을 즐긴다고 생각한다.

한국에 살면서 느끼게 된 것은 한국 사람이나 영국 사람이나 모두 어찌 보면 비에 집착한다는 점이다. 다만 집착하는 방식이 다를 뿐이다. 영국 사람들은 비에 대해 마초적으로 접근하는 것을 즐긴다. 물웅덩이에서 첨벙대고 다른 나라 사람들에게 우리가 얼마나 비에 젖는 것을 두려워하지 않는지 자랑을 늘어놓는다. 반면 한국 사람들은 비 오는 날이면 집에 들어앉아 감성적인 발라드를 틀어놓고 부침개를 떠올리며 멜랑콜리한 혼자만의 고독을 즐긴다. 이렇듯 영국 사람이나 한국 사람이나 모두 비에 대한 은밀하고도 비뚤어진 욕망을 가지고 있는 듯하다.

완벽한 양육법이 존재할까?

영국의 가장 유명한 현대 시인인 필립 라킨이 쓴 좀 과격하지만 훌륭한 내용의 시구절이다.

> 엄마와 아빠는 널 망친다.
> 의도가 그렇지는 않더라도.
> 자신의 결점을 전해주는 것도 모자라
> 너만을 위한 새로운 결점까지 추가해주지.

자녀 양육과 관련된 심각한 모순은 한국뿐 아니라 영국에도 존재한다. 한국인이든 영국인이든 어린 시절부터 우리는 자신이 육아에 대해 특별한 깨달음을 얻었다고 생각한다. 부모가 우리를 가르치면서 하는 실수를 보면서 우리는 이렇게 다짐한다. "난 저렇게 되지 말아야지. 더 나은 사람이 될 거야. 저렇게 구닥다리에 권위적인 부모가 아닌 멋진 부모가 될 거야. 내 자식들은 나처럼 쿨하고 깨어 있게 만들 거야!"

성인이 되어 여자 친구나 남자 친구와 식당에 갔을 때, 우리는 접시를 앞에 놓은 아이들에게 휴대폰으로 '페파 피그'나 '타요'를 틀어주는 (이런 것들을 모른다면 아직 아이가 없는 사람이 확실하다!) 부모들이 눈에 띄면 유심히 쳐다본다. 그러면서 아이들이 현란한 디지털 이미지가 쏟아져 나오는 휴대폰에 시선을 고정한 채 밥이 코로 들어가는지 입으로 들어가는지 모르게 먹게 만든 부모들에 대해 험담을 한다. "정말 무책임한 부모야!", "완전 게을러!", "이기적이야!", "애가 불쌍하다", "애들을 저런 식으로 키우다니 이 나라의 미래가 걱정된다", "우린 나중에 저러지 말자" 등등.

하지만 그리던 사람이 막상 부모가 되면 모순이 찾아온다. 자신의 부모가 그랬던 대로 자주 아이를 비난하는 구닥다리에 권위적인 부모가 되는 것이다. 요즘 부모들은 아이들이 밥을 조용히 먹게 만드는 방법으로 휴대폰 화면을 보여주는 것밖에 모르니, 옛날 부모보다 더 형편없는지도 모른다.

한국 엄마는 항상 옳다!?

한국이나 영국이나(아마도 세상 어디나 마찬가지겠지만) 이런 모순이 발생한다는 점을 제외하면, 두 나라의 양육 방식에는 수많은 차이가 있다.

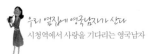

가장 큰 차이라면 한국에는 독특하고 그 누구도 따라 할 수 없는 존재, 바로 한국 엄마가 있다는 것이다.

아, 한국 엄마! 한국 엄마를 위한 동상이 세워져야 마땅하다. 『베오울프』나 『일리아드』, 『신곡』 같은 대서사시 '한국 엄마'도 나와야 한다. 한국 엄마, 이 나라는 그녀들을 발판으로 세워졌다. 한국 엄마의 끝없는 희생과 끝없는 강박증, 끝없는 노력, 끝없는 야망으로. 한국 엄마는 자식을 위해서라면 불로 달궈진 돌 위라도 걸을 것이다. 한국 엄마는 한국의 가장 큰 문젯거리인 동시에 구세주다. 군 병력보다 강하고 굶주린 독사 무리보다 위험하다.

한국 출신이 아닌 사람들이 한국에 거주하면서 금방 알게 되는 사실 중 하나는 자식을 위한 한국 엄마의 행동에 토를 달면 안 된다는 것이다. 한국 엄마는 항상 옳은 법이다. 만약 한국 엄마들이 자식에게 씹는 법을 가르치기 위해 (겨우 이 두 개로 어떻게 음식을 씹을 수 있단 말인가?) 밤잠을 마다하고 새벽 3시까지 당근을 미세한 입자 수준으로 썰며 이유식을 만든다고 해도, 거기에 결코 토를 달지 마라. 감히 '그냥 갈아버리지 그래?'라고 말할 생각조차 말아라. 한국 엄마는 무조건 옳다.

만약 한국 엄마가 이제 겨우 11개월 된 아이에게 수학 공부를 시켜야 한다고 해도 절대로 토 달지 마라. 차 한 대 값과 맞먹는 유모차를 사야 한다고 해도 절대 말도 안 된다고 하지 마라. 한국 엄마는 무조건 옳고 나머지 사람들은 아무것도 모른다.

모든 한국 엄마의 가장 친한 친구는 네이버다. 정신없이 바쁜 와중에
도 자신들의 육아 경험을 열광적으로 인터넷에 올리면서, 가령 당근을
세밀하게 다지는 방법 등을 서로 비교한다. 외과의사처럼 정밀하게 다
져 정성스럽게 만든 이유식을 아이가 거부하고 숟가락을 벽에 내동댕
이쳐도, 한국 엄마는 스트레스와 절망감을 속으로 삭인다. 속이 부글부
글 끓지만 심호흡을 하고 아이에게 얼굴 한 번 찡그리지 않고 다시 시도
한다.

이런 한국 엄마들이 영국 엄마들의 행동을 보면 기겁할 것이다. 영국
엄마는 그냥 동네 마트에서 밀가루로 만든 유아용 과자와 병에 든 시판
이유식을 사서 먹인다. 병에 든 걸쭉한 내용물에 과연 뭐가 들어갔는지
알게 뭔가? 그리고 유아용 비스킷에는 세심하게 다진 당근 따위는 한
조각도 보이지 않는다.

영국 아기는 이렇게 시판 이유식을 먹고 밀가루가 들어간 비스킷을
물어뜯는다. 그런데 성분을 확인해보면 더욱 당황스럽다. 이유식 100그
램당 나트륨 1그램, 비스킷 100그램당 설탕 1그램이 넘게 들어 있다. 하
루 일과에 지친 엄마들이 새벽 3시에 당근을 잘게 다지고 쌀을 가는 모
습도 나에게는 이해되지 않지만 아직 기지도 못하는 아기에게 소금과
설탕이 잔뜩 들어간 음식을 먹이는 것도 이해되지 않기는 마찬가지다.

태평한 영국 엄마는 원할 때마다 화장실에 갈 여유가 있지만 전전긍
긍하는 한국 엄마는 아기와 관련된 무수히 많은 일을 한꺼번에 하느라

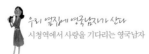

계속 화장실을 참아야 한다. 그 수많은 일 중에서 자신을 돌보는 일은 거의 없다.

한국과 영국, 참 다른 교육 철학

영국과 한국의 자녀 양육 문화 차이는 교육 철학의 차이에서 비롯된다. 한국에서는 부모와 학교 선생님이 주는 가르침이 아이에게 가장 중요하다고 생각한다. 이런 점은 한국의 언어에서도 잘 드러난다. 한국 부모는 아이가 태어나는 순간 김 모 씨에서 수희 엄마나 정훈 아빠가 된다. 한국 사회에서는 이러한 새로운 정체성이 개인의 잠재의식 속에서는 물론 사회적으로도 일종의 업그레이드된 지위로 인정된다. 그도 그럴 것이 한국에서 가장 높은 존칭은 "선생님"이나 "어머님", "아버님"이다. 한국에서는 부모가 되면 존경받을 가치가 있는 사람, 즉 교육자가 된다.

한국의 교육은 여전히 위에서 아래로 내려오는 하향식이다. 듣고 배우고, 듣고 똑같이 따라 하는 강의 스타일이다. 신분 높은 선비가 고분고분한 한 무리의 견습생을 대하는 식이다. 이렇게 한국에서 선생님 말은 무조건 옳다. 마치 한국에서 엄마 아빠 말이 무조건 옳듯이.

하지만 서양인들은 아이에게 가장 좋은 선생님은 다름 아닌 아이 자신이라고 생각한다. 아이 스스로 탐구해봐야만 진정으로 배울 수 있다고 본다. 그래서 서양 부모들은 아이가 실수해도 내버려둔다. 만약 아이가 모래를 먹는다면 모래가 맛없고 배를 아프게 한다는 사실을 직접 깨닫고 다음부터는 먹지 않을 것이기 때문이다. 서양인들은 부모가 하루 종일 아이 옆에 딱 붙어 있으면 아이가 자신의 판단에 따라 행동하지 못하므로 진정한 자립심을 기를 수 없다고 생각한다.

아이가 또래보다 말이 조금 느리면 한국 엄마는 초조해하며 당장 학습지 선생님을 불러들이지만, 영국 엄마는 아무런 조치를 취하지 않고 그냥 기다린다.

또한 영국 사람들은 엄마가 지치고 스트레스를 받으면 아이에게도 간접적으로 해로운 영향을 끼친다고 본다. 스트레스 받으면서 당근을 잘게 써느니 (비록 건강에는 좋지 않을지언정) 시판 이유식을 사 먹이는 편이 낫다고 여기는 것도 그 때문이다.

사당오락이라고?

한국에 사는 서양인들은 한국의 교육 시스템과 한국 부모의 유별남에 대해 불평하는 것을 좋아한다. 그럴 만도 하다. 한국의 교육에는 근본적인 결함이 있다. 한국 아이들은 어린 시절을 즐길 시간이 없다.

서울에서 처음 사람들과 술을 마시고 3차까지 간 후에 막차를 타고 내려 비틀거리며 지하철역 밖으로 나갔는데, 그 시간에 아이들이 학원

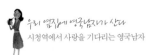

수업을 마치고 나오는 모습을 보고 받은 충격을 아직도 잊지 못한다. 교복을 입은 수십 명의 10대들이 깜깜한 한밤중에 집으로 가는 건지 아니면 독서실에 가는 건지 그도 아니면 또 다른 학원이나 과외를 받으러 가는 건지 터덜터덜 지친 걸음으로 걷고 있었다. 내가 그 또래였을 때는 공원에서 심심풀이로 빈 병을 돌로 맞히거나, 세상이 내 것인 양 자전거를 타고 쏘다니거나, 방바닥에 누워 소설책을 읽으며 저녁 시간을 보냈다. 평일 밤 12시면 당연히 쿨쿨 자고 있었다. 이미 지칠 대로 지친 머릿속에 지식을 더 집어넣으려고 애쓰는 것이 아니라.

"사당오락(四當伍落: 네 시간 자면 시험에 붙고 다섯 시간 자면 떨어진다는 뜻)"이라는 말은 나를 슬프게 한다. 책과 교실, 시험이 교육의 전부가 아니다. 자전거를 타고 수영을 하고 스스로 생각하는 법을 배우는 것도 다 교육이다.

하지만 한국이 서양의 교육 시스템을 모범 삼아 따라 해야 한다고 말한다면 그것 또한 터무니없는 소리다. 영국 교육에도 결함이 있다. 그 결함이 한국과는 다른 방식으로 존재할 뿐이다.

영국에서는 열다섯 살 때 미래를 선택하는 것이나 마찬가지다. 그때 세 가지 과목을 택해 16세부터 18세까지 3년 동안 A레벨 시험을 준비해야 하기 때문이다. 열다섯 나이에 무슨 과목을 선택하느냐에 따라 대학은 물론 미래가 달라지는 것이다. 예를 들어 과학 과목을 선택하지 않으면 의대에 갈 수 없고 영문학이나 역사 같은 인문학 과목을 선택하지 않으면 대학에서 인문학을 전공할 수 없다.

내 경우는 열다섯 살 때 아버지를 따라 치과의사가 될지 말지 결정해야 하는 상황에 놓였다. 아버지가 공동으로 치과를 운영하고 있어서 만약 내가 치과의사가 된다면 아버지의 치과를 물려받을 수 있었다. 실제로 아버지 동업자의 아들은 그렇게 했다. 하지만 열다섯 살의 나에게는 과학이 어렵기만 했다. 음악처럼 뜬구름 잡는 비실용적인 것들이 좋았다. 음악을 하면서 전 세계를 돌아다니고 싶다는 모호하면서도 낭만적인 꿈을 꾸고 있었다. 물리나 수학은 지루하고 잘 이해도 되지 않았고 융통성이라고는 찾아볼 수 없는 과학적 방식 자체가 마음에 들지 않았다. 그래서 수학, 화학, 생물학 같은 과목 대신 역사, 프랑스어, 정치학을 택했다. 부모님은 비록 겉으로 드러내지는 않았지만 내심 실망하셨음을 알 수 있었다.

지금 돌이켜보면 후회한다고 말할 수는 없지만 그런 결정을 하기에 열다섯이라는 나이가 너무 어렸다는 것만은 분명하다. 그리고 학교 공부를 좀 더 열심히 하지 않은 것에 쓰라린 죄책감을 느낀다.

완벽한 부모는 없다

나 같은 영국인이 많은지 몇 년 전 세계적인 베스트셀러가 된 『타이거 마더』는 영국에서도 주목받았다. 중국계 미국인 작가 에이미 추아는 아

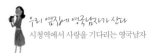

시아계 여성들이 교육적 성과를 위해 끊임없이 자녀를 몰아붙이는 모습을 보여준다. 어떤 수단을 써서라도 동기를 부여해 자녀가 학교 공부는 물론 음악에서도 뛰어난 성과를 보이도록 만드는 모습이다.

그 책에는 에이미 추아가 딸아이에게 피아노곡을 완벽하게 익히지 않으면 인형의 집을 내다버리고 몇 년 동안 생일 선물도 주지 않을 거라고 협박하는 인상적인 장면이 나온다. 그녀는 "게으르고 겁쟁이에 제멋대로이고 한심하다"고 아이를 비난하고 심지어 물을 마시거나 화장실에 가기 위해 잠깐 일어나지도 말고 연습하라고 강요한다.

호랑이 엄마식 교육법은 많은 논쟁을 일으켰고 사람들의 반응도 갈리지만 적어도 에이미 추아는 많은 서양의 부모를 다시 생각하게 만들었다. 영국 아이들은 가끔 무서울 때가 있다. 자유 시간이 지나치게 많다 보니 거리에서 떼거리로 몰려다니다가 싸움질을 할 때가 있기 때문이다. 공부를 하거나 자기계발을 할 수도 있는 시간을 그렇게 낭비한다. 그래서 요즘 영국 부모들은 (한국 엄마와 공통점이 많은) 호랑이 엄마의 교육 방식이 옳은지도 모른다고 속으로 자문한다.

필립 라킨의 말이 맞다. 엄마, 아빠는 자식을 망친다. 아직 어리고 미성숙한 아이들에게 너무 큰 자유와 선택권을 내어주고 별다른 지도를 해주지 않는 영국 부모나, 지나친 걱정으로 과잉보호하여 아이는 물론 스스로도 스트레스를 받는 한국 부모나 완벽하지 못하기는 똑같다.

하지만 세상에 완벽한 자녀 양육법이 과연 존재할까? 어쩌면 부모가 자식을 망치는 것은 불가피한 일일 뿐만 아니라 꼭 그래야 하는 일인지도 모른다. 자신만의 완벽하지 않은 방법으로 아이를 키운 후 언젠가 그 아이에게 부모가 되는 법을 가르치는 것이야말로 가장 좋은 방법인지도 모른다.

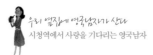

우리 옆집에 영국남자가 산다
시청역에서 사랑을 기다리는 영국남자

한국의 해피밀 세트 결혼식

서양인들은 한국의 결혼식에 엄청나게 관심이 많다. 기자와 블로거는 물론 한국에 온 지 얼마 안 되는 원어민 영어 강사들도 입에 항상 올리는 주제다.

서양인들이 이토록 집착에 가까운 관심을 보이는 이유는 턱시도, 순백의 웨딩드레스, 반지, 케이크 등 한국의 결혼식이 겉으로는 서양의 결혼식과 비슷하지만 묘하게 다르기 때문이다. 이런 말을 하게 되어 유감이지만 사실 관심이라기보다는 조롱에 가깝다.

난생처음 초대받은 한국의 결혼식은 결혼식 당일이 되기 전부터 나를 놀라게 했다. 한국 결혼식에 대해 전혀 들은 바가 없어서 당시 나는 아무것도 모르는 상태였다. 그 결혼식은 말조차 나눠본 적 없는 직장 동료의 결혼식이었다. 상사의 말로는 부서 사람 전원이 간다고 했다. 마치 또 다른 업무 같았다. 결혼식의 주인공인 여자 동료가 신혼여행에서 돌아온 다음 날, 출근해보니 종이 상자에 담긴 떡이 내 책상에 놓여 있었다. 하지만 그 후로 그녀에 대한 소식을 들은 적은 한 번도 없다.

한국 결혼식에 몇 번이나 더 갔는지 모르겠다. 한국 결혼식은 섹스와 비슷하다. 첫 경험만 생생하게 기억날 뿐 나머지는 흐릿하다. 내가 그 결혼식에 갔던가? 아니면 인터넷 뱅킹으로 축의금만 보내고 페이스북에 올라온 결혼사진을 봤던가?

반면 영국에서 참석했던 결혼식은 하나도 빠짐없이 기억난다. 누가 왔고 신부가 어떤 웨딩드레스를 입었고 웨딩카가 어땠고 신혼여행은 어디로 갔는지까지 상세하게 말할 수 있다. 내가 기억력이 특별히 좋아서가 아니다. 영국에서 결혼식에 가본 건 딱 세 번뿐이라서다.

영국 사람들은 결혼식에 초대할 손님을 무척 까다롭게 정한다. 잘 모르는 사람이 초대받는 일은 절대로 없다. 한국 결혼식은 대개 하객이 수백 명이나 되지만 영국 결혼식의 하객은 소수가 대부분이다.

내가 참석한 첫 번째 한국 결혼식의 주인공인 직장 동료는 내가 회사에서 무슨 일을 하는지도 몰랐을 것이다. 나 또한 그녀가 무슨 일을 맡고 있는지 몰랐다. 회계부 소속이었나? 마케팅부? 혹시 CEO? 아니면 화장실 청소부? 영국에서는 가족이나 친한 친구들만 결혼식에 초대한다. 직장 동료가 초대받았다면 엄청 가까운 사이라는 뜻이다.

영국 사람들은 세상에서 가장 종교와 거리가 먼 사람들이다. 영국인에게 교회는 영국이라는 나라가 한때 종교와 밀접했음을 보여주는 박물관일 뿐이다. 특히 시골 교회들은 중세 시대 때 지어진 것이 많아서

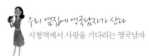

가보면 역사 공부를 하고 있는 기분이 든다. 교회 안에는 십자군 시대의 유물이 가득하고 주변을 둘러싼 공동묘지에는 잘 관리되지 않아 이끼로 뒤덮인 1700년대 묘비들이 즐비하다.

그럼에도 불구하고 영국인들은 결혼식 장소로 교회를 고집한다(물론 영국인 중에도 유대인은 유대교 회당, 이슬람교 신자는 이슬람 사원을 택한다). 최근까지도 영국에서 합법적으로 결혼식을 주재할 수 있는 사람은 정식으로 임명받은 성직자나 배의 선장뿐이다.

물론 시청의 가족관계 등록을 담당하는 곳에 가서 혼인신고만 할 수도 있지만, 그런 방식은 너무 낭만적이지 않다. 그래서 아무리 불가지론이 만연한 시대라도 그런 방법을 선택하는 경우는 매우 드물다.

낡아서 삐걱거리는 나무 좌석이 놓인 다 쓰러져가는 시골 교회에서 순백의 웨딩드레스 자락을 날리며 백발성성한 목사의 주재로 결혼식을 올리는 것, 이것이야말로 아이를 낳고 가정을 꾸리고 싶어 안달하는 모든 영국 여자의 로망이다.

한국에서 처음 초대받은 결혼식 장소에 도착해보니, 교회도 시청도 아니고 거대한 주차장처럼 생긴 곳이라서 또 한 번 놀랐다. 안으로 들어가보니 완전 혼란의 도가니였다. 대여섯 명의 신부가 종종걸음으로 움직이고 있었다. 정확히 똑같은 시간에 열리는 결혼식이 최소한 네 건이었고 방금 끝났거나 곧 시작될 결혼식은 더 많았다. 결혼식장은 서로 누가 누구인지도 모르는 하객들로 가득했고, 마치 일요일 오후 이마트에장 보러 나온 사람들처럼 떼 지어 바쁘게 움직였다.

이 장면은 그 전까지 내가 보았던 유일한 한국 결혼식 이미지를 떠올리게 했다. 한때 서구 언론에서 "Moonies"라고 일컬었던 통일교 신도 수백 명이 축구장인지 콘서트장인지에 모여 있는 사진이었다. 사진 속 그들은 웨딩드레스와 턱시도를 입고 합동 결혼식을 올리고 있었다. 1990년대에 세계의 이색적인 사건으로 가볍게 소개되곤 하던 사진이다. 처음으로 한국 결혼식장에 들어간 순간 그 사진 속보다 더 정신없는 현장에 들어온 기분이었다.

더 놀라운 일이 계속되었다. 정작 결혼식에 관심 있는 사람이 아무도 없는 것 같았다. 하객들은 저마다 큰 소리로 이야기를 나누고 여기저기에서 휴대폰 벨 소리와 진동 소리가 울려댔다. 게다가 결혼식이 한창 진행되는 도중에 나의 상사가 "밥 먹으러 가자"라고 하는 게 아닌가. 우리는 신랑 신부가 함께 걸어 나오는 모습을 보기도 전에 일어났다. 나는 분명 하객들이 우리를 못마땅한 얼굴로 노려볼 줄 알았는데 웬걸, 그들 절반도 우리처럼 일어나고 있었다.

상사를 따라 지하로 내려가니 대규모 뷔페 홀에 모든 결혼식 하객들이 죄다 섞여 있는 듯했다. 테이블에는 샴페인도 스파클링 와인도 없었다. 대신 소주병과 미적지근한 국내 맥주, 편의점에서 600원 정도 하는 탄산음료 캔이 놓여 있었다.

영국의 다 쓰러져가는 시골 교회에는 음식을 제공할 시설이 없으므로

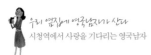

대부분의 커플이 아침에 결혼식을 치른다. 오후에는 빌린 식당이나 호텔 홀에서 밤늦게까지 피로연이 계속된다. 결혼 피로연은 음식과 춤, 술로 가득한 무법과 광란의 파티다. 낭만과 신나는 음악, 무한정 알코올이 조합된 자리인 만큼 싱글들은 파트너를 찾을 수 있기를 소망한다. 실제로 영국의 커플들은 결혼식에서 처음 만난 경우가 많다.

영국의 결혼식은 수백 년, 어쩌면 수천 년의 전통을 토대로 하는 길고도 비용이 많이 드는 사랑의 축하 자리다.

물론 한국의 결혼식도 한복과 대추 던지기, 나무로 조각된 원앙 한 쌍 등 전통적인 요소가 들어가 있지만 너무 짧은 시간에 너무도 많은 일이 정신없이 진행되어(게다가 작고 북적거리는 공간에서) 나 같은 영국인들에게는 터무니없어 보일 정도다. 서양 결혼식의 몇 가지 요소에 한국의 '빨리빨리' 문화와 전통 문화를 되는대로 섞어놓은 것처럼 보인다. 인간미와 사랑이 느껴지지 않고 너무 재촉하는 것만 같다.

이렇듯 서양인에게 한국의 결혼식은 처음에는 수준 낮은 촌극이나 감정이 결여된 서양 결혼식의 모방처럼 보인다. 마치 고급 스테이크를 갈아서 고작 햄버거 패티로 쓰는 꼴처럼. 그래서 나는 한때 '한국에서는 절대로 결혼식을 하지 말아야지'라고 생각했다.

그런데 한국에서 10년이 넘게 살아보니 생각이 바뀌었다. 영국에서는 결혼식 때 돈을 주기보다는 선물을 한다. 물론 상대방을 생각해서 정성스럽게 선물을 준비하는 사람들도 있다. 하지만 작동이 제대로 될는지 의심스러운 이름 모를 브랜드의 중국산 토스트기를 포장도 대충 해서 주고는 피로연에서 술과 음식은 가장 많이 먹는 진상 구두쇠도 한 명쯤은 있다. 그럴 거면 그냥 돈으로 주는 게 낫다. 화재 위험이 있는 허접한 토스트기를 집 안에 들이는 것보다는 보잘것없는 돈이라도 받아서 다른 물건을 사는 게 나으니까.

게다가 인생은 짧기에 더 이상 남의 결혼식에 하루를 통째로 날리고 싶진 않다. 사실 피로연 숙취까지 합하면 이틀이다. 영국의 결혼식이 열 가지 코스 요리라면 한국의 결혼식은 맥도날드 해피밀 세트에 지나지 않지만, 신속하게 끝나고 숙취로 괴로울 일도 없어 주말을 통째로 날리는 일은 벌어지지 않는다.

그래서 이제는 한국의 결혼식이 터무니없다고 생각하지 않는다. 한국의 결혼식은 식사와 금전의 실용적인 교환이다. 일종의 비즈니스 거래의 사교 버전인 셈이다. 오늘 쓴 5만 원이나 10만 원이 몇 년이 지나 내 차례가 되면 똑같은 금액으로 되돌아온다. 집 안에 처치 곤란한 선물이 쌓이는 일도 피할 수 있다.

산에서 느끼는 고요한 아침의 나라

몇 년 전에 다닌 직장에서는 주말에 일하는 대신 화요일이 휴일이었다. 30대 초반에게 화요일에 쉬는 직장은 별로 좋지 않다. 친구들은 다 일하고 있으니 만날 사람도 없다. 잠옷 바람으로 한 시간 정도 뒹굴거리다가 씻지도 않고 아침으로 시리얼을 먹고 미드나 걸그룹 뮤비를 보면서 보내는 하루는 무기력하고 따분하다.

한국의 산을 사랑하게 된 것은 바로 그 시기였다. 한국의 산은 주말에는 막걸리 병으로 가득한 배낭을 멘 채 무섭게 등산 스틱을 휘두르며 고함을 치기도 하는 등산객들이 가득해서 좀 불편하다. 하지만 다들 일하러 가는 화요일에 등산을 하면 온전히 혼자 산을 차지할 수 있다. 물론 은퇴한 사람들이나 나처럼 화요일에 쉬는 이상한 사람들도 가끔 보인다. 하지만 그들 대부분은 혼자 조용하게 산을 즐기려는 사람들이라 말소리나 휴대폰 음악으로 산의 고요함을 깨뜨리고 싶어 하지 않는다.

물론 주말 등산에도 장점은 있다. 친구나 동료, 사랑하는 사람과 함께 산을 즐길 수 있으니까. 영국의 작가 샬럿 브론테는 친구에게 보내는 편지에서 "공유할 수 없는 행복은 행복이라고 부르기 힘들다. 그런 행복에는 제맛이 빠져 있기 때문이다"라고 쓴 적이 있다.

나는 주민이 200명쯤 되고 사방이 들판과 풀로 덮인 언덕으로 둘러싸인 영국의 시골 마을에서 자랐다. 그 후에는 런던, 키예프, 바르셀로나, 지금의 서울 같은 대도시에서 주로 살았지만 여전히 진흙투성이 영국 시골의 소리와 냄새가 그립다.

비행기에서 내려다보는 한국은 지구상에서 가장 푸른 나라처럼 보인다. 하지만 비행기에서 내려 돌아다니기 시작하면 콘크리트 정글 안에 들어와 있는 기분이다. 당연한 말이지만 작은 나라다 보니 대부분의 평지가 아스팔트로 된 주거 공간으로 바뀌었다.

하늘에서 내려다보이는 초록색은 다 어디 있는가? 내가 유년을 보낸 진흙투성이 시골 마을을 한국에서는 어디에서 찾아볼 수 있는가? 그 답을 찾으려면 바위와 산길을 따라 오르고 밧줄 다리를 건너야 한다. 한국의 산은 자동차와 오토바이, 사람으로 북적거리는 도시 생활에서 벗어나게 해주는 유일한 공간이다.

〈아이리시 타임스〉의 최근 기사에 "스트레스가 한국인의 생활 전반을 지배한다"라는 내용이 실렸다. 그 기사를 쓴 기자는 한국의 산을 잊어버렸거나 거기 올라본 적이 없는 사람이 분명하다. 산에 오르면 정적을 깨뜨리는 보이지 않는 새들의 지저귐과 다람쥐가 마른 낙엽을 부스

럭거리는 소리를 들을 수 있다. 그 소리만 들어도 스트레스가 멀리 달아난다.

내가 한국의 산을 지나치게 낭만화하는지 모르지만 세상에는 낭만화해야 하는 것도 있다. 늦봄에 한바탕 소나기가 내린 후 산꼭대기에 내려앉는 옅은 안개와 찬란한 초록색으로 빛나는 나무들이 있는 한국의 산은 소설가 잭 런던이 "야생의 부름"이라고 한 자연과의 진실되고 단단한 유대감을 느끼게 해준다.

한국은 어느 도시를 가든 대개 산으로 둘러싸여 있다. 그리고 그 도시에 있는 산을 오르려면 피라미드처럼 거대한 돌무더기가 쌓인 성곽을 지나야 할 때가 있다. 밤에 경복궁 근처에서 불이 환하게 켜진 인왕산 성곽길을 바라다보면 마치 불타는 뱀이 구불구불한 산등성이와 계곡을 오르내리는 듯하다. 땅과 하늘 사이에 펼쳐진 오렌지빛 길이 마치 아름답게 절제된 버전의 만리장성 같다.

아시아에 한 번도 가본 적 없는 서양인은 아시아 하면 나무로 지어진 절에 사는 승려들이 돌로 된 거대한 불상 옆의 험난한 바위에서 말없이 명상하는 모습을 떠올릴지도 모른다. 특히 서양인은 "조용한 아침의 나라"라고 표현되는 한국에 호기심을 느끼면서, 한국이라는 나라는 평온한 승려들과 돌 불상으로 가득할 것이라는 기대를 품게 된다.

10여 년 전의 나도 그랬다. 그런데 처음 서울에 도착해보니 조용함은 거의 찾아볼 수 없었고 지구상에서 가장 빠르게 움직이는 도시라는 사실에 솔직히 실망도 했다. 하지만 몇 해가 지나 한국의 산을 걸으며 내가 오래전 꿈꾼 한국이 실제로 존재한다는 사실을 깨달았다.

산 정상을 향해 조금 더 올라가면 진정한 고요함을 만나게 된다. 승려들이 수련 생활을 하는 작은 목조 사찰에서. 그곳에서는 숲과 나무를 제외하고는 아무것도 보이지 않는다. 그 승려들은 산꼭대기에서 자신들만의 방식대로 세속과는 다른 삶을 살아간다.

여러분이 신앙심이 독실하건 그렇지 않건, 어떤 종교를 가졌건, 구름 덮인 산꼭대기에서 속세를 등지고 살아가는 이 승려 공동체를 꼭 한번 만나보라고 권하고 싶다. 그들은 순수한 한국 역사와 전통 정신을 체현하고 있다. 그들의 세계에는 상업주의도, 마감도, IT도, 재벌도, 실망스러운 내통령도, '빨리빨리'도 존재하지 않는다.

오해는 말기 바란다. 나도 한국의 '빨리빨리' 문화의 장점을 잘 알고 있다. 바로 그것이 지구상에서 손꼽힐 정도로 가난했던 이 나라를 부유한 사회로 만든 원동력이라는 것도.

하지만 한국의 산꼭대기에는 '빨리빨리'도, 목표를 향해 달려가는 심장이 쿵쿵 뛰는 에너지도 없다. 그곳에서는 종교가 없는 등산객이건 독실한 승려건 자연 앞에서 모두가 평등하다.

한국인의 별난 치킨 사랑

지구에서 가장 널리 식재료로 이용되는 조류를 두고 '닭'과 '치킨'이라는 두 개의 이름으로 부르는 나라는 한국이 유일하다. 그럴 만하다. 닭과 치킨은 한국에서 전혀 다른 의미다. 닭은 한국 전통 음식인 닭볶음탕이나 백숙 같은 데 들어갈 때만 '닭'으로 불린다. 주로 배달시켜 먹는 기름에 바싹 튀겨 낸 닭은 '치킨'이라고 불린다. 그렇게 튀겨 낸 닭에 매콤달콤한 소스와 마늘 조각이 올라간 양념치킨도 정말 맛있다.

치킨에 대한 한국인의 욕망은 대단하다. 한국 남성에게 치킨과 걸그룹 공연 중 하나를 고르라면 치킨을 택하지 않을까. 믿기지 않는다면 실험을 해봐도 좋다. 오후 5시쯤 일터에서 자리를 박차고 일어나 "오늘 저녁 치맥 어때?"라고 외쳐보라. 장담컨대 당신이 사내 왕따라고 해도 동료들 얼굴엔 '뽀로로'를 보는 다섯 살짜리 꼬마처럼 미소가 번질 것이다. 한국인만 한국식 치킨을 사랑하는 건 아니다. 인터넷 검색창에 'Korean fried chicken'이라고 치면 〈뉴욕타임스〉와 BBC 같은 유명 인론에서 세계적인 한국식 치킨 열풍을 다룬 기사가 뜬다.

내가 처음 한국에 왔을 때 한국 생활 15년 차였던 어느 미국인은 한국 간판에서 가장 자주 눈에 띄는 단어는 '학원'이라고 했다. 틀렸다. 한국의 도시에서 '치킨'이란 단어가 안 들어간 간판 한 번 안 보고 100미터를 걷기란 불가능하다. 내가 사는 아파트 엘리베이터에서는 수시로 치킨 냄새가 나 군침이 돌곤 한다. 치킨 배달 알바의 오토바이 소리도 밤낮을 가리지 않고 들려온다. 닭이 내일 멸종된다면 한국에선 치킨을 못 먹어 굶어 죽는 사람도 있을 것이다.

1년 전 집 근처에 점포 열 개가 들어갈 수 있는 상가가 생겼다. 거기 치킨집이 몇 개나 생길지를 두고 친구와 내기를 했다. 한 개면 친구가, 두 개 이상이면 내가 저녁을 사기로 했다. 결과는 내가 저녁을 사는 것으로 끝났다. 그 상가에는 세 개의 치킨집이 문을 열었고, 그 중 두 개는 바로 붙어 있었다. 한국에서 10년을 살았지만, 한국인의 지극한 치킨 사랑을 깨닫기에는 부족했던 모양이다.

'개고기의 나라'는 옛날 말

맨체스터유나이티드 팬들은 박지성 선수에게 "He shoots! He scores! He'll eat your labrador!(그는 슛하고 득점하고 너희들의 래브라도를 먹어치우지!)"라는 응원가를 불러주었다(래브라도란 래브라도레트리버라는 개의 한 품종을 말한다). 그런 팬들에게 뭐라고 할 건 없다. 나도 한국에 오기 전까지 이 나라에 대해 아는 것이라고는 월드컵과 88올림픽을 개최했고 개고기를 먹는 나라라는 사실뿐이었으니까. 싸이와 BB 크림, 손흥민 선수를 알기 전까지 대부분의 영국인이 그랬을 거다. 2004년에 처음 한국을 짧게 방문하고 영국으로 돌아갔을 때, 가족과 동료들은 하나같이 "근데 개고기 먹어봤어?"라고 물었다.

　"개고기 먹는 야만인"이라고 한국인을 비하하며 2002 월드컵 보이콧을 주장한 프랑스 여배우 브리지트 바르도에게 한국인들은 아직도 화가 나 있지만, 사실 보신탕을 먹는 한국의 혐오스러운 전통을 비난하는 것은 그녀뿐이 아니다.

〈뉴욕타임스〉나 〈인디펜던트〉, 〈워싱턴포스트〉 같은 신문들은 지금도 종종 "한국의 경악스러운 개고기 산업"이라는 타이틀을 붙인 기사를 싣는다. 다른 기삿거리가 바닥날 쯤이면, 그 신문들은 다시 보신탕 기사를 재탕할 것이 틀림없다.

그런데 실제로 한국에 온 서양인들은 꽤 오래전에 한국에서 개고기 판매가 불법이 되었음을 알고 아이러니하게도 약간 실망한 기색을 보인다.

내가 본 한국인들은 영국인들보다 더 열렬하게 반려견을 사랑한다. 또한 한국은 내가 방문해본 나라 중에서 '애견 미용사'라는 직업이 농담이 아닌 엄연한 현실로 자리 잡은 유일한 나라다. 한국에서 애견 미용실을 수천 개는 본 것 같다. 작은 도시의 거리에도 유리창 너머로 개의 털을 꼼꼼하게 손질하는 미용사들과 화려한 색상으로 염색한 강아지들이 보이는 가게가 꼭 있다.

길거리에서 만나는 작은 개들은 대부분 귀가 핑크색이나 보라색이고 꼬리도 그에 맞춰 밝게 염색한 모습이다. 이런 장면은 100년 동안 영국에서 살아도 결코 볼 수 없을 모습이다.

그보다 더 놀라운 점은 한국인들은 반려견에게 옷을 사 입힌다는 것이다. 영국 개들은 알몸으로 다니지만 한국 개들은 깔끔한 옷을 입고 다닌다. 겨울에는 패딩점퍼를 입고 장마 기간에는 카나리아를 연상시키는 밝은 노란색 레인코트와 모자를 착용한다. 어떤 개들은 이제껏 내가 가져본 선글라스들보다 더 멋지고 비싸 보이는 것을 쓰고 해변으로 휴가를 가기도 한다.

서울의 강남 거리를 다니다 보면 〈보그〉 잡지에 나올 법한 여자들이 10센티미터 하이힐을 신고 불안하게 휘청대며 목줄을 한 소형 반려견을 데리고 다니는 모습을 볼 수 있다. 그녀들이 아무리 패션모델처럼 멋져도(실제로 모델일 수도 있다) 그녀들보다는 반려견들에게 시선이 빼앗긴다.

갈색 무스탕을 입은 개를 본 적 있는가? 레이스 두른 신발을 신은 개는? 소방차 같은 빨간색 니트 스웨터를 입은 개는? 만약 본 적 없다면 강남으로 가라. 거기 가면 다 볼 수 있다.

패셔니스타 개보다 더 인상적인 것은 주인과 똑같은 옷을 입은 개들이다. 스냅백에 베이비핑크색 후드티를 맞춰 입은 주인과 반려동물 커플을 한국에서는 볼 수 있다.

한국에서는 비교적 최근에 반려동물을 키우기 시작했다. 수십 년 전만 해도 한국에서 오직 사랑하며 같이 살 목적으로 집 안에 동물을 들이는 일은 매우 드물었다. 하지만 최근 들어 한국에서도 반려동물이 중요한 역할을 하게 되었다. 한국에서 아이를 키우는 것은 많은 좌절이 따르는 힘든 일이지만 반려동물을 키우면 금방 보상을 얻을 수 있다. 한국의 수많은 도시 미혼 남녀에게 반려동물이 주는 단순하면서도 무조건적인 사랑은 무척 소중하다. 그 동물을 남편이나 아내, 자식과도 바꾸고 싶지 않을 정도로.

서양에서 반려동물을 기르는 것은 매우 오랜 전통이다. 볼테르는 『철학 사전』에서 다음과 같이 말했다. "인간에게 자기방어와 기쁨을 주기 위해 자연이 개를 선사한 듯하다. 개는 모든 동물 중에서 가장 충직하다. 또한 개는 인간이 가질 수 있는 가장 좋은 친구다."

볼테르가 태어나기 무려 25세기 전의 작가인 호메로스도 개를 무척 좋아한 듯하다. 그의 저서 『오디세이』에는 주인공 오디세우스가 트로이 전쟁 이후 바다에서 길을 잃어 20년 만에 고향 이타카로 돌아왔을 때 가족과 친구, 심지어 아내마저 그를 알아보지 못하는 장면이 나온다. 그때 유일하게 그를 알아본 것은 바로 그의 개 아르고스였다. 오디세우스가 없는 동안 모두에게 방치되어 벼룩투성이에 영양실조까지 걸린 늙고 병든 개. 아르고스는 마지막 힘을 다해 귀를 세우고 꼬리를 흔든다. 하지만 아내의 구혼자들이 자신을 알아보고 죽이려 들까봐 오디세우스는 늙은 개에게 달려가고 싶은 충동을 억누른다. 눈물을 꾹 참으며 아르고스 곁을 그냥 지나친다. 고전문학 작품들의 아름답고 슬픈 명장면 중에서도 백미로 꼽히는 부분이다.

영국은 전통적으로 개를 사랑하는 나라다. 영국의 시골 신사는 모자와 트위드 재킷, 옆에서 활기차게 뛰어다니는 개 없이 외출하는 것은 올바르지 못하다고 여긴다. 이런 영국에서 19세기 버전 아르고스가 등장한 것은 생각해보면 그리 놀라운 일이 아니다. 테리어 종인 그 개의 주인은 경찰이었다. 주인이 세상을 떠나 에든버러에 있는 그레이프라이어스 묘지에 묻히자, 그 개는 주인의 묘지 앞에서 꼼짝 않고 14년을 버텼다. 처음에 사람들은 그 개가 길 잃은 개인 줄 알았다. 하지만 머지않아 그 개의 감동적인 사연이 에든버러 전체에 퍼졌고, 사람들은 그 개에게 '그레이프라이어스 바비'라는 이름을 붙여주었다(바비는 경찰을 뜻하는 영국식 옛 은어다). 그리고 에든버러 시장은 그 개를 자신의 반려견으로 등록하고 새 목걸이를 선물해주었다(그 목걸이는 현재 에든버러 박물관에 전시되어 있다). 그 개가 죽은 후에는 동상이 세워졌고, 디즈니는 1961년에 이 충직한 개 이야기를 영화로 만들기도 했다. 아직도 그 개의 무덤 앞에는 애견인들이 놓고 간 생화가 가득하다.

영국에서 애견인들은 주로 시골에 산다. 시골 주택에는 마당이 딸려 있어 개들은 낮 동안 자유롭게 뛰어놀 수 있다. 대도시에서는 은퇴했거나 시간 여유가 있는 사람들이 주로 개를 키운다. 개들은 대부분 에너지가 넘치고 야외를 좋아하기에, 개를 자주 산책시켜줄 시간이 없거나 집에 마당이 없는 사람들은 개를 되도록 키우려 하지 않는다.

시골에서 자란 어린 시절, 우리 가족은 사냥개 종류인 포인터를 키웠다. 나는 매일 포인터를 데리고 집 근처 들판으로 산책하러 갔는데 가끔 녀석은 멀리서 토끼가 보이면 쫓아갔다. 그러고는 우리 가족이 녀석의 존재를 거의 잊어버릴 때쯤 지치고 겸연쩍은 모습으로 대문 앞에 나타나곤 했다.

동물을 사랑하는 영국의 도시인들에게는 개보다는 고양이가 훨씬 나은 선택이다. 고양이는 하루 종일 혼자 있는 것을 즐기고, 건물 옥상이나 쓰레기통, 주차된 자동차 사이로 자유롭게 뛰어다닐 수 있는 도시 생활을 좋아한다. 하루 종일 홀로 남겨두어도 되고, 만약 고양이 문이 따로 있으면 자유롭게 집과 밖을 들락거릴 수도 있다.

영국 애묘인들의 고양이 사랑은 유별나다. 그들은 비애묘인들과의 데이트는 꿈도 꿀 수 없다. 그래서 고양이라면 사족을 못 쓰는 애묘인들끼리 짝을 지어주는 온라인 데이트 사이트와 앱이 있을 정도다.

나는 고양이를 별로 좋아하지 않는다. 언젠가 고양이 세 마리가 있는 집에서 산 적이 있는데 온 집 안이 털 천지였다. 심지어는 음식에도 들어 있었다. 하지만 나 같은 사람은 소수인 것 같다. 인터넷에 떠다니는 이미지만 봐도 포르노 아니면 고양이 GIF 이미지가 90퍼센트를 차지하고 있으니까. 과연 고양이나 벌거벗은 여자들이 없어도 인터넷이 존재할까.

고양이 또한 서유럽에서 오랜 역사를 지니고 있다. 고고학자들은 8000년 전 사이프러스의 가정집에서 고양이가 반려동물로 길러진 흔적을 발견했다. 로마인들은 인도인들이 소를 경배하는 것만큼이나 고양이를 소중히 여겼다. 신전에 들어올 수 있는 유일한 동물이 고양이였다.

중세 시대에 고양이는 주술과 연관 지어졌다. 미신을 믿는 사람들은 검은 고양이가 악마와 관련 있고 마녀들에게 힘을 주며 심지어 선페스트 전염병을 옮긴다고까지 주장했다. 그래서 고양이는 불길한 징조이

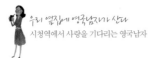

자 건강하지 못한 생명체로 여겨지게 되었다. 실제로 중세 시대에 많은 유럽 국가에서는 악령을 피하고 전염병을 막는다는 이유로 수천 마리의 고양이를 불태우거나 때려죽였다.

고양이는 계몽 시대에 이르러 다시금 인기를 얻었다. 전염병이 가라앉고 미신이 빠른 속도로 쇠퇴하는 시기였다. 왕족과 아이작 뉴턴을 포함한 유명한 과학자들이 고양이를 키우기 시작했다. 뉴턴은 고양이가 자신의 접시에 담긴 음식을 먹도록 내버려둔 것으로 유명하다. 뉴턴이 자신의 고양이를 위해 고양이 출입문을 발명했다는 주장도 있지만, 열렬한 애묘인들의 상상에서 유래한 출처가 불분명한 이야기일 것이다.

한국에는 혁신적인 물리학자들이 자신의 고양이와 점심을 나눠 먹었다는 역사적 이야기는 없지만, 이곳에도 애묘인이 많다. 사실 한국처럼 반려동물의 역사가 길지 않은 나라에 숙련된 수의사와 애견 미용사가 이렇게 많다는 사실은 정말이지 대단하다.

한국에는 개와 고양이를 위한 카페도 있다. 수십 마리의 개와 고양이가 자유로이 돌아다니는 가운데 차를 즐길 수 있는 곳이다. 서양에는 아직 그런 곳이 없다. 심지어 한국에는 양과 너구리를 위한 카페도 있다. 그곳에서 우리가 터무니없이 비싼 다이어트 탄산음료를 마시는 동안 온갖 털북숭이 동물들이 다리 사이를 빠르게 지나다닌다. 이런 공간들이 정신 나간 곳인지 기발한 곳인지는 잘 모르겠지만, 호기심 많은 서양인 관광객을 끌어들이고 있다는 것만큼은 분명하다.

오래된 집이 좋아

영국인은 자신이 사는 집에 감정적 애착을 강하게 느끼는 경우가 많다. 에밀리 브론테의 『폭풍의 언덕』, E. M. 포스터의 『하워즈 엔드』, 제인 오스틴의 『노생거 사원』처럼 유명한 영국 소설들의 제목은 주인공이 사는 집 이름에서 따왔다.

한국의 한 케이블 채널에서 영국 최고의 인기 드라마 〈다운튼 애비〉가 방영되는 것을 우연히 보게 됐다. 이 드라마의 제목 역시 주인공인 귀족 가문이 사는 집 이름에서 따온 것이다. 그런데 한국의 그 채널은 이 드라마 제목을 '다운튼 패밀리의 비밀'로 바꾸어놓았다. 영국인은 그들이 사는 집 자체도 가족 구성원으로 여기는 것을 몰라서 그렇게 바꾼 것 같다. 내가 보기에 한국인은 어떤 집에 사는가보다 어느 지역에 사는가를 더 중요하게 여기는 것 같다.

한국인 중에는 영국인이 수백 년 된 집에서 사는 것을 보고 충격을 받았다고 하는 이들이 있다. 그런데 영국인은 오래된 집일수록 가치 있

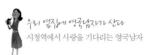

우리 옆집에 영국남자가 산다
시청역에서 사랑을 기다리는 영국남자

는 것으로 여기며, 그 시간만큼 그 집에 살았다는 것을 가족의 명예로
여긴다.

영국인은 대체로 아파트에 사는 걸 싫어한다. 아파트에는 정원이 없
기 때문이다. 영국인이라면 누구나 은퇴 후 자신만의 정원을 가꾸는 꿈
을 꾼다. 아파트에서 말년을 보내는 것은 감옥에서 죽는 것이나 마찬가
지라고 생각한다. 하지만 한국에서는 은퇴 후에도 아파트에서 사는 것
이 성공한 삶의 징표로 통하는 듯하다.

영국에선 가난한 학생이나 실업자 같은 취약 계층이 아파트에 산다.
영국에선 아파트를 '플랫(flat)'이라고 부르는데, '납작하다'라는 뜻처럼
매력 없이 느껴지는 이름이다.

영국인은 마치 자식을 키우듯이 자신의 집 외관과 내부를 꾸미는 데
돈을 쏟아붓는다. 『오즈의 마법사』에서 주인공 도로시는 이렇게 말한
다. "아무리 낡고 허름해도 세상에 우리 집만 한 곳은 없어." 영국인이
라면 이 말에 고개를 끄덕일 것이다. 하지만 한국인이라면 그 집이 서울
강남의 40평대 아파트쯤 돼야 그 말에 동의할 수 있을 것 같다.

헷갈리는 한국의 가족관계 호칭!

한국의 가족 모임에 참석하는 것보다 비한국인에게 더 혼란스러운 경험은 없다. 내가 태어난 영국 같은 영어권 나라에서는 'uncles', 'aunts', 'parents', 'siblings', 'grandparents', 'cousins'이 가족 관계 호칭의 전부다. 가족과 관련해서는 이런 단어만 알면 되는 것이다.

하지만 한국의 가족 관계 단어는 매우 많기에, 모국어가 한국어가 아닌 사람들이 한국의 가족 관계에 속하게 되어 가족 모임에 가면 상대방의 호칭을 기억하느라 고생 꽤나 해야 한다.

우선 나는 아버지 쪽 여자 형제는 고모, 어머니 쪽 여자 형제는 이모라고 한다는 사실이 무척 헷갈렸다. 영국에서는 아버지 쪽이든 어머니 쪽이든 부모님의 여자 형제들은 모두 'aunt'이며 따로 구분하지 않기 때문이다. 하지만 머지않아 그것은 새 발의 피에 불과하다는 사실을 알게 되었다.

한국에서 산 지 10년이 지난 지금도 나는 외할머니를 영어에서 하

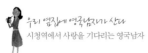

듯 그냥 '할머니'라고 칭할 때가 많다. 영국에서는 친가 쪽 할머니인지, 외가 쪽 할머니인지 신경 쓰는 사람이 아무도 없다. 그냥 할머니는 'grandmother'인 것이다. 하지만 한국인들에게 프랑스에서 건강하게 살고 계시는 내 '할머니' 이야기를 하면 당연히 20년 전에 돌아가신 아버지의 어머니라고 생각한다.

영어에서도 친척간의 촌수를 어느 정도 측정할 수 있다. 예를 들어 퍼스트 커즌(first cousin, 사촌)의 아들은 나에게 세컨드 커즌(second cousin, 육촌)이 된다. 하지만 사촌인지 육촌인지 팔촌인지가 헷갈릴 때면, 그냥 '커즌'이라고 부르면 문제가 간단히 해결된다. 이에 대해 아무도 토를 달지 않는다.

하지만 한국에서는 다르다. 만약 실수로 삼촌을 사촌이라고 잘못 부르면 상대방은 화를 낼 것이다. 삼촌과 사촌, 오촌, 육촌을 따지는 일은 단어 시험 정도가 아니라 현기증 날 정도로 어려운 수학 문제를 푸는 것처럼 느껴진다.

내 가족을 벗어나 타인의 가족을 언급할 때도 호칭이 헷갈릴 때가 많다. 예를 들어 상사의 딸은 여섯 살밖에 안 되었더라도 안부를 물을 때 딸이 아닌 '따님'이라고 칭해야 한다. 내가 왜 서른다섯 살이나 어린 여섯 살짜리 꼬마한테 '님' 자를 붙여야 하는 걸까?

한국에서 산 지 10년이 넘은 지금도 나보다 나이 많은 한국인 남자의 아내를 언제 '사모님'이라고 불러야 하고 언세 '형수님'이라고 불러야 하는지 헷갈린다. 다 비슷해 보이는 호칭인데 사용할 때를 정확히 알고 있는 것을 보면 한국인들은 기억력이 매우 뛰어난 것 같다.

이렇게 복잡한 한국의 가족 관계 호칭 속에서 혈연관계가 아니고 인척 관계에 놓인 사람들에게는 좀 안타까운 마음이 든다. 영국에서는 아버지 여자 형제의 남편 또한 'uncle'이고 그는 고모와 전적으로 대등한 위치를 차지한다. 하지만 한국에서 '고모부'는 그저 고모의 남편일 뿐이다. 그의 호칭이 가족들이 아내를 부르는 호칭에 따라 결정되듯이, 그의 위치도 가족 속에서 늘 아내보다 못하다. 안타까운 일이다.

코 세우려는 한국인, 코 깎으려는 영국인

한국 사람들은 비교하는 것을 매우 좋아한다. 그런 한국인들이 서양인들에게 자주 물어보는 질문 중 하나는 "한국 연예인 중 누구의 외모가 가장 뛰어나다고 생각하냐?"는 것이다. 사실 나는 이 질문에 싫증을 느끼기 시작한 지 꽤 오래다. 매번 나의 답이 질문을 던진 사람들을 당황하게 만들기 때문이다. 내가 좋아하는 스타들은 대부분 한국 사람들의 기호와 맞지 않기에, 그들은 내 답변을 듣고는 '당신네 서양 사람들은 참으로 독특한 취향을 가졌네'라는 표정으로 나를 바라보곤 한다.

물론 내가 모든 서양인을 대변하는 것은 아니다. 김태희나 수지, 김수현 등 한국인이 좋아하는 얼굴에 매력을 느끼는 서양인도 부지기수다. 실제로 이 세 명의 스타는 유럽과 남미에서도 두터운 팬층을 자랑한다.

미(美)의 기준은 다분히 주관적이고 문화적 배경에 따라서도 차이가 난다. 예를 들자면, 나의 모국인 영국에서 돌팔이 점쟁이들이 미혼 여성들에게 "당신은 피부가 까무잡잡한 사람을 만나겠어"라고 하면 그녀들의 입꼬리는 올라간다. 일반적으로 영국 사람들은 피부가 매우 창백한 편이다. 그래서 그들은 햇볕에 그을린 까무잡잡한 피부를 매력적이라고 느낀다. 영국에서 조지 클루니나 제니퍼 로페즈 같은 어두운 톤의 피부를 가진 스타들이 인기가 높은 것은 그 때문이다.

서양에서 까맣게 그을린 피부가 원래부터 인기 있었던 것은 아니다. 시간의 흐름에 따라 한국의 미의 기준이 변해왔듯이, 서양도 미의 기준이 바뀐 것이다.

보티첼리의 비너스는 한때 서양에서 이상적인 미인의 기준이었지만, 오늘날 그녀를 최고의 미인으로 치기에는 너무 창백한 피부와 짧은 다리를 가졌다. 루벤스의 화폭에 담긴 여성들도 대개 창백한 피부를 가진 통통한 여성들이다.

서양의 사회학자들은 보티첼리나 루벤스 그림에 나오는 여인이 르네상스 시대의 미인이었던 이유를 다음과 같이 설명한다. 당시 대부분의 여성은 하루 종일 들에 나가 열심히 일해야만 했기에 까맣고 비쩍 마를 수밖에 없었고, 그래서 통통하고 흰 피부를 가진 부유층 여성들이 특별하고 매력적이라 여겨졌다고.

오늘날의 영국에서 뚱뚱한 몸집과 창백한 피부는 오히려 가난의 표시다. 경제적인 여유가 없어서 저급한 음식을 먹고 햇살 가득한 나라로 휴가를 갈 수 없음을 드러내는 것이다. 그러나 한국에서는 여전히 (나이가 든 사람들은 더욱더) 보티첼리의 비너스처럼 하얀 피부를 가진 이영애 같

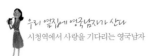

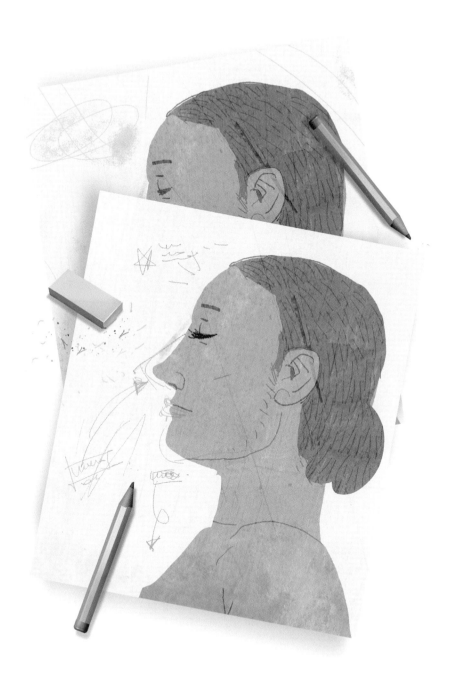

은 부류가 미인으로 여겨진다.

얼굴형에 대한 미의 기준도 서양과 한국은 다르다. 서유럽 사람들은 동유럽의 슬라브인들을 미인으로 여기는데, 그들이 높은 광대뼈를 가졌기 때문이다. "He has cheekbones you could hang a coat on(그 남자 광대뼈는 코트를 걸어도 될 만큼 높아)"라는 표현은 한국에서는 욕처럼 들리겠지만, 서양에서는 아름다운 얼굴형에 대한 큰 칭찬이다.

나의 부모님이 한국을 방문하셨을 때, 나는 광대뼈가 꽤 많이 튀어나온 지인을 소개해드렸다. 낯선 한국 이름을 기억하기 어려우셨던 부모님은 그 후로 그녀를 "예쁜 친구"라고 부르셨다. 그러나 그녀는 솟은 광대뼈 때문에 예쁘다는 소리를 별로 들어본 적이 없다고 털어놓았다.

사실 서양에서는 광대뼈 확대술이 매우 흔한 성형수술 중 하나이며, 광대뼈에 하이라이트를 주어 강조하는 메이크업 또한 매우 인기다. 그러나 한국에서는 광대뼈 축소술이 유행이며, 한국 여성은 광대뼈를 감추는 이른바 컨투어링 메이크업을 많이 한다.

미국성형수술협회에 따르면, 작년에 미국에서 성형수술이 가장 많이 행해진 부위는 코라고 한다. 서양에서 코 성형수술이라고 하면 대개 코 사이즈를 줄이는 수술을 말한다.

어렸을 때 나는 커다란 코 때문에 친구들에게 종종 놀림을 당했다. 그러나 한국에 오니 많은 사람이 나의 높은 코를 칭찬해준다. 유년 시절 내내 코가 좀 작아져서 놀림을 받지 않기를 바랐던 나로서는 이 상황이 무척 아이러니하게 느껴진다. 수많은 서양 사람이 나와 같은 고민을 하며 자랐고 그들 중 많은 사람이 결국 코 수술을 했다.

코 성형수술은 한국에서도 매우 흔하지만, 한국의 경우는 코 축소술이 아니라 콧대나 코끝을 높이는 수술이 일반적이다. 2013년 영국 〈이코노미스트〉의 보도에 따르면, 코를 세우는 수술이 한국에서 가장 많이 시행되는 성형수술이라고 한다.

내가 한국인들에게 어떤 한국 사람이 예쁘다고 생각하느냐고 질문하면, 거의 대부분 쌍꺼풀이 있는 동그란 눈을 가진 얼굴을 꼽는다. 서울 강남에는 그런 눈을 갖게 해주는 성형외과들로 가득하다. 그러나 서양인들에게는 절에 있는 황금 부처처럼 작고 가는 눈을 가진 한국인이 이국적인 매력을 가진 미인으로 느껴진다.

서양인들은 코를 줄이려고 하고 한국인들은 코를 높이려고 하며, 서양인들은 작고 가는 눈에 매력을 느끼는 반면 한국인들은 크고 동그란 눈을 가지고 싶어 하는 현대 사회는 정말 요상한 아이러니의 시대다.

아마도 미래에는 진보된 성형수술 기술과 늘어난 국제결혼으로 인해 서양인과 동양인이 똑같은 얼굴을 하고 다니는 날이 올지도 모른다.

'원 플러스 원'의 유혹

비타민 E는 뇌에 좋다고 알려져 있다. 과학자들(누군지는 묻지 말아달라)의 연구에 따르면 비타민 E는 뇌의 인지능력 쇠퇴를 늦춰주고 다른 여러 기능을 활성화시키는 효과가 있다고 한다.

그 좋다는 비타민 E를 내가 요즘 엄청 먹어대고 있다. 실은 직접 비타민 E를 사는 것은 아니다. 편의점 '원 플러스 원' 행사에 동원되는 에너지 드링크나 과일 주스, 각종 건강 음료에 모두 비타민 E가 포함되어 있어서다. 그냥 물 한 병이나 껌 한 통 사러 들어갔다가 원 플러스 원 행사에 현혹되어 비타민을 한아름 안고 나오는 꼴이다.

이런 끼워팔기의 유혹에 저항하려면 거의 고승(高僧) 수준의 자제력이 필요하다. 끼워 파는 상품이 내게 전혀 필요 없는 것이라도 말이다. 실제로 이 끼워팔기 행사에 단단히 빠진 나는 마트에 갈 때마다 끼워팔기 코너를 어슬렁거리다가 딱히 필요도 없는 물건을 사 들고 온다. 우리 집 찬장은 이미 그런 낚시성 음료수나 과자로 가득하다.

끼워팔기는 한국에서만 유행하는 이벤트가 아니다. 내 고국에서도 흔하디 흔하다. 심지어 미국은 원 플러스 원의 제국이라고 할 수 있다. 하지만 한국 편의점의 끼워팔기에는 믿을 수 없을 만큼 유혹적인 무언가가 있는 것이 틀림없다. 적어도 내겐 말이다. 한국 편의점에선 원 플러스 원 행사로 공기나 흙도 팔아치울 것 같다. 우리 동네 마트에 오면, '원 플러스 원' 스티커가 붙은 상품 근처에서 이미 신용카드를 긁을 준비가 완료된 나를 발견할 수 있다.

물론 나도 요즘 들어서는 모든 끼워팔기 행사가 나 같은 순진한 소비자들의 지갑을 터는 강도짓임을 깨달았다. 그런데 이 깨달음도 그간 편의점의 다양한 끼워팔기로 사 들인 비타민 E가 듬뿍 함유된 각종 음료를 마신 덕분인 것 같다. 아닌가?

패션 고놈 참 어렵네

한국에서 멋진 도시 남자로 사는 건 쉬운 일이 아니다. 내 또래(35~40세 정도)라면 더욱 그렇다. 대학생이나 신입사원이 입으면 멋진 옷을 내가 걸치면 어딘가 어색해 보인다. 목에 문신을 한 20대 남자는 웬만한 연예인 뺨치게 멋지다. 그러나 내 나이 또래 남자는 목에 문신을 하면 탈주범처럼 보이지나 않을까 걱정이다.

20대 남성들이 작고 세련된 가방을 들고 다니는 걸 보고 있으면 왠지 부럽다. 내 또래 남자들은 웬만한 물건은 그냥 주머니에 넣고 다닌다. 하지만 스마트폰이 점점 커지고 있다. 그런 걸 주머니에 넣고 다니면 옷 맵시가 살아날 리 없다.

런던에 살며 한창 멋을 부리고 다니던 20대에는 남자들이 작은 가방을 들고 다니면 비웃곤 했다. 당시 우리가 맨백(man-bag)이라고 부르던 그 가방은 배바지나 핸드폰을 벨트에 차고 다니는 것만큼이나 촌스러운 취급을 받았다. 샌들에 양말을 신는 것도 마찬가지로 취급했다.

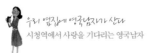

그런데 최근 인기 아이돌 그룹 엑소의 한 멤버가 샌들에 양말을 신은 사진을 봤다. 요즘 한국에선 엑소 멤버가 하는 것이면 무조건 멋진 걸로 여겨진다. 이것을 공개적으로 거부하려면, 성난 한 무리의 여중생에게 공격받을 각오를 해야 한다.

드디어 작은 가방도 남자의 패션 소품으로 사랑받는 시대가 왔다. 물론 어르신들의 목욕 가방이나 아이들의 신발주머니와는 다르게 생겼다. 이 작은 가방은 요즘 젊은 남자들의 '머스트 해브' 아이템인 클러치백이다.

나도 클러치백을 하나 살까 진지하게 고민해봤지만 결국 포기했다. 클러치백을 보면 1980년대 패션이 생각난다. 그 시절 행사장 같은 곳에서 록스타 옆에 서 있는 모델 같은 여자들이 꼭 클러치백을 들고 있었다. 어깨엔 '뽕'을 집어넣고, 머리는 한껏 부풀린 채 웃고 있던 이들 말이다. 클러치백을 들면 나도 왠지 그렇게 어깨와 머리를 부풀리고 다녀야 할 것만 같다.

그래서 그냥 주머니에 물건을 쑤셔 넣고 다니기로 했다. 남의 눈보다 일단 내 눈에 자연스러운 내가 되는 것이 먼저다.

탈모에 대처하는 우리의 자세

내 모국 영국과 한국은 정반대의 나라처럼 보인다. 영국 아이들은 오후 3시에 학교를 마치면 공원에서 담배를 피우거나 싸움을 하며 시간을 보내지만, 한국 아이들은 학교에서 내내 공부하고도 다시 학원으로 가서 자정이 넘은 12시 30분쯤에 좀비처럼 비틀거리며 나온다. 영국인들은 한국인들이 느끼기에는 세상에서 가장 무미건조한, 판자 조각을 씹는 것 같은 음식을 즐기지만, 한국인들은 음식을 식도로 넘기는 동시에 위에 궤양이 생길 것 같은 아주 매운 음식을 즐긴다.

그러나 두 나라의 가장 대조적인 점은 남자에게 탈모가 생기기 시작할 때 발생한다. 대부분의 영국 남자는 머리카락이 빠지기 시작하면, 자신이 쿨한 불교 수도승처럼 보일 거라 생각하고 함박 웃으며 "아예 머리카락을 다 밀어버릴 거야"라고 말한다. 문제는 매력적인 두상을 가진 영국 남자는 몇 없다는 거다. 다수의 영국 남자는 울퉁불퉁하고 비대칭적인 머리통을 가지고 있기에, 머리를 밀어버리는 순간 공구로 가득 찬

분홍빛 고무장갑 같은 머리통 모양이 나타난다.

한국 남자들은 반대다. 머리카락이 조금이라도 남아 있는 사람은 최대한 이를 길러 탈모가 진행된 부분을 가린 후 접착성 강한 헤어 제품으로 고정한다. 그렇게 고정된 머리는 태풍이 불어도 끄떡없을 것처럼 보인다. 또 다른 대안은 가발이다. 엊그제 〈가요무대〉를 봤는데, 거기 나온 남자 트로트 가수 대부분은 머리통에 비해 사이즈가 커서 금방이라도 벗겨질 것 같은 가발을 쓰고 나왔다. 그렇게 많은 남자가 가발을 쓴 모습을 본 것은 처음이었다. 그 프로그램에 나온 가수들에게 가발을 제공한 업체는 떼돈을 벌었을 것 같다.

예뻐지고 싶은 것은 알겠지만

최근 지하철역 화장실을 이용해본 적이 있는가. 지하철역 여자 화장실 앞은 예전부터 기다리는 사람들이 늘어서 있었지만, 요즘에는 남자 화장실 앞에도 긴 줄이 보인다.

왜 그럴까? 남자들은 용변을 보기 위해서만 화장실에 가지 않는다. 그럼 뭘 하러 가느냐고? 거울을 보러 간다. 지하철역 남자 화장실 어디서나 거울 앞에 한 무더기 남자들이 모여 있다. 그들은 거울 앞에서 얼핏 보기엔 똑같아 보이는 헤어스타일을 정성스럽게 매만진다. 남자들이 어찌나 입구 근처 거울 앞에 몰려 있는지 화장실에 들어가는 것조차 힘든 지경이다. 그러나 만족스러운 표정으로 거울을 떠나는 남자들을 보면 도대체 거기서 뭘 했는지 모르겠다. 뭐가 달라진 걸까?

10여 년 전 내가 처음 한국에 왔을 때, 남자 공중화장실의 거울은 거의 방치되다시피 했다. 하지만 이제 거울은 남자 공중화장실의 존재 이유가 되어버렸다.

요즘 한국 남자들은 엄청나게 빠른 속도로 예뻐지고 있다. 눈에는 서클 렌즈를 낀 뒤 아이라이너를 그리고, 머리엔 왁스를, 얼굴엔 BB 크림을 바른다. 게다가 알록달록한 문신을 새기고 클러치백까지 든 남자들이 거리를 활보한다. 이 모든 것을 갖추지 못했다면 당신은 패션 감각 있는 남자가 될 수 없다. 그런 패셔니스타 남성들이 민낯에 늘어진 옷을 입고 다니는 날 보면, 패션 테러리스트 정도가 아니라 타임머신을 타고 온 지저분한 원시인쯤으로 여길 것 같다.

내 말을 오해하지 말기를. 꼰대처럼 불평을 늘어놓으려는 게 아니다. 남자들이 예쁘게 보이려고 애쓰는 것에 아무런 불만이 없다. 어찌 보면 그런 그들의 노력은 매우 당연하다. 대부분의 동물은 수컷이 암컷보다 화려하게 치장한다. 짝짓기를 할 때 더 많은 암컷을 끌어들이기 위해서다. 치장에 신경 쓰는 남자들 역시 그런 자연 법칙에 따르는 것뿐일지도 모른다. 하지만 지하철역 화장실 말고 다른 곳에서 치장하는 걸 권하고 싶다. 그들이 화장실을 점령하고 있는 바람에 나 같은 사람은 오줌보가 터질 것 같아 발을 동동 구르고 있으니까.

170센티 클럽을 아시나요?

한국인의 평균 신장은 언제 그렇게 커진 걸까. 10여 년 전 처음 한국에 왔을 때, 나는 대부분의 한국인보다 몇 센티가량 크다는 사실이 뿌듯했다. 그런데 지금은 농구 선수 뺨치게 큰 학생들이 많아서 그들을 보려면 목을 뒤로 한껏 젖히고 올려다봐야 한다. 궁금하다. 도대체 한국의 부모들은 어떤 음식을 먹이기에 아이들의 키가 갑자기 이렇게 자란 걸까.

작년에 건강 검진을 받을 때 한 간호사가 무뚝뚝한 목소리로 내 키가 169센티라고 알려줬다. 항상 170센티라고 생각했는데 말이다. 틀림없이 영화 〈에이리언〉에 나오는 빛나는 카메라가 달린 튜브가 목구멍과 위장을 헤집고 다니는 바람에(병원에선 이걸 '내시경'이라 부른다) 키가 1센티 정도 줄어든 것일 게다. 그 이후로 나는 내시경 후유증으로 똑바로 서 있기도 힘들어서 169센티가 된 것일 뿐, 진짜 내 키는 170센티라고 스스로에게 계속 각인시키고 있다.

최근 깨닫게 된 사실 하나가 있다. 내 주변의 모든 한국 남자가 자신

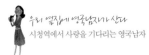

우리 옆집에 영국남자가 산다
시청역에서 사랑을 기다리는 영국남자

의 키가 170센티라고 주장한다는 것이다. 몇몇은 나보다 몇 센티 작고, 몇몇은 몇 밀리미터 큰 정도다. 양쪽 다 엉터리 줄자로 키를 쟀거나, 뭔가 창의적인 방법으로 키를 잰 것이라고 추측할 뿐이다.

그런 사람들과 얘기하다 보니 나도 모르는 사이에 내가 이른바 '170 센티 클럽'에 가입했단 사실을 알게 됐다. 예전엔 그런 클럽이 있는 줄도 몰랐다. 내 말을 진지하게 믿어달라. 171센티 이상인 사람들은 잘 모르겠지만, 한국에는 분명 170센티 클럽이 정말로 존재한다.

170센티 클럽은 170센티 미만인 한국 남자 중 많은 수가 자신의 키를 받아들이지 못한다는 사실을 알려준다. 어떤 이들은 키높이 신발이나 깔창에 의지해 공포의 160대로 추락하는 걸 피한다. 하지만 나는 그런 신발이나 깔창에 의지할 생각이 없다. 사무실에서 슬리퍼로 갈아 신을 때마다 키높이 신발과 깔창이 선사해준 환상이 산산조각 나게 되는 것이 두려우니까.

한국의 초연한 팬덤 문화

내가 40년 넘게 살면서 배운 게 한 가지 있다면 열정 없는 인간의 삶은
공허하다는 사실이다. 영혼 없는 버스나 지하철을 타고 애정 따위는 느
낄 수 없는 사무실로 출근해서 하루 종일 아무런 의미도 없는 직장에서
힘들게 일하는 삶, 이런 삶에는 영혼의 불꽃이 필요하다. 사랑이 필요하
다. 매일 아침 일어날 이유를 만들어주는 무언가가 필요하다. 어떤 사람
에게는 그 무언가가 연인이나 반려동물일 수 있고, 또 어떤 사람에게는
아드레날린을 분출시키는 스포츠일 수 있다.

하지만 이 모든 사랑을 뛰어넘는 사랑이 있다. 바로 팬덤이다.

나는 평생 열렬한 리버풀 팬이다. 나의 아버지는 내가 여덟 살 때 처
음 리버풀 경기를 보여주려고 나를 축구장에 데려갔다. 한국에 살면서
도 나는 리버풀 경기는 하나도 빠짐없이 시청하고, 영국에 가도 틈나는
대로 리버풀 경기장을 찾는다. 영국 본가에서 370킬로미터나 떨어져
있는데도 말이다.

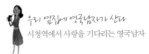

리버풀은 내가 그동안 입장권과 유니폼 구입에 쓴 돈을 기쁘게 받았겠지만, 그렇다고 리버풀 선수나 감독이 나를 중요하게 생각한다는 착각은 하지 않는다. 리버풀 경기는 거의 매진되므로 내가 티켓을 사지 않아도 다른 누군가가 사게 되어 있다. 아무리 열렬한 사랑을 퍼부어도 나는 하찮은 통계 숫자에 불과할 뿐이다.

팬이라면 누구나 알고 있다. 자신이 좋아하는 유명인들의 SNS에 '좋아요'를 누르고 애정을 가득 담아 리트윗을 해도, 사실 그 SNS 계정은 대부분 스타 본인이 아니라 PR 관리자가 운영한다는 것을.

그래도 사람들은 누군가의 팬이 되기를 원한다. 그렇게 무턱대고 누군가를 좋아하는 것이 인간 본성이다. 신과 우상 숭배를 무시하는 사람들일지라도 반드시 다른 숭배 대상을 찾는다. 진화론자 리처드 도킨스처럼 종교를 비웃는 유명한 무신론자들도 종교 대신 과학을 숭배하는 개종자인 셈이다.

한국에서 K팝 스타들이 아이돌('우상'이라는 의미)이라고 불리는 것도 우연이 아니다. 니체는 1888년에 쓴 『우상의 황혼』에서 세상 사람 대부분이 주류 종교에 더 이상 관심을 갖지 않게 될 것이라고 했다. 그의 예상은 적중했지만 사람들은 다른 종교적 대상을 찾는다. 그래서 이제는 원디렉션이나 엑소, 트와이스 같은 살아 있는 새로운 신들이 과거의 신들을 대신한다.

대부분의 사람은 팬덤이 아시아나 미국에서 처음 발생했을 거라고 추측한다. 사랑하는 아이돌을 위해 팬픽을 쓰거나 추위 속에서 일방적으로 사랑하는 상대를 기다리는 행동은 주로 아시아나 미국 사람들이 할 법한 행동으로 여겨지기 때문이다. 하지만 사실 팬덤은 19세기 후반 영국 문학과 영국의 철도 산업 발달에서 비롯되었다.

1893년에 영국의 아서 코넌 도일은 〈스트랜드(The Strand)〉지에 〈마지막 사건(The Final Problem)〉이라는 단편을 발표했다. 그가 탄생시킨 유명한 캐릭터 셜록 홈스가 나오는 이야기다. 탐정소설을 좋아하는 사람이라면 누구나 잘 알겠지만, 그 이야기는 홈스가 최대 적수 모리어티와 폭포 위에서 격투를 벌이다 아래로 떨어져 죽는 것으로 끝난다.

독자들이 〈마지막 사건〉에 보인 반응은 전례 없는 것이었다. 〈스트랜드〉지에 포대가 넘칠 만큼 엄청난 양의 편지를 보내고 거리에서 시위를 열고 홈스의 가짜 장례식까지 열었다. 그것으로도 충분하지 않았다. 팬들은 홈스가 돌아오기를 간절히 바란 나머지 직접 홈스가 등장하는 이야기를 쓰기 시작했다. 이것이 팬픽의 탄생이었다.

이렇게 죽은 홈스를 다시 살려내라는 팬들의 요구가 너무도 강력해서 결국 코넌 도일은 10년 후 다시 타자기 앞에 앉게 된다.

같은 시기에 영국의 전 국민적인 취미인 '트레인스포팅(trainspotting)'이 탄생했다. 한국인들은 내가 트레인스포팅이 뭔지 설명해주면 대부분 믿을 수 없다는 반응을 보인다(특히 1996년에 나온 영화 〈트레인스포팅〉이 실제 트레인스포팅과 아무런 연관이 없어서 더욱 그렇다).

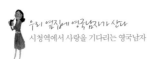

간단히 말해서 트레인스포팅은 기차를 너무 좋아하는 사람들이 기차 역을 찾아 기차가 도착하고 출발하는 시간을 기록하는 일이다. 그것이 전부다. 트레인스포터들은 플랫폼에 서서 노트에 시간을 적는다. 때때로 카메라를 가져와 사진을 찍기도 한다. 그리고 집에 가서 기차 도착과 출발 시간에 관한 스프레드시트를 작성한다. 가끔씩 온라인에 올려서 다른 트레인스포팅 팬들과 공유하기도 하지만 그런 경우는 드물다. 대부분은 기록을 혼자 가지고 있다.

영국의 첫 트레인스포팅 사례는 1841년으로 거슬러 올라간다. 산업 혁명에 따른 철도 확장이 전성기에 이른 때였다. 주인공은 퇴역한 육군 대령이었는데 그가 죽은 후 가족들은 기차 도착과 출발 시간만 빼곡히 적혀 있는 그의 일기를 발견했다.

1899년에 이르러 트레인스포터들은 기차 시간과 번호를 간략하게 적은 전서를 발표할 정도로 발전해 있었다. 1940년대 초에는 트레인스포팅에 관한 다양한 책이 일반 서점에서 팔렸고 그중 베스트셀러가 되는 것도 많았다.

내가 어린아이였던 1980년대에 트레인스포터들은 일반적인 영국 사람들로부터 일본식으로 말하자면 '오타쿠' 취급을 받았다. 마흔 살이 되었음에 불구하고 여전히 부모님과 함께 살고 항상 회색 나일론 바지에 잘 맞지도 않는 패딩을 입고 뻐드렁니에 두꺼운 안경을 쓴 이미지로 정형화된 것이다. 그래서 내가 학교 다닐 때 '트레인스포터'는 한국식으로 말하면 '왕따' 비슷한 욕이었다. 그래서 그 시절 기차 팬들은 기차에 대한 사랑을 혼자만의 비밀로 간직해야 했다.

하지만 트레인스포팅은 아이러니하게도 바로 그 시기인 1980년대에 다시 전성기를 맞았다. 지금 영국의 어느 기차역에 가든 성인 남자나 남학생이 플랫폼 맨 끝에 서서 스프링 노트에 신중하게 메모하는 모습을 볼 수 있다(무슨 이유인지 몰라도 트레인스포터 중 여자는 보이지 않는다). 트레인스포터의 사촌격인, 비행기를 사랑하는 플레인스포터도 영국에 존재한다. 카메라와 노트를 든 그들은 마치 연옥을 맴도는 영혼들처럼 영국 공항 밖에 있는 로터리 한복판을 서성인다.

한국에서 팬덤은 최근에 나타난 현상이다. 과거에 한국인들은 배고픔과 싸우느라 소설 캐릭터의 장례식을 열거나 기차나 비행기, 새 등을 찾아 나설 여유가 없었다. 돈과 여가 시간이 없으면 대상이 무엇이건 팬이 될 수 없는 것이 현실이다. 영국에서도 산업혁명으로 그 두 가지를 얻지 못했다면 팬덤은 형성되지 않았을 것이다.

내가 처음 한국에 온 10여 년 전만 해도 K팝은 하찮았다. 한국에 사는 서양인들은 한국인들이 일본과 중국 같은 나라에서 누리는 K팝의 인기를 자랑할 때마다 코웃음을 치며 "K팝은 쓰레기야. 서양에서 누가 저런 걸 들어"라고 비웃었다. 하지만 지난 몇 년간 그 말을 주워 담아야 하는 상황이 펼쳐졌다. 싸이가 영국 차트 1위와 빌보드 차트 2위를 기록하고, 빅뱅이 〈USA투데이〉에서 '세계 최고의 보이밴드'로 선정되고, 지드래곤

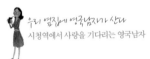

이 세계적인 패션 아이콘으로 인정돼 칼 라거펠트의 친구가 되었다.

이런 K팝의 세계적 열풍은 사실 지치지 않는 열정을 보여주는 두터운 국내 팬덤이 없었다면 불가능했을 것이다. 우리 동네에는 거의 모든 벤치와 놀이터 미끄럼틀마다 "BTS(방탄소년단)"라는 글자가 새겨져 있다.

남자 아이돌 그룹 멤버가 군에 입대할 때마다 소대를 방불케 하는 여성 팬들이 추위나 더위, 미세먼지를 뚫고 몇 시간 전부터 훈련소 앞에 서서 2년간 군화를 닦고 팔굽혀펴기를 하고 총을 조립하며 지루한 시간을 보내게 될 스타의 얼굴을 잠시라도 보려고 기다린다.

그 무엇보다 나를 놀라게 하는 것은 바로 K팝의 보편성이다. K팝에는 당신이 어떤 사람이고 무엇을 좋아하건 당신을 팬덤으로 끌어들일 만한 요소가 있다. 개인적으로 나는 한 무리의 어린 여성들이 여학생같이 교복을 입고 사카린 저리 가라 할 정도로 달콤한 음악에 맞춰 춤추는 모습을 보면 눈살을 찌푸리게 된다. 마치 백설탕 한 봉지 원샷을 강요당하는 기분이다. 하지만 K팝은 폭넓은 관점으로 폭넓은 사람들을 끌어들이는 광교회(廣敎會)를 닮았다. 깜찍한 멜로디와 교복이 K팝의 전부가 아니다. 한국에 살다 보면 언젠가 당신의 음악 취향이나 성적 페티시에 딱 맞는 그룹을 만나게 되어 있다.

처음 한국에 왔을 때 50대 남자 부장이 자랑스럽게 소녀시대의 팬임을 밝히는 것을 듣고 큰 충격을 받았다. 영국에서는 그 나이대 아저씨가 그런 취향을 가지고 있다면 변태 취급을 받기 때문이다. 그는 가장 좋아하는 멤버가 윤아라고 했다. 그 당시 소녀시대를 전혀 모르던 나에게 그는 휴대폰에 저장된 윤아의 사진을 보여주었다. 그가 휴대폰에서 윤아의 사진을 찾는 동안 그의 딸들 사진이 스쳐 지나갔는데, 소녀시대보다 서너 살 정도밖에 어리지 않아 보였다. 나는 할 말을 잃었다.

시간이 지나면서 나는 그것이 한국에서는 전혀 드문 일이 아니라는 사실을 알게 되었다. 언젠가 TV에서 카라 콘서트를 본 적이 있다. 관중석에는 30대, 심지어 40대로 보이는 남자들까지 당나귀마냥 소리를 질러대고 있었다. 영국에서는 중년 남자가 그런 콘서트에 가는 일 자체가 없다. 하는 수 없이 10대 딸의 보호자로 따라나서지 않는 한 말이다.

그리고 한국 팬들은 놀라울 정도로 조직적이다. 가령 2014년에 카라 멤버 두 명이 탈퇴해 소속사가 새로운 멤버를 영입하겠다고 하자, 카라의 공식 팬클럽 카밀라는 분노하며 전국의 길거리에 새로운 멤버 영입을 반대하는 현수막을 걸었다. 이렇게 전국적인 항의를 하려면 시간과 노력, 돈이 엄청나게 필요하다. 영국에서는 음악 그룹 팬들이 이런 조직력을 보여주는 모습은 100만 년이 지나도 볼 수 없을 것이다.

지진이나 쓰나미, 태풍 같은 심각한 자연재해가 일어나면 동방신기 등의 팬들이 누구누구 멤버의 이름으로 수백 킬로그램의 쌀을 기부했다는 소식이 어김없이 뉴스에 나온다. 역시나 영국에서는 상상조차 못할 일이다. 서양인들은 이렇게 말할 것이다. '지진 피해자들에게 쌀을 기부하고 싶으면 본인 이름으로 하지 왜?'

서양의 팝 마니아는 엘비스 프레슬리나 재키 윌슨 같은 로큰롤 가수들로부터 비롯되었다. 그런 스타들의 초기 TV 공연 모습을 보면 여성들이 소리 지르다 의식을 잃는 등 집단 히스테리 광경을 목격할 수 있다.

1960년대에는 영국의 차례였다. '비틀마니아'로 일컬어지는 비틀즈 팬들은 유럽에서 전례가 없던 문화 현상을 일으켰다. 그런 현상은 톰 존스나 클리프 리처드처럼 비틀즈와 같은 시대에 활동한 가수들의 팬에게도 영향을 미쳐, 그들의 콘서트에서 여성 팬들은 속옷을 벗어 무대로 던졌다. 무대에서 노래에 집중하고 있는데 발 아래로 브래지어와 팬티가 수북하게 쌓인다고 생각해보라.

비틀마니아는 폭발적인 힘을 냈지만 빠르게 소멸되었다. 심지어는 비틀즈가 해체되기도 전에 사라졌다. 인도로 가서 구루들과 어울리고 〈렛 잇 비〉 같은 달달한 발라드를 부르는 비틀즈를 더 이상 섹시 아이콘으로 보는 사람은 아무도 없었다.

K팝 콘서트장에서 속옷을 벗어 던지는 여자들은 없지만, 한국은 지난 10년 동안 한국만의 비틀마니아 현상을 만들어냈다. 영국의 비틀마니아는 순식간에 사라졌지만, 한국의 K팝 중심의 팬덤은 왜 이리도 오래 지속되는 걸까? 내 생각에는 한국인들이 공동체 중심의 사고를 가지고 있어서인 듯하다.

영국은 뛰어난 개인들과 별로 뛰어나지 않은 공동체들로 이루어진 나라다. 비틀마니아를 조직한 사람은 아무도 없었고 모두가 그냥 자발적으로 불쑥 합류했을 뿐이다. 조직이 없었기에 그들은 생겨났던 것처럼 금방 사라져버렸다.

트레인스포터는 영국 팬덤의 전형을 보여준다. 그들은 혼자 행동한다. 그들의 경험은 지극히 개인적이며 절대로 공유되지 않는다. 활발한 온라인 커뮤니티도 없고 플랫폼 끝으로 걸어가 다른 트레인스포터들과 교류하지도 않는다. 기차역에 트레인스포팅을 하는 사람 다섯 명이 나란히 서 있어도 그들은 절대로 일행이 아니고 서로 전혀 모르는 사이다. 그들은 서로 못 본 척하면서 그저 자신만의 경험을 즐긴다.

반면 한국은 상대적으로 뛰어난 개인들은 적지만 뛰어난 공동체들이 많은 나라다.

한국의 '사생팬'에 대해 말이 많지만 어떤 면에서는 서양의 팬이 더 위험할 수 있다. 서양 팬의 '팬심'은 개인적인 차원에 갇혀 있어 당사자의 이성만이 그것을 통제할 수 있다. 따라서 개인의 이성이 무너지면 재앙이 벌어진다. 1980년에 존 레논을 죽인 범인도 책『호밀밭의 파수꾼』의 열성팬이었고, 그 1년 후 로널드 레이건을 암살하려고 했던 조디 포스터의 열성 팬이 그 예다.

대부분의 한국 팬클럽은 사생팬을 해로운 부류라고 여기며 혐오하고 배척한다. 그러면서 개인행동을 자제하고 함께 구호를 외치며 응원을 해주는 등 해롭지 않은 집단행동에 참여할 것을 장려한다.

실제로 나는 그런 한국 팬클럽 문화를 직접 목격한 적이 있다. 내가

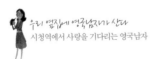

라디오 PD로 일하던 방송국이 기획한 콘서트에서. 샤이니가 무대에 올라오기 직전에 경험 많은 남자 차장이 나에게 달려와 말했다. "무대 옆쪽에 서 있어. 샤이니가 올라올 때 팬들이 무대 쪽으로 몰려들 거야. 개네들을 막아." 나는 함성을 지르며 우르르 달려와 무대를 포위하는 열다섯 살짜리 여학생들을 상상하며 지시받은 대로 움직였다.

그런데 놀랍게도 예상과는 다른 광경이 펼쳐졌다. 물론 샤이니가 무대로 올라갈 때 팬들의 움직임이 앞으로 쏠리면서 함성이 거세지기는 했다. 하지만 그게 전부였다. 소녀 팬들은 무대로 난입해 샤이니를 만지려고 시도하는 대신, 서로 몸을 바짝 붙이고 있었다. 마치 거대한 집단 허그를 보는 듯했다.

그들의 자제는 거의 시적이었다. 그 자리의 모든 소녀는 샤이니에 대한 욕망을 집단 함성과 즉흥적인 집단 허그로만 표출해야 함을 알고 있었다. 누군가가 그런 모습도 집단 히스테리라고 한다면, 여유롭고 초연한 젠(zen) 버전의 그것이라고 말하겠다.

영국인들이 이성을 거스르는 광적인 팬덤을 만들어낸 원조라면, 그것을 완성시킨 것은 다름 아닌 한국인들이다.

KI신서 6970

우리 옆집에 영국남자가 산다

유쾌한 영국인 글쟁이 팀 알퍼 씨의 한국 산책기

1판 1쇄 발행 2017년 5월 20일
1판 2쇄 발행 2017년 6월 15일

지은이 팀 알퍼
옮긴이 조은정·정지현
그린이 이철원

펴낸이 김영곤 펴낸곳 (주)북이십일 21세기북스
출판기획팀장 정지은 책임편집 김수현
디자인 이석운 김미연
출판사업본부장 신승철 영업본부장 신우섭
출판영업팀 이경희 이은혜 권오권 홍태형
출판마케팅팀 김홍선 배상현 신혜진 박수미
프로모션팀 김한성 심재진 최성환 김주희 김선영 정지은
홍보팀 이혜연 최수아 박혜림 문소라 백세희 김솔이
제작팀장 이영민 제휴마케팅팀 류승은
출판등록 2000년 5월 6일 제10-1965호
주소 (10881) 경기도 파주시 회동길 201 (문발동)
대표전화 031-955-2100 팩스 031-955-2151 이메일 book21@book21.co.kr

ⓒ 팀 알퍼, 2017

(주)북이십일 경계를 허무는 콘텐츠 리더

21세기북스 채널에서 도서 정보와 다양한 영상자료, 이벤트를 만나세요!

북이십일과 함께하는 팟캐스트 '[북팟21] 이게 뭐라고'

페이스북 facebook.com/21cbooks   블로그 b.book21.com
인스타그램 instagram.com/21cbooks   홈페이지 www.book21.com

ISBN 978-89-509-6970-7 03800